고·창·근·장·편·소·설

누 드 모 델

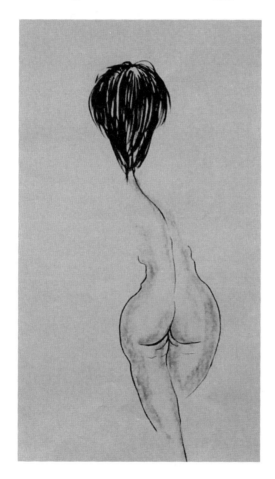

2014 문학마실

고창근 장편소설

누 드 모 델

2014년 2월 10일 발행
2014년 2월 15일 1쇄 펴냄

지은이-고창근
펴낸이-고창근
펴낸곳- 문학마실

홈페이지: http://cafe.daum.net/mhmasil
출판신고번호-제 511-2013-000002 호
주소-경북 상주시 구두실길16-1(인평동)
전화- 010-9870-0421
전자우편-sgamm@hanmail.net

ⓒ 고창근, 2014
ISBN 979-11-951187-2-4 (03810)

값 15,000원

고·창·근·장·편·소·설

누 드 모 델

문학마실

국립중앙도서관 출판시도서목록(CIP)

누드모델 / 지은이: 고창근. -- 상주 : 문학마실, 2014
     p. ;   cm

ISBN 979-11-951187-2-4 03810 : ₩15000

한국 현대 소설[韓國現代小說]

813.7-KDC5
8 9 5 . 7 3 5 - D D C 2 1
CIP2014003021

차례

누 드 모 델

*

K는 방으로 들어가 옷을 벗었다. 1시 55분. 온 사람은 6명. 아직 반도 채 오지 않았다. 여자 네 명 남자 두 명. 여자들 중에는 처음 보는 사람도 있다. 아직 7명이 안 왔지만 K는 개의치 않았다. 시작할 때쯤이면 항상 절반쯤 사람만 모였다. 그러다 시작하고 나면 하나 둘 화실로 들어왔다. 늦는 사람이 꼭 늦었다. 처음 모델을 할 때는 다 모일 때까지 기다렸다. 그러자 다음번엔 기다린 만큼 사람들은 늦었다. 10분을 기다렸다가 시작하면 다음엔 사람들은 꼭 그만큼 늦게 와서 20분을 기다려야했다. 이제 K는 준 프로급이라고 스스로 생각했다. 무작정 기다리지 않았다. 늦게 하더라도 어차피 K는 2시간 동안 모델을 서야했다. 사람들이 다 오거나 말거나 정해진 시간에 시작해서 끝내는 게 K한테는 좋았다. 또한 그들을 길들이는 또 하나의 방법이었다. 특별하게 요구하는 것이 없는 한 자신의 방식대로 한다는 것.

K는 팬티까지 벗은 다음 옷을 단정하게 갠 후 거울을 보았다. 앞으로 크게 나온 똥배, 옆으로 늘어진 허리살이 먼저 눈에 띄었다. 반쯤 벗겨진 앞머리가 훤했다.

풋.

K는 미소를 띠었다. 처음엔 이런 몸에 환멸을 느끼기도 했다. 이제는 쓸모없어진 몸이라고까지 비하하기도 했다. 그런데 누드모델을 서다니. 다시 태어난 기분이었다.

K는 약간 긴장되는 걸 느끼며 가운을 입었다. 언제나 시작하기 전, 기분 좋은 떨림을 느꼈다. 마치 처음 여자를 안

을 때처럼.

K는 팔을 늘어뜨린 채 다리를 벌리고 목을 오른쪽으로 왼쪽으로 번갈아 돌렸다. 양손을 겨드랑이에 넣고 어깨를 둥글게 앞뒤로 돌리곤 허리도 몇 번 돌려주었다. 중간의 10분씩 두 번의 휴식 시간이 있지만 2시간 동안 포즈를 취하려면 몸을 풀어주어야 했다. 두 손을 무릎에 놓고 앉았다 일어서길 몇 번 했다.

K는 문을 열고 밖으로 나왔다. 그새 한 명이 와 작업실엔 7명이 둥글게 놓인 의자에 앉아 있었다. 그들은 K와 눈을 마주치지 않기 위해 스케치북만 바라보고 있었다.

K는 둥글게 모인 사람들의 중앙에 가서 카펫 위에 섰다. 모델을 설 때는 사람들과 눈을 마주치지 않았다. K도 의도적으로 그들을 보지 않지만 그들도 마찬가지로 K와 눈을 마주치지 않으려 노력했다. 어쩌다 정면으로 눈이 마주치면 그 눈길은 허공에서 멈추었다. 그래야 서로 어색하지 않았다.

"시작하겠습니다."

K는 말을 하곤 창 쪽을 향해 선 후 천천히 가운을 벗었다. 피아노 소리만 조용히 물결처럼 공기 속을 떠다니고 있었다. 고요하다. 피아노 소리 외에는 아무 소리도 들리지 않았다. K는 팔짱낀 채 다리를 약간 벌리고 섰다. 3분. 자신이 취해야 할 포즈는 3분이었다. 3분 크로키. 3분마다 K는 자세를 바꾸었다. 피아노 소리가 자신의 몸을 포근하게 감싸는 것 같다. K는 편안함을 느꼈다. 앞에 있는 사람이 그리는 그림이 눈에 어렴풋하게 보이지만 K는 신경 쓰지 않고 눈길은 허공에 두었다. 허공에 자신의 몸을 맡기는 것이었다. 그러면 마치 피아노 소리에 올라타고 있다는 느낌이 들 때도 있었다.

3분이 다 되었을 것이다. 처음엔 시계를 보고 포즈를 바꿨지만 이젠 느낌으로 알았다. 사람들도 3분 안에 그림을 다 그렸다. 처음엔 앞에 앉은 사람이 그림을 다 그리지 못한 것을 보고는 포즈 바꾸기를 주저했지만 이제는 다 그리고 덜 그리고는 신경 쓰지 않았다. 덜 그린 것도 하나의 작품이라고 누가 말했던가. 하지만 대부분 사람들은 3분 안에 포즈를 바꾸는 것을 알기 때문에 알아서 빨리 그림을 그렸다. 물론 초보자일 경우에는 매 번 다 그리지 못 하고 허둥거렸다. 하지만 그런 초보자한테 시간을 맞출 수는 없었다.

K는 반대 방향으로 몸을 돌려 팔을 허리에 두고 역시 다리를 벌리고 섰다. 스케치북이 넘어가는 듯하더니 곧이어 연필 끌리는 소리가 났다. 처음 포즈는 부담 없이 취하는 것이 좋았다. 크로키하는 사람도 손이 풀리지 않았기 때문에 어려운 포즈는 부담스러워 했다. 3분이 지났다. K는 오른쪽으로 돌아 왼손은 늘어뜨리고 오른손은 머리 위에 얹었다. 포즈를 설 때 방향을 바꾸는 것도 중요했다. 한 쪽 방향으로만 서면 2시간 내내 어떤 사람은 앞모습만, 어떤 사람은 뒷모습 혹은 옆모습만 그리게 되었다. 하지만 골고루 여러 방향으로 틀지는 못했다. 되도록 여러 방향을 향해 포즈를 취하려고 하지만 자신도 모르게 한 방향으로 많이 서는 경우가 허다했다. 크로키하는 입장에서는 일종의 운이었다. 자신이 좋아하는 포즈를 많이 받는 경우는 운이 좋았다. K는 자신이 운을 주는 신이라는 생각이 들 때도 있었다.

몸이 피아노 소리에 얹혀 허공을 둥둥 떠다니는 느낌이 들었다. 이럴 때가 좋았다. 아무 걱정이 없었다. 무아지경이라는 표현을 이럴 때 쓰는 걸까. K는 몸이 가는 대로 포즈를 취했다. 몸이 알아서 포즈를 취하는 것이었다. K는 그런 몸을 의식하지 않으면 되는 것이었다.

　문소리가 나면서 사람이 들어오는 기척이 들렸다. 의자가 끌리는 쇳소리가 나고 옷자락이 부스럭거리는 소리가 났다. 귀에 거슬렸다. 하지만 크게 동요되지는 않았다. 처음 모델 섰을 때는 리듬이 깨져 다음 포즈 취하는 게 힘들었다. 물이 흐르듯 바람이 불듯 자연스럽게 포즈가 이어져야 하는데 한 번 리듬이 깨지면 몸이 뻣뻣해져서 포즈가 자연스럽지가 않 았다. 그리고 계속 포즈가 엇나갔다. 그럴 때 휴식을 취하자 고 했다. 보통 40분하고 10분 휴식 그리고 30분하고 10분 쉰 다음 30분하고 끝마치게 되는데 한 번 리듬이 깨지면 휴 식을 한 번 더 하는 것이었다. 그러면 괜히 미안해서 10분 더 포즈를 취해주기도 했다.

　하지만 이젠 그런 것엔 신경 쓰지 않았다. 특별한 경우를 빼고는 리듬을 깨트리지 않고 평상심을 유지했다. 특별한 경 우란 크로키를 하지 않는 사람이 불쑥 화실로 들어올 때였 다. 회원들이 다 들어오면 출입문을 잠그지만 회원들이 덜 왔을 때는 문을 잠그지 않아 낯선 사람이 들어올 때도 있었 다. 그러면 머리가 의식하기 전에 몸이 먼저 알아차리고는 온 몸에 소름이 싹 솟았다. 그러면 얼른 가운을 걸치고 몸을 감싸주어야 했다. 그러니까 일반 사람들 앞인지 크로키를 하 는 사람들 앞인지 알몸은 본능적으로 알아채는 것이었다. 그 런 현상은 자연스럽게 받아들여야 했다. 부끄럽게 여기거나 하면 오히려 역효과가 나서 포즈를 취하는 동안 계속 몸이 굳어서 제대로 포즈를 취할 수가 없었다.

　옆에 있는 의자를 당겨 편안하게 앉았다. 서 있는 포즈를 몇 번 했으니 이젠 앉아 있는 포즈를 취해야 했다. 의자에 편안하게 앉으면 크로키하는 사람들도 편안하게 그렸다. 하지만 계속 그렇게 편안한 자세를 취할 수는 없었다. 3분 후 의자를 치우고 방향을 바꿔 쪼그리고 앉았다. 이런 자세는 포즈를 취하는 자신도 힘들지만 크로키하는 사람들도 힘들 기는 마찬가지였다. 처음엔 약하게 약하게 강하게. 약하게 강하게. 포즈는 굴곡이 있어야 한다. 2시간 동안 사람들의 마음을 자연스럽게 당기고 풀어주어야 한다. 모델이 아티스 트라고 부르는 이유가 여기에 있다.

"한 포즈만 취하고 쉬고 하겠습니다."

K는 말하고 나서는 쪼그리고 앉아 머리가 바닥에 닿을 듯 고개를 숙였다. 힘든 자세였다. 40분에서 마지막 포즈는 힘 든 포즈를 취해도 괜찮았다. 어차피 3분 후에는 10분 휴식 이 있으니까. 또한 마지막 포즈는 미리 말해 주는 게 좋았 다. 그래야 크로키하는 사람들도 다음 크로키할 준비를 안 했다.

K는 가운을 입었다. 사람들은 그제야 몸을 움직였다. 40 분 동안 꼼짝 않고 크로키했으니 그들도 힘들었을 터였다. 대부분 사람들은 일어나 밖으로 나갔다. 차라도 마실 모양이 었다. 하지만 몇몇은 그 자리에 앉아 스케치북을 되넘기며 지금껏 그린 그림을 고개를 갸웃거리며 바라보았다. 아무래 도 마음에 들지 않는 모양이었다. 미대를 나온 사람들도 2 시간 동안 크로키를 하면 건지는 작품은 몇 안 된다고 하였 다. 그만큼 크로키가 쉬운 것 같으면서도 어려웠다.

K는 밖으로 나가지 않고 창밖을 바라보았다. 토요일 오후 라 시내를 빠져 나가려는 차들이 꽁무니를 물고 길게 서 있 었다. K는 갑자기 몸에 기운이 빠지는 것 같은 느낌을 받았 다.

오늘은 가지 말까.

K는 입 속으로 말을 굴려보았다. 매주 토요일 오후면 어김없이 집이 있는 서울로 가야했다. 벌써 2년째였다. 오후에 2시간 모델을 서고 서울로 갔다. 가면 일요일까지 잠만 자다 왔다. 작은 아이는 대학교에 들어가기 위해 코빼기도 보이지 않았고 큰애는 취직하기 위해 역시 코빼기도 보이지 않았다.

"뭘 그런 걸 갖고 트집을 잡으세요. 애들 인생에 지금이 얼마나 중요한지 알면서."

아내가 한 말이었다. K는 쓴 한약이라도 먹은 듯한 표정을 지었다. 언제는 중요하지 않은 시절이 있었나. 유치원 때부터 여러 군데 학원을 다니기 시작했으니 아이들과 함께한 시간이 기억에 없었다.

"아이들은 제가 책임질 테니 당신은 돈만 많이 벌어오세요. 아이들 성공하는 게 엄마의 정보력 아빠의 무관심이라잖아요."

무관심. 대놓고 말하는 아내에게 정이 뚝 떨어졌다. 실제로 서울 본사에 근무할 때도 아이들 얼굴 보기 힘들었다. 대학생인 큰애는 물론 특목고에 다니는 작은애도 마찬가지였다. 밤늦게 들어오면 그때까지 학원에서 안 들어왔거나 과외를 하고 있었다. 아침 5시에 일어나면 그때는 아이들은 잠들어 있었다.

적어도 그때까지는 K는 이렇게 사는 게 당연한 걸로 생각했다. 직장 동료들도 대부분 그렇게 살고 있었으니 말이다. 그러다 든 생각. 이게 아닌데. 뭔가 자신의 삶을 통째로 잃어버리고 있다는 느낌이 언뜻언뜻 들었다.

"뭘 그렇게 생각하세요?"

K는 창밖을 보고 있다가 깜짝 놀라며 돌아보았다. 원장이

손에 종이컵을 들고 서 있다가 내밀었다.

"아, 예."

K는 고개를 숙여 고맙다는 시늉을 하고는 종이컵을 두 손으로 받았다.

"커피 마시러 오시라고 몇 번이나 말씀드렸는데."

원장은 무슨 일이 있느냐는 듯 눈빛으로 물었다. K는 커피를 한 모금 마셨다.

"그랬어요? 내 참."

K는 미안하다는 표정을 지었다. 크로키할 때는 말을 안 하지만 쉬는 시간이나 끝나고 나면 스스럼없이 말을 텄다. 원장은 살짝 미소를 짓고는 밖으로 나갔다. K는 커피를 마시며 창밖을 바라보았다. 가로수엔 연둣빛 잎사귀가 많이 나 있었다. 벌써 봄도 다 지나가는구나. K는 속으로 중얼거렸다.

"과감하게 그려봐. 과감하게."

원장의 목소리가 들렸다. 아마도 오늘 새로 온 신규 회원에게 말하는 것 같았다. 크로키를 할 줄 모르는 회원이 가입하면 원장이 가르쳤다. 얼핏 보았을 때 새로 온 여자는 제법 그림을 그렸다. 대부분 처음 온 사람은 전체적인 형체를 그리기는커녕 상체 일부분만 겨우 그리기 일쑤였다. 머리에서 발끝까지 한 선으로 죽 그려 내려가야 하는데 자신감이 없다 보니 선을 조금씩 그었다. 그러다보니 어느새 3분은 지나가고 또다시 허겁지겁 스케치북을 넘기고 다시 그리기 바빴다. 그런데 오늘 새로 온 여자는 우선 인체의 형체를 잡을 줄 알았다. 다시 말하면 얼굴의 눈 코 입 같은데 신경 쓰지 않고 전체를 본다는 것이었다. 아마도 그림을 그릴 줄 아는 사람 같았다. 아마도 예전에 그림을 그려본 적이 있는 것 같았다. 문득 K는 처음 모델이 되었을 때가 떠올랐다.

인생은 예정대로 흘러가지 않을 때가 있다. 의도했든 의도하지 않았든 마치 물이 흘러가다 바위 같은 것을 만나 휘돌아가거나 멈출 때가 있는 것처럼 말이다. K가 누드모델이 된 것은 어쩌면 인생이란 항해의 방향을 180도로 바꾸어 놓은 것이라 해도 과언이 아니었다. 인생을 통째로 바꾸어 놓은 사건. 어쨌든 K는 전혀 생각지 못 했던 누드모델을 하게 되면서 자신의 인생이 바뀌었다고 생각했다.

퇴근하던 지하철 안이었다. 만원이라 자리를 잡지 못 하고 손잡이에 몸을 지탱한 채 눈을 감고 있을 때였다. 아무 생각이 없었다. 그냥 집에 가서 쉬고 싶을 따름이었다. 1억 예치 건이 잘 안 되던 상황이었다. 고객은 1억 원짜리 적금을 들 테니 건물을 담보로 3억 대출을 요구했다. 사무실로 돌아와 건물을 조회해보니 이미 대출을 한 상태라 1억 원 정도밖에 대출이 안 되었다. 그런데도 고객은 막무가내로 3억 원을 고집했다. 담당 대리는 고개를 저었다.

"틀림없이 빈 깡통일 거예요."

분명히 대출을 갚을 능력이 안 된다는 의미였다. 적금 1억도 대출을 내기 위한 미끼에 불과하다고 했다. K도 그럴 것이라 생각했다. 몇 번 넣는 시늉만 할 것이었다. 하지만 실적이 중요했다.

"어찌 안 될까?"

K는 손바닥으로 마른 얼굴을 훔치며 말했다.

"참, 부장님도. 다 아시면서."

담당 대리는 완강했다. 좀 넘어가주면 좋을 건만. 담당자가 안 된다고 우기는데 밀어붙이기엔 부담이 컸다. 만약 빈 깡통이라면 책임은 고스란히 자신에게 돌아오는 법이었다.

담당 대리도 결국은 책임을 지지 않겠다는 의미였다. 며칠 더 두고 보자는 선에서 일은 끝냈지만 영 개운치가 않았다. 위에서는 예금유치에 대한 개인 실적을 공개했다. 실적이 낮은 사람은 얼굴 들기가 민망스러웠다.

아마도 밤 10시가 넘었을 때였다. 주머니 속에 든 스마트폰이 울렸다. 가방을 옆구리에 끼고 스마트폰을 꺼내 액정화면을 보았다. 모르는 번호였다. 망설이다 거절을 선택하고는 주머니에 넣었다. 그냥 집까지 조용히 가고 싶었다. 또다시 스마트폰이 떨었다. 안 받고 있자니 마치 누가 이기나 내기라도 하듯 계속 울렸다. K는 참다가 할 수 없이 스마트폰을 꺼내 통화를 선택했다.

"너 혹시 K 아냐?"

대뜸 술에 취한 듯한 음성이 K의 이름을 불렀다. 주위에 사람들의 왁자지껄한 소리가 들려왔다. 아마도 술집인 듯 했다. 짜증스러운 마음을 지그시 누르며 작은 소리로 답했다.

"그런데요?"

K의 말이 채 끝나기도 전에 스마트폰에서 큰소리가 흘러나왔다.

"야, 나야 나. 성진이. 나성진."

"나성진?"

K는 눈을 감으며 이름을 되뇌었지만 떠오르는 얼굴은 없었다. 억센 경상도 사투리에 K는 저절로 방어태세로 들어갔다. 가끔 동향을 내세워 대출을 요구하는 이들이 나타나 곤란에 빠진 적이 한두 번이 아니었다.

"그래. 나성진. S고등학교."

K는 자신도 모르게 큰소리로 말하곤 주위를 두리번거렸다. 다행히 다른 사람들은 다들 눈을 감거나 멍하게 있었다.

아하, 나성진. K는 다시 한 번 더 속으로 중얼거렸다. 왜 모르겠는가. 고등학교 때 둘도 없이 친하게 지냈던 친구였는데. 한때 미술부에서 함께 그림을 그린 적도 있었다. 그러다 K는 부모의 반대로 미술부를 그만두고 경영학과로 갔고 그 친구는 일편단심 그림을 그려 지방에 있는 대학의 회화과에 갔다. 그 이후로 방학 때 고향에서 몇 번 만나다 가는 길이 다르니 점점 만나는 횟수가 줄더니 몇 년 뒤에는 아예 만나지 않게 되었다. 그게 20여 년 전이었다. 그런데 갑자기 전화라니. 어쨌든 반가운 마음이 와락 들었던 건 사실이었다.

"짜식 기억하는구나. 잘 지냈냐?"

친구는 마치 계속 만나는 것처럼 자연스럽게 안부를 물어 왔고 그 또한 그렇게 대답했다.

"물론이지. 너는?"

"나야 뭐 항상 그렇지. 뭐 하냐. 안 바쁘면 얼굴 좀 보자. 이리로 와."

친구는 대뜸 술 한 잔 하자는 얘기를 했고 K는 순간 망설였다. 반가운 마음이야 와락 든 것은 사실이지만 파김치가 되어 퇴근하던 길이었다. 친구는 대학을 나온 그 지역에서 그림을 그리며 학원을 운영한다는 얘기를 동창생을 통해 얼핏 들은 듯도 했다.

"인마. 여기 서울이야. 촌놈 서울 구경하러 왔다."

친구는 K가 미처 발명도 하기 전에 오금을 박았다. 친구가 지방에서 서울로 올라왔다는데 거절할 수는 없었다.

"어디야? 나 퇴근하는 중인데."

K는 마음을 다잡고 기왕이면 반갑게 맞아 주리라 생각하고 말했다. 친구는 다행히 멀지 않은 곳에 있었다. 선배의 초대전에 왔다가 술 마시는 중이라 했다. 마침 지하철은 역

내로 들어갔고 K는 곧장 내려 밖으로 나와 택시를 탔다.

"여기야, 여기."

친구가 약속한 갯장어 술집에 문을 열고 들어가자마자 친구는 손을 흔들었다. 인기 있는 음식점인지 손님들은 꽉 찼고 담배 연기가 자욱해 앞이 보이지 않을 지경이었다. K는 손을 마주 흔들곤 친구에게 다가갔다. 일행은 셋이었다. 남자가 둘, 여자 하나. 친구는 일어서서 손을 내밀었다. K는 친구의 얼굴을 보며 손을 맞잡았다. 많이 늙었구나. K는 속으로 생각했다. 나이가 든다는 게 실감이 안 가다가도 같은 또래의 남자들을 보면 나도 남들 눈에는 저렇게 중늙은이로 보이겠구나, 하는 생각이 들었다. 친구는 일행들을 소개시켰는데 다들 그림 그리는 사람들이었다. 친구와 같은 대학 출신인 남자는 머리를 삭발했는데 수염이 얼굴의 반을 덮고 있었다. 친구와 동기인데 서울에서 전업 작가로 활동하고 있다고 했다. 여자는 친구에게 대학 4년 선배인데 생머리를 뒤로 묶어 나이에 비해 어린 티가 났다. 고향인 S시에서 작가 겸 미술학원을 운영하고 있다고 했다. S시는 K의 고향이기도 했다. 어느 학교를 다녔느냐, 집이 어느 동네냐, 는 말이 나오는 걸 K는 겨우 참았다.

선배의 초대전 오프닝에 갔다가 끝나고 셋이서 2차를 한다고 친구는 말하며 일행을 소개시켰다.

"반갑습니다. K라 합니다."

K는 반갑게 인사를 했다. 그들은 스스럼없이 손을 잡더니 마구 흔들어댔다. 반갑다는 표시를 그렇게 했다.

"전 이종수라고 합니다."

"수선이라고 해요."

두 사람이 자기 이름을 말하자 친구가 K에게 막걸리를 따랐다. 보아하니 친구와 남자는 막걸리를, 여자는 소주를 마시고 있었다. K는 막걸리를 받아 한 모금 마시며 고향을 떠올렸다. 이상하게도 막걸리를 마시면 고향이 떠오르는 버릇이 있는데 그 날도 역시 그랬다. 막걸리는 K에게 일종의 고향의 아이콘이었다. 국민학교(그때는 초등학교가 아니었다.) 다닐 때 아버지가 일하다 막걸리 심부름을 시키면 양은주전자로 주막에서 막걸리를 사오다가 길에서 한 모금 한 모금 마신 고향이고, 중학교 다닐 땐 아버지와 일하다 너도 한 잔 해라 하며 한 잔을 건네주던 것과 친구들과 산이나 들에 소에게 줄 풀을 뜯으러 갔다가 주막집에 몰래 들어가 양은주전자에 막걸리를 담아 훔쳐와 안주도 없이 마신 고향이었다. 고등학교 때는 일할 때 아버지와 당당하게 마주앉아 거의 같은 양의 막걸리를 마신 것과 고등학교 미술실에서 선배들이 2L짜리 양은주전자를 주며 막걸리를 사오라고 하여(물론 돈은 주지 않고)수돗가를 거쳐 담을 넘어 막걸리를 사주고 선배들에게 얻어 먹은 고향이었다. 대학 다닐 때까지는 막걸리를 많이 마셨으나 사회를 나와서는 막걸리를 자주 먹지는 못 했다. 대부분 사람들이 소주를 마셨기에 혼자 막걸리를 마시는 것이 어색했기 때문이었다.

K는 잔을 들어 단숨에 막걸리를 마셨다. 피로했던 몸에 생기가 도는 것 같았다. 그리고 고향에 온 느낌이었다. 금방 잔이 넘어왔고 술을 마시곤 넘겨주었다. 다들 술이 얼마 정도 된 것 같은데 마치 물마시듯 술을 마셨다.

"그래도 지방에서 올라와 이나마 성공한 것도 어디에요."

여자가 술에 취한 듯 고개를 옆으로 약간 비틀며 말했고 친구가 고개를 끄덕였다.

"그럼. 지방 대학 나와서 서울에서 자리 잡았다는 자체가

기적이지."

그러니까 그림 시장이나 화단에서 중요한 것은 실력도 실력이지만 작가의 경력이 매우 중요한 구실을 한다는 것이었다. K는 어느 세계나 학력이라는 괴물이 있구나 싶어 씁쓸하게 웃었다.

"왜 웃어요?"

여자가 그런 K를 보고는 약간 기분이 언짢은 듯 말했다. 아뇨. K는 술잔을 입으로 가져갔다.

"아니라니요. 방금 웃었잖아요."

기분 나쁘게, 여자는 뒷말을 채 잇지 않고 소주를 입에 털어 넣었다.

"저 그게 아니라. 순수한 예술의 세계에도 학력이나 스펙을 따지나 싶어서요."

K는 당황하여 말을 더듬으며 말했다.

"순수? 지랄."

여자는 소주병을 들어 자기 잔에 따랐다. 그때 친구가 고개를 흔들며 그냥 두라는 신호를 보냈다.

"기분 언짢게 했다면 죄송합니다."

K는 여자에게 건배를 청하며 술잔을 들었다.

"이 봐요, 아저씨. 이 세상에 순수가 있다고 생각하세요? 순진하게."

여자는 건배를 하고 술을 마시더니 혼자 깔깔깔, 웃었다. K는 무슨 말을 더 하려다가 친구의 눈짓에 그냥 술잔을 들었다.

친구는 선배의 그림이 거친 선과 원색대비의 강렬한 색으로 도시인의 내면의 세계를 잘 드러냈다는 얘기를 주로 했다. 이종수는 그 자신만의 그런 색들이 오늘날의 그로 만들었다며 고개를 끄덕였다. K는 그저 듣기만 했다. 그림에 대해 아는 것이 없었지만 지루하지는 않았다. 평소에 만나 얘기를 나누던 직장 동료나 고객들과는 확연히 다른 분위기였다. K는 이런 분위기가 좋았다. 게다가 억센 고향 사투리를 쓰는 사람들과 술을 마시니 자신 또한 어디에 숨어 있었던 억센 사투리가 나와 자신도 모르게 놀라곤 했다.

술이 몇 순배 돌고 돌아 K도 어느 정도 취했다 싶었을 때 친구가 정색을 하고 K의 몸을 훑어보았다.

"참, 너. 잠깐만 일어서봐."

"응?"

K는 말귀를 못 알아듣고 되물었다.

"잠깐 일어서 보라고."

친구는 K의 팔을 잡고 위로 끌었다. K는 엉거주춤하게 일어섰다. 그러자 이종수는 들었던 잔을 놓고 K를 바라보았다. 친구 또한 머리에서 발끝까지 둘러보더니 튀어나온 배를 쓰다듬고 나서 엉덩이를 툭툭, 두드렸다.

"야, 너 모델 할 의향 있냐?"

"모델?"

K는 무슨 말이냐는 듯 친구를 보았다.

"그래, 모델. 그림 모델 말이야."

K는 피식, 웃었다. 젊고 예쁜 여자애들이 얼마나 많은데 왜 나 같은 놈한테 그러냐, 는 표정으로 친구를 보았다.

"그런 친구들이야 많지. 몸매 좋고 예쁘고. 볼륨감 있는 친구들도 많고. 남자애들도 요새는 얼마나 자기 몸매 관리 잘 하는지 다들 좋아."

친구는 술을 마시며 얘기했고 이종수가 나섰다.

"실은 제가 지금 모델을 구하고 있는 중이거든요."

"아, 예."

K는 그때까지도 감을 못 잡고 있었다.

"그러니까 자네가 이 친구 그림 모델을 서 주면 안 되겠나 해서 말하는 거야. 실은 그것 때문에 자네를 불렀고."

친구는 K에게 연락한 이유를 털어놓았다. K는 속으로 그나마 다행이라는 생각을 했다. 대부분 몇 년간 연락이 없다가 갑자기 연락해오는 경우는 경조사 아니면 대출건이었다.

"농담하지 마라. 이 몸에 무슨 모델을."

K는 손을 저었다. 아침에 샤워를 할 때마다 보던 몸은 자신이 보기에도 하찮았다. 툭 튀어나온 똥배며 늘어난 허리살이 도드라졌다.

"그러니까 너 같은 몸을 원한다고."

"뭐?"

그때까지도 K는 말귀를 못 알아들었다. 나 같은 몸을 원하다니. 그때 이종수가 나섰다.

"초면에 실례되는 말씀인지 모르겠지만 실은 우리 같은 50대 모델을 구하고 있거든요. 그 중에서도 바빠서 몸 관리도 제대로 안 한 사람을요."

"젊은 사람을 하면 더 좋지 않나요?"

K의 말에 그동안 듣고만 있던 수선은 쿡, 하고 웃었다.

"이 봐요, 아저씨. 아저씨는 지금 아저씨의 몸을 비하하고 있다는 걸 아세요? 자신의 몸이 얼마나 아름다운지 모르시지요?"

시비도 아니고 그렇다고 칭찬으로도 들리지 않았다. K는 대체 무슨 소릴 하는 거야? 하며 친구를 바라보았다.

"젊은 사람이야 구하려면 금방 구하지. 아까도 얘기했지만 젊은 애들 몸 관리 잘 해. 좋아. 하지만 향기가 없어. 마치 마네킹 같아. 삶이 안 보인다는 거야. 오십 대가 풍기는 그런 삶. 물론 이십 대의 삶이 있겠지만 다듬은 몸매는 그런 것조차 보이지 않아. 차라리 전문 모델보다 일반 사람을 모델로 세우는 게 낫지."

그제야 K는 조금 이해가 가는 것 같았다. 이 시대를 살아가는 평범한 오십 대의 남자를 구하고 있구나. 하지만 그런 모델을 구하기가 쉽지 않다. 그러니 모델을 좀 서 달라. 이런 뜻이구나. 하지만 이해가 갔다고 해서 모델을 서는 것 하고는 다른 문제였다.

"좀 서 주시겠습니까? 보답은 넉넉하게 못 드리지만요."

이종수가 말짱한 얼굴로 물었다. 진지한 표정이었다.

"그렇지만……."

K는 난감한 표정을 지었다. 돈이 문제가 아니었다. 우선 떠오른 게 많은 남자 여자들이 옷을 홀딱 벗고 있는 자신의 모습을 본다는 것이었다. 비록 그림이라 할지라도 얼굴을 보면 누군지 다 알 텐데. 성기를 그냥 그대로 드러낸 몸이 액자에 걸려 다른 사람의 눈요깃거리가 된다는 생각을 하니 오싹한 기분이 들었다.

"잘 생각해봐. 너도 그림을 그렸잖아. 모델이라는 것도 하나의 예술이야."

K가 그림을 그렸다는 친구의 말은 고등학교 다닐 때였다. 그러니까 고등학교 때 미술부를 함께 할 때를 얘기하는 것 같았다. 그때는 참 열심히 그림을 그렸다. 석고 데생을 하고 수채화를 그렸다. 가을에는 지역에 있는 문화원에서 미술부 전체 회원들이 전시회를 열기도 했다. 하지만 환쟁이는 굶어 죽는다는 아버지의 완강한 반대에 그림을 그만둘 수밖에 없었다. K는 그것이 두고두고 후회가 되었다. 직장 생활이 힘

들 때면 그때를 생각했다.

"그래도 이 몸에 어떻게 모델 서냐."

K는 여전히 한 발을 뺐다. 아무래도 자신이 없었다.

"포즈는 제가 잡아주면 되고요. 단지 몇 시간 꼼짝 않고 있는 게 힘드는데."

이종수의 말에 K는 고개를 저었다.

"그런 게 아니라…… 내가 옷을 벗은 몸을 다른 사람들한테 다 보여준다는 게 좀. 사실 쪽 팔리는 것이기도 하고."

"야, 그건 신경 쓰지 마라. 하나도 쪽 팔리는 거 아니니까."

친구가 어깨를 툭 쳤다. 친구는 몸은 전혀 문제가 아니라는 뜻으로 말했다. 자신의 벌거벗은 몸을 직원들이나 고객들이 보면 어떻게 생각할까하는 K의 생각과는 달랐다.

"생각해보고."

K는 거절의 뜻으로 말했다. 야멸차게 면전에서 거절하기가 민망했다.

"야, 생각하고 마시고 할 게 뭐 있냐."

친구가 말하자 이종수가 나섰다.

"그래도 생각할 시간은 줘야지."

"아마 하실 거예요. 언제 저한테도 모델 서 주세요."

수선도 얼굴을 옆으로 비스듬히 기울며 말했다. 그때 친구가 화장실을 다녀왔고 뒤이어 수선이 화장실 다녀오고 나니 술자리가 시들해졌다.

아마도 K는 그 일이 있은 후 한동안 잊고 지냈다. 여전히 고객들과 씨름을 했고 이사와 상무에게 무능력하다는 소리를 들으며 하루하루를 견디고 있을 때 스마트폰에 낯선 번호가 떴다. K가 전화를 받자마자 접니다, 하고 억센 경상도 사투리가 튀어나왔다. K는 전기에 감전된 것처럼 온 몸이 움찔거렸다. 이종수였다. 간단한 인사를 나눈 후 이종수는 곧장 본론을 얘기했다.

"이 번 주 토요일 오후에 시간이 나겠습니까? 곧 시작하지요."

"예?"

K는 무슨 말인가 했다. 무얼 시작한다는 말인가. 이종수는 잠시 침묵을 지키다 말을 했다.

"저번에 말씀하신 거요. 모델."

그제야 K는 아하, 했다. 순간 그때의 술자리가 눈앞을 재빠르게 스치고 지나갔다. 근데 내가 언제 모델을 선다고 했던가.

"저, 그때 전……."

K는 더듬거리며 말을 잇지 못했다. 아마도 생각해보겠다는 말을 저쪽에선 긍정적인 의미로 받아들여진 것 같았다. 거절을 해야겠는데 마땅히 떠오르는 말이 없어 한 말이었다.

"그럼 시간은 토요일 오후에 하는 걸로 하고 제 화실에서 기다리겠습니다. 명함 가지고 계시지요?"

이종수의 일방적인 말에 K는 어어, 하기만 했다. 마치 실어증이 걸린 사람처럼 말이 튀어나오지 않았다. 토요일이면 삼 일 뒤였다. 빨리 말을 해야겠다고 생각하면 할수록 마음만 급할 뿐 말이 입 속에서만 맴돌았다. 잠시 뒤 이종수는 그럼 그때 뵙겠습니다, 하고 전화를 끊었다. 이런. 그제야 K는 스마트폰을 보며 말을 했다. 낭패한 기분이 들었다. 지금이라도 당장 전화를 걸어 양해를 구해야 한다고 생각을 했지만 그렇지 못 했다. 그때 때마침 K를 찾는 고객이 왔고 바쁜 하루를 보냈다. 금요일 오후가 되자 K는 초조했다. 빨리 전화를 해서 약속을 취소해야겠는데 이상하게 스마트폰을 켤 수가 없었다. 그러니까 머리는 전화를 해야겠다는 생각으로 가득한데 손이 안 따라주는 격이었다. 마치 주인의 명령을 거역하는 불손한 하인 같은 손이었다. 어떻게 오후를 보냈는지 기억이 나지 않았고 퇴근할 때는 될 대로 되라지, 하는 체념마저 들었다. 집에 와서는 손이 제멋대로 명함을 찾아 눈앞에 보여주기도 했다. 희한한 일이었다. 손이 뇌의 명령을 받지 않고 마치 이종수의 명령을 받는 것 같았다.

그날 밤 K는 밤새 꿈을 꾸었다. 모델을 서는 꿈이었다. 무슨 체육관 같은 곳이었다. 사람들이 꽉 들어찼는데 K는 체육관 중앙에서 옷을 몽땅 벗고 서 있고 사람들은 그런 자신을 보며 그림을 그리는 꿈이었다. 그런데 이상한 것은 전혀 부끄럽지가 않았다. 오히려 꿈속에서 자랑스러워했다. 사람들은 자신을 부러워했다. 어떤 이유에선지 몰라도 모델을 서는 게 아무나 서는 게 아니었다. 어떻게 선택되었는지 몰라도 어쨌든 자신은 선택되었고 사람들의 시선을 받으며 모델을 섰다는 것이었다. 깨어나서도 꿈이 너무나 생생해 마치 실제로 겪은 듯했다. 그래 일단 가보자. K는 스스로에게 최면을 걸었다.

다음 날 K는 차마 아내에게 사실대로 얘기할 수 없고 지인을 만나러 간다고 거짓말을 한 후 집을 나왔다.

모델을 서는 것은 예상보다 쉬운 일이었다. 옷을 벗고 의자에 앉아 있으면 되는 일이었다. 물론 다른 사람은 아무도 없었다. 이종수만이 부지런히 붓을 놀렸을 뿐이었다. 좀 따분했다. 이종수가 좀 쉬다 하자고 해도 오히려 K가 계속 하자고 했다. 마음이 편했다. 옷을 벗을 때 좀 부끄러웠을 따름이지 막상 벗고 포즈(말이 포즈지 의자에 그냥 앉아 있었을 뿐이다.)를 취하자 마음이 그렇게 편안할 수가 없었다.
다음 주에도 갔었고 그 다음 주에도 갔었다. 갈 때마다 마치
죽은 어미라도 만나러 가는 듯 그렇게 기분이 좋을 수가 없
었다. 친구가 전화로 야, 너 모델 잘 선다며? 했을 때 오히
려 K가 무슨 그런 일로 호들갑이냐, 했다.

한 주 빠지고 다음 주에 갔을 때 완성된 그림을 보고는 K
는 깜짝 놀랬다. 똥배가 나오고 좀 뚱뚱한 중년의 남자가 의
자에 비스듬히 앉아 먼 곳을 바라보는 그림이었는데 그렇게
낯설 수가 없었다. 성기가 드러난 것도 부끄러웠다. 이제는
어떤 것에도 집착을 하지 않을 것 같은 여유 같은 게 보이
면서도 한편으론 불안한 기운이 그림에서 느껴졌다. 실제로
자신이 생각하고 있던 것과 너무 달라 이종수를 바라보았다.

"저 아닌 거 같아요."

마치 다른 사람의 몸에 자신의 얼굴을 갖다 붙인 거 같았
다.

"하하하."

이종수는 소리 나게 크게 웃다가 말을 했다.

"대부분 사람들은 그렇게 말하지요. 실은 대부분 자신의
몸에 대해 잘 몰라요. 단지 살이 쪘다, 날씬하다, 근육이 있
다, 뭐 이런 것만 보니까요. 근데 그림은 그런 껍데기를 그
리는 게 아니라 몸이 살아온 삶을 그리기 때문에 그 몸의
주인은 오히려 낯설게 느껴질 수가 있지요."

K는 완전히 이해를 못 하겠다는 표정을 지으며 계속 그림
을 보았다. 그런 K의 마음을 눈치 챘는지 이종수가 다시 말
을 이었다.

"저 같은 경우, 사물을 겉으로 드러난 있는 그대로 그리
지 않습니다. 사물을 재해석하는 것이지요. 어쩌면 그림에서

느끼는 것은 K선생의 삶이 아니라 내가 말하고자 하는 이미지일 수도 있지요. 선생의 몸을 빌려 제 나름대로 해석하는 것일까요?"

K는 고개를 끄덕였다. 그제야 뭔가 이해가 가는 것 같기도 했다. 그때 K는 그림을 그려보고 싶다는 생각이 강렬하게 들었다. 한 번 그런 생각이 들자 고등학생 때 그림을 그만두었지만 지금껏 한 번도 그림을 포기한 적이 없었다는 생각이 들었다. 비록 그림을 그리지 않지만 그림을 그리고 싶은 욕구가 항상 있었다는 생각이 들었다. 그림을 그리면 인생이 달라질 것 같았다. 은행원은 사람을 보면 그 사람이 돈이 있는지 없는지 안다. 그러면 그를 어떻게 설득시켜 자신이 다니는 은행에 돈을 예금하게 할 것인지 고민하게 된다. K는 대학 졸업 후 25여 년을 그렇게 살아왔다고 생각했다. 하지만 그림을 그리게 되면 사람을 그렇게 보는 게 아니라 그 사람이 살아온 삶을 볼 수가 있을 것 같았다. 한번 든 생각은 간절함으로 바뀌었다.

K는 두 번째 그림 모델을 서는 동안 내내 그런 생각을 했다. 근데 이 나이에 그릴 수 있을까. 회사에서도 일에 치일 지경인데 한두 번 했다가 금방 두는 것은 아닐까. K는 포즈를 취하고 있는 동안 자기 자신과 무수히 많은 대화를 나누었다. 어떨 땐 용기가 생겼다가도 금방 절망에 빠졌다.

딴 생각을 해서 그런지 시간은 금방 흘렀다. K가 방으로 들어가 옷을 입고 나오자 이종수가 커피가 든 종이컵을 내밀었다. K는 종이컵을 들고 소파에 앉았다.

"포즈 취하는 게 너무 자연스럽습니다. 그쪽으로 재능이 있는 것 같습니다."

이종수가 커피를 마시며 칭찬을 했다. 그냥 가만히 앉아 있는데 재능이라니. K는 속으로 생각하며 커피를 한 모금 마셨다. 그런 후 용기를 내 말을 했다.

"저, 근데요. 그림을 배울 수 있을까요. 아니, 이 나이에 그림을 그릴 수 있을까요?"

이종수는 말을 듣더니 K를 빤히 쳐다보았다. 그러더니 빙그레 웃었다.

"예전에 성진이랑 미술부 같이 했다더니 아직 열정이 남아 있으시군요."

"어쩌면 한 번도 잊은 적이 없었는지도 모릅니다. 마음은 뻔한데 몸이 따라 줄런 지."

K는 자신 없어하는 표정을 지었다.

"몸이야 뭐 중요합니까. 많이 늙었거나 큰 병이 있으신 것도 아닌데요. 마음이 중요하지요. 근데 어떤 그림을 그리시고 싶습니까?"

이종수는 진지하게 물었다. 이런 경우를 가끔 겪었다고 했다. 환쟁이는 굶어죽는다는 부모의 주장에 꿈을 접고 일반 직장 생활을 하던 사람이 그림을 그릴 수 있느냐고 찾아오는 경우가 가끔 있다고 했다. 백화점 문화센터나 여성회관 혹은 도서관에서 하는 그림 강좌에도 주부들이 많이 모인다고 했다. 자신처럼 전문적으로 하는 경우보다 취미로 하니 경제적인 문제가 생기지 않아 부러움을 느낄 때가 있다고 했다.

"유화를 배우고 싶은데 다음 주에 준비해 올까요? 무엇무엇 필요한 지 적어주시면."

"오늘 당장 그리고 가시지요. 준비랄 게 뭐 있나요. 유화 물감하고 붓 서너 자루 그리고 오일하고 캔버스가 있으면 되지요. 아참 팔레트도 필요하군요. 우선 여기 있는 거 쓰시고 천천히 준비하세요."

이종수는 직접 이젤에 10호 캔버스를 올려주고 자신이 쓰는 가방을 주었다. 가방 안에는 여러 물감과 붓이 있었다. K는 이종수가 시키는 대로 팔레트에 물감을 짜고 도록에 박혀 있는 풍경 유화 그림을 따라 그렸다. 처음엔 자신이 마음에 드는 그림을 따라 그리는 게 실력이 빨리 는다고 했다. 사실 K는 누드화를 그리고 싶었지만 말이 나오지 않았다. 풍경화는 별로 좋아하는 그림이 아니었다. 누드화를 통해 자신의 마음속에 있는 것을 표현해 보고 싶었다. 하지만 연필로 누드를 그리는 것조차 되지 않는데 유화로 그린다는 것은 자신이 생각해도 무모한 일이었다.

K는 토요일 오후에 2시간 동안 모델을 서고 2시간 동안 그림을 그렸다. 이종수는 꼼꼼하게 색을 섞는 방법과 칠하는 것을 가르쳐주었다. K는 그림을 그리면서 자신의 인생에서 가장 행복한 때가 아닌가 하는 생각이 들었다. 그림을 그리다 보면 시간이 금방 갔다. 배고픈 줄도 모르고 그리다 시간이 지나고 나서야 배고픈 것을 느꼈다. 그러면 이종수와 함께 가까운 술집으로 가 술과 안주로 배를 채우곤 했다.

아내에게는 애기하지 않았다. 그러자 아내는 토요일이나 일요일엔 잠만 자던 사람이 토요일 마다 밖으로 나가니 미심쩍은 눈초리를 보냈다.

"당신 무슨 기분 좋은 일 있어요?"

아내는 혹 무슨 일이 있나 따지듯 물었다. 어느 날 갑자기 토요일마다 하는 일이 있다며 밖으로 나갔다 돌아오면 온 얼굴에 화색이 도니 의심하는 건 당연했다. 여자가 생겼나. 아내는 남편이 화장실이라도 가면 스마트폰을 열어보기도 했다. 특별히 의심 가는 부분은 없었다. 어쨌든 매월 봉급은 꼬박 갖다 주었기에 크게 신경 쓰지 않았다. 아내에겐 신경 쓸 일이 많았다. 둘째의 학원 정보랑 과외에 자신의 인생 전체를 바치고 있는 중이었다. 그러니 남편이 토요일마다 밖으로 나가는 것에 대해 신경 쓸 여유조차도 없었다.

K가 그림 그린 지가 할 달쯤 지났을 때 이종수가 K에게 혹 누드크로키 모델을 할 의향이 있느냐고 물었다.

"누드크로키요?"

K는 마치 처음 듣는 말인 것처럼 되물었다.

"예. 아는 선배가 화실을 운영하는데 남성 모델이 일이 생겨서 못 나온답니다. 또 젊은 사람보다 어느 정도 나이가 있으신 분을 찾는다고 하니 제가 선생님 얘기를 했더니 꼭 해 달라고 합니다."

누드크로키를 하는 사람들은 오랫동안 해 왔고 가을에 전시회를 목표로 크로키를 한다고 했다.

"그런 건 한 번도 안 해봐서요. 유화라면 시키는 대로 포즈 취하고 가만히 있으면 되는데 그건 차원이 좀 다른 거 같아요. 전 포즈 취할 줄도 모르고요."

K는 정중히 거절했다. 하고 싶은 마음 또한 없지 않았지만 포즈를 전혀 취할 줄 모르니 차라리 그 화실에 가서 누드크로키를 직접 하고 싶은 생각이 들었다.

"포즈라면 걱정 마세요. 그 선배가 가르쳐 줄 거고 또 책 보고 혼자 연구하면 되니까요. 모델을 서 보면 나중에 그림 그릴 때 많이 도움이 될 겁니다."

이종수는 했으면 좋겠다는 의향을 강력히 내비쳤고 K는 그만 생각해 보겠노라고 했다. 그 날 그림을 다 그리고 집에 오는데 이종수가 책을 한 권 내밀었다. 『누드크로키 기법』. 그러니까 누드크로키를 하는 방법을 알려주는 책이었다.

"이 책에 보면 다양한 포즈가 나오는데 익혀놨다가 그대로 하면 됩니다. 크로키하는 방법도 상세히 나와 있는데 읽어 보시면 포즈 취하는데 많이 도움이 될 겁니다."

이종수는 부담 갖지 말라고 했지만 이미 모델 서는 것을 기정사실화하는 것 같아 당황했다. 그 날 밤 집에 온 K는 옷을 몽땅 벗고 거울 앞에 섰다. 예전 같으면 똥배 나온 몸을 멸시라도 했을 텐데 모델이 되고 또 되어달라고 청탁이 들어오자 몸에 대한 자신감이 생겼다. 그러니까 날씬하고 근육질의 몸만이 좋은 게 아니고 몸 자체가 소중하다는 말이지. 이종수도 누드화를 그리면서 인공미가 없는 자연스러운 몸이 좋다고 했다.

"요즘 말이지요. 너무 몸을 상품화시키는 거 같아요. 극히 자본주의 논리지요. 몸을 가꾸어야 한다고 열풍이 불어서 누가 이익을 봅니까? 헬스 기계 팔고 다이어트제 파는 재벌들 이익 아닙니까? 다 따지고 보면 국민들에게 돈을 떼어 먹겠다는 심보지요. 또한 모든 문제를 개인에게 돌리는 것도 있고요. 고대 벽화 같은데 보면 뚱뚱한 여인상이 많이 나오는데 그때는 그런 여인이 이상적이었다는 말이지요. 그러니까 몸은 어떠해야한다는 기준은 없고 단지 시대에 따라 관점이 바뀌는 것 같습니다. 하지만 어느 시대나 중요한 건 몸이 상품화 되어서는 절대 안 된다는 것이지요. 몸 자체가 소중하고 존중 받아야 한다는 겁니다. 몸에 대해 추하다 아름답다 이분법적으로 구분 짓는 자체가 자본주의 논리에 빠져든 거고 아주 나쁜 것이지요."

언젠가 이종수가 K의 몸을 그리고 나서 술집에서 술을 마시며 한 말이었다. 처음엔 그 뜻을 잘 몰랐는데 곱씹어볼수록 가슴에 와 닿았다.

K는 거울속의 자신 몸을 보며 미소를 지었다. 몸 자체가 소중하다. 이종수가 한 말을 그대로 굴러보았다. 뭔가 몸에서 힘이 솟는 것 같았다. 이종수가 준 『누드크로키 기법』을 펼쳤다. 모델이 서 있고 옆에는 비율로 나누어져 있었다. 그러니까 머리에서 발목까지 8등분한 것이었다. 크로키 기법에 관한 책이니 인체를 분석해 놓은 것 같았다. 몇 장을 더 넘기니 두 팔을 머리 위로 올리고 한 쪽 다리를 옆으로 벌린 채 서 있는 사진이 나왔다. 그 옆에서 그 모델을 보고 머리부터 허리를 거쳐 발끝까지 차례로 그린 그림을 4컷으로 나뉘어 실려 있었다. 초보자라도 쉽게 그릴 수 있도록 되어 있었다. 음. 이게 누드크로키 포즈란 말이지? K는 중얼거리며 거울 향해 따라해 보았다. 똑 같지는 않지만 그런 대로 비슷했다. 또 한 장을 넘겼다. 이번엔 누워서 팔로 머리를 받치고 있는 포즈였다. 역시 누워서 따라 해보았다. 그런대로 비슷한 것 같았다. 해볼까. 갑자기 강한 의욕이 생겼다.

근데.

K는 문득 자신의 몸을 바라보았다. 어떻게 옷을 다 벗고 많은 사람들 앞에 서나 하는 생각이 들었다. 게다가 여자들 앞이라니. 누드화처럼 한 사람 앞에서 벗을 때도 긴장했는데. 거기에 비하면 크로키 모델은 쉽게 생각할 일이 아닌 것 같았다. K는 고개를 저었다. 도저히 자신이 없었다. 포즈야 공부를 하고 노력하면 될 것 같기도 한데 많은 사람들 앞에서 옷을 몽땅 벗고 선다는 게 자신이 없었다.

"처음이 어렵지 몇 번 하고 나면 일대 일 누드화 설 때나 같을 겁니다. 오히려 크로키 모델이 더 좋지요. 포즈 자체가 예술이기 때문에 모델을 선다는 것은 예술을 한다는 겁니다."

다음 주 이종수는 K가 도저히 못 하겠다고 말을 하자 설득했다. K선생은 예술가로서의 끼가 있어요. 모델 서는 것을 즐기는 것 같아요. 이종수는 K를 설득했다. 즐긴다는 말은 맞았다. 포즈를 취하고 있으면 좋았다. 마음이 편안했다.

결국 K는 이종수에게 설득을 당해 다음 주 토요일 10시까지 화실로 가서 모델 서기로 했다. 그러니까 오전에는 모델을 서고 오후 2시 타임에는 K도 직접 크로키를 하기로 했다. 오후반에는 모델이 여자였다. K는 일주일 동안 퇴근해서 잘 때까지 포즈를 연습했다. 서 있는 포즈 앉은 포즈 누운 포즈 골고루 거울을 보며 연습을 했는데 연습을 하면 할수록 포즈에 자신이 없어진다는데 문제가 있었다. 이제라도 전화를 해서 취소를 할까. 스마트폰을 들고 몇 번이나 망설였지만 이상하게 마음 한 구석에 자신이 아닌 또 누군가가 있어 한번 해 봐. 절호의 찬스잖아. 이번이 아니면 언제 모델 해 보겠어? 그림도 그린다며? 평생 너의 꿈이 아니었어? 하고 자꾸 말을 걸었다. 그러면 다시 용기를 내어 거울 앞에 서면 또 다시 용기가 사라지곤 했다.

드디어 처음 모델을 서는 날이 왔다. K는 전 날 밤 잠을 하나도 못 잔 채 눈이 충혈 되어 화실로 갔다. 화실의 원장을 만나 인사를 나누고 일찍 온 사람들과도 인사를 나누었다. 대충 얘기를 들었는지 K의 나이에 대해 아무도 말을 하지 않았다. 처음 만난 지라 할 얘기는 없었고 커피를 한 잔 마신 후 9시 50분쯤이 되어 방에 들어가 옷을 벗고 가운을 입었다. 거울을 보며 한번 심호흡을 하곤 작업실로 들어갔다. 이미 사람들은 의자에 앉아 스케치북을 펴 놓고 연필을 쥐고 있었다. 원장이 CD플레이어를 작동시키는 게 보였다.

K는 약간 어지럽다는 느낌을 받으며 사람들 중앙으로 갔다. 바닥에는 카펫이 깔려 있었는데 카펫이 천길낭떠러지 아래에 있는 것만 같았다. 그러니까 눈이 사물들의 거리 조절이 잘 안 되었다. 사물의 위치가 멀리 있는지 가까이 있는지 구분이 잘 되지 않았다. 마치 술에 매우 취했을 때와 비슷했다. 다리에도 힘이 풀려 허공을 걷는 듯했다. K는 간신히 카펫 위에 서서 가운을 벗었다. 아무 소리가 들리지 않았다. 음악 소리도 들리지 않았다. 분명 원장이 CD플레이어를 켜는 걸 보았는데도 그랬다. K는 한 팔을 허리에 대고 한 팔은 늘어뜨렸다. 오른발을 앞으로 약간 내밀었다. 다리가 후들거렸다. 다리에 힘을 주었지만 오히려 더 떨리는 것 같았다. 내가 미쳤지. 왜 이런 걸 하겠다고 했는가. K는 후회를 하기 시작했다. 겨드랑이에서 시원한 땀방울이 주르륵 흘러내렸다. 아직 3분이 안 지났는가. 3분 후에 다른 포즈를 취해야 하는데. K는 3분이 지나갔는지 아직 남았는지 통 짐작을 할 수 없었다. 휴대용 타이머는 울리지 않았다. 고장나지는 않았을 텐데. 허공에 두었던 눈을 앞 사람에게로 가져갔다. 한 사람만이 아직 그리고 있고 몇몇은 다 그린 상태였다. 이런 지났구나, 생각했을 때 띵, 하고 타이머가 울었다. K는 다른 포즈를 취해야겠다고 포즈를 풀었을 때 순간, 다음 포즈가 생각나지 않았다. 집에서 무수히 취해 본 포즈인데 어떤 포즈를 취할 지 생각이 나지 않다니. K는 조급한 마음이 생기고 빨리 포즈를 취해야겠다는 의지만 있을 뿐 몸은 불량한 학동처럼 말을 도통 듣지 않았다. 그 뒤로 K는 거의 정신을 잃었다. 어떻게 했는지 얼마나 시간이 흘렀는지 아무 기억이 남아 있지 않았다.

"쉬다 하겠습니다."

원장의 말에 K는 그제야 정신이 번쩍 들었다. 주위를 곁눈으로 보니 일부는 스케치북을 의자에 놓고 일어서고 있었다. K는 옆에 있는 가운을 입었다. 사람들은 화실 밖으로 나가고 혼자 남았을 때에야 정신을 차렸다. 입이 바싹 마르면서 단내가 나는 것 같았다. 시원한 물이라도 한 잔 마셔야겠다며 화실 밖으로 나가려는데 원장이 들어왔다. 종이컵을 내밀었다. 커피향이 은은하게 났다.

"처음이라 힘드시죠?"

원장의 말에 K는 대답도 못 하고 커피를 후루룩 마셨다. 원장이 놀라는 표정으로 K를 바라보았다.

"물 좀 마셔야겠습니다."

K는 명치끝이 좀 뜨겁다는 생각이 들 뿐이었다.

"저기 생수통이 있습니다."

원장이 작업실 밖을 가리켰다. K는 생수통으로 갔다. 원장이 뒤따라왔다. K는 종이컵에 물을 내려 세 번을 연거푸 마신 후에야 정신이 좀 나는 것 같았다.

"처음이라 긴장하시는 거 같은데 부담 갖지 말고 하세요. 다들 이해할 겁니다."

원장은 마음 편히 먹으라고 했지만 K는 2시간이 끝나고 나서도 마음이 편치 못 했다. 어떻게 시간이 지나갔는지 몰랐다.

벌써 그게 3년 전의 일이었다. 지금 생각해보면 우스운 일이었지만 그때는 정말이지 절박했다는 생각이 들었다. 두 번째 날에는 좀 나았지만 여전히 허공을 걷는 듯 했고 포즈는 잊어버려 머리는 암전 상태가 되었다. 한 번 그러고 나니 포즈를 취하자마자 다음 포즈를 생각했지만 암전 상태는 여전했다. 포즈를 취하고 나면 몸은 왜 그렇게 가려운지. 시간은 왜 느리게 가는지. 몸은 왜 그렇게 말을 안 듣는지. 끝나고 났을 땐 몸은 마치 히말라야 산을 등반하고 온 느낌이었다. 점심을 먹고 오후반에 직접 크로키를 한 게 많이 도움이 되었다. 여자 모델이었는데 포즈가 그야말로 물 흐르듯 했다. 포즈와 포즈 사이가 어색하지 않고 자연스럽게 이어졌다. 서 있는 포즈에서 갑자기 누운 포즈를 취하지 않았다. K는 크로키를 하는 것보다 포즈를 자세히 보았다. 집에 와서는 매일 거울 앞에서 포즈 연습을 했다.

*

K는 시계를 보았다. 휴식 시간 10분이 다 지나가고 있었다. 어떤 사람은 벌써 자리에 앉아 스케치북을 펼쳤다. 아마도 잘 되지 않는 부분을 복기하는 듯했다.

"손이 완전히 굳은 건 당연해. 벌써 30여 년이 다 되어가는데. 그냥 손 푼다는 느낌으로 해."

원장과 새로 온 여자는 작업실 안으로 들어오며 말했다. 여자는 아무 말 없이 듣기만 했다. 새로 온 사람들은 대부분 얼이 빠졌다. 남자고 여자고 타인의 알몸을 본다는 것은 편치 않은 일이었다. 거기다 정해진 시간 안에 다 그려야 하니 혼이 쏙 빠지는 기분이었다. 얼굴을 그리고 눈 코 입만 그리는데 벌써 포즈는 끝나고 다른 포즈로 넘어갔다. 또한 그림을 스케치북 중간에 너무 크게 그려 다리를 그리지 못 할 때도 있었다. 그래서 처음 온 사람한테는 세세한 부분에 신경 쓰지 말고 전체적인 형체를 잡아보라고 권했다.

10분을 쉬었으니 좀 어려운 포즈를 취해야 한다고 K는 생각했다. 가운을 벗고 자리에 앉아 두 다리를 뻗고 상체를 앞으로 숙였다. 크로키를 그릴 줄 아는 사람들은 이런 역동적인 자세를 좋아했다. 실력이 늘수록 정적인 포즈보다는 동적인 포즈를 선호했다. 꾸부려 앉은 자세에서 상체를 오른쪽으로 비틀었다. 안 쪽 다리를 오므리고 다른 다리를 쭉 뻗고 상체를 앞으로 숙였다. K는 포즈를 취할 때마다 사람들이 자기가 요구하는 대로 따라오는 걸 느꼈다. 풀어주고 잡아당기고. 밝고 환한 포즈에서 어둡고 슬픈 포즈로. 다시 밝고 환희적인 포즈. 마무리는 편안한 포즈로. 마치 한 생을 시작해서 마치는 과정처럼 생각이 들 때가 있었다. K는 2시간 동안 모델을 서고 나면 몸이 날아갈 듯 상쾌했다. 가벼운 흥분을 느끼는 것도 마찬가지였다. 물론 자신이 마음먹은 대로 되었을 때만이 그랬다. 혹 마음에 걸리는 게 있어 딴 생각이 자주 들면 모델 서는 것 자체가 힘들었다. 포즈와 포즈 사이가 연결되지 않고 자꾸 끊겼다. 이러면 모델 서는 사람도 힘들지만 그림 그리는 사람도 힘들어 했다.

"한 포즈만 하고 마치겠습니다."

K는 말을 하고 나서 무릎을 꿇고 손을 무릎 위에 놓았다. 이런 포즈는 앞에서나 옆 뒤에서도 모두 괜찮은 포즈였다. 또한 그림을 못 그리는 사람도 따라 하기 좋은 포즈였다.

"수고하셨습니다."

K가 가운을 들면서 말했다.

"수고하셨습니다."

"수고하셨습니다."

사람들도 인사를 했다. K는 가운을 입으며 앞에 있는 사람을 슬쩍 보았다. 옷을 벗고 있을 때 사람들과 시선을 마주치지 않으려 하지만 가운이라도 걸치면 완전히 달라졌다. 앞에 앉은 사람은 오늘 처음 온 여자였다. 스케치북을 보니 마지막 포즈인 꿇어앉은 포즈를 상체만 그리다 말았다. 시간이 모자라 못 그린 건지 아니면 안 그린 건지. 아니, 이 여자는 어쩌면 그림을 일부러 그리지 않았을 지도 모른다는 생각이 들었다.

K는 방으로 들어가 가운을 벗고 옷을 갈아입고 밖으로 나왔다. 사람들은 모여 방금 그린 그림을 사진 찍고 있었다. 그 날 그린 것 중에서 각자 마음에 드는 것 몇 점씩을 사진 찍어 홈페이지에 올린다고 했다. K는 곁으로 다가가 그림을 보았다. 콘테로 선을 굵게 그린 그림부터 파스텔이나 붓으로 그린 것까지 다양했다. 같은 포즈에도 각자의 개성에 따라 느낌이 확연히 달랐다. 가끔 그림을 보다보면 내가 저런 모습인가 하고 K는 생소하게 느껴질 때도 있었다. 마치 타인의 몸을 보는 것 같았다.

"뒤풀이에 갔다 가시지요."

원장이 봉투를 내밀며 말했다. 모델료는 그날 바로 지불했다. K는 봉투를 받아 바지주머니에 넣으며 그렇게 하지요, 하고 대답했다. 처음 모델 섰을 때는 뒤풀이에 가지 않았다. 방금 그들 앞에 옷을 벗고 섰다는 이유만으로 그들과 함께 어울리는데 부담이 됐다. 하지만 이젠 함께 어울려 술을 마시며 그림에 대해 얘기를 나누면 좋았다. 그림 그리는 사람들의 성향을 알수록 포즈 취하는데 도움이 됐다. 어떤 사람은 역동적인 포즈를 좋아하는가 하면 어떤 사람은 정적인 포즈를 좋아했다. 또 어떤 사람은 뒷모습을 그리기를 좋아하는가 하면 또 어떤 사람은 앞모습을 그리기를 좋아했다. 사람의 개성에 따라 그림 재료가 다르듯 포즈도 각자 좋아하는 성향이 있었다. K는 주로 뒷모습을 좋아했다. 뒷모습을 그리노라면 그 사람이 살아온 내력이 보이는 것 같았다. 서 있는 자세보다 눕거나 앉은 포즈도 그랬다.

"왜 안 찍어? 자 그럼 이리줘봐."

K는 소리 나는 쪽을 바라보았다. 처음 온 여자가 자기는 그림을 찍지 않겠다고 하는 것 같았다. 원장의 친구인 듯 한데 원장과는 여러모로 성격이 다른 것 같았다. 원장이 화통한 성격이라면 여자는 어두운 표정에 조용한 성격이었다.

"오늘은 찍을 게 없어. 담에 찍을게."

여자의 단호한 말에 원장은 알았다는 듯 고개를 끄덕였다. 아마도 여자의 마음을 잘 아는 듯했다.

여자는 뒤풀이에 와서도 조용했다. 토요일 오후라 그런지 술집에는 다른 손님들이 없었다. 막걸리에다 두부김치를 시켜놓았는데 여자는 술을 입에 대는 시늉만 하고 마시지는 않았다. K는 회원들이 따라주는 술을 거절하지 않고 곧장 받아 마셨다. 남자 회원들은 대체로 술을 잘 마셨지만 언제나 1차에서 끝내서 좋았다. 서울 있을 때는 술자리를 밤 10시쯤에야 늦게 시작한 탓도 있지만 대체로 늦게 끝났다. 마치 전투를 하는 사람처럼 술을 마셨다. 이러다 오래 못 가지 하면서도 그렇게 술을 마셨다. 이 모임은 막걸리 몇 병을 마시곤 자리가 끝났다.

"오늘 서울 집에 안 가셔요?"

회원 한 사람이 술을 K에게 따르며 물었다.

"예. 할 일이 좀 있어서요."

K는 대답을 하면서 한 동안 서울에 가지 않았다는 생각이 들었다.

"그렇게 가지 않으면 사모님께서 뭐라 안 그러셔요?"

이번엔 원장이 물었다.

"이 나이에 뭐라 할 나이입니까. 오면 왔구나, 가면 갔구나, 하는 사이지요."

K는 원장에게 술을 따르며 말했다. 사람들이 웃었다. K는 농담처럼 말을 했지만 사실이었다. 집에 가면 잠만 자다 왔다. 아이들 얼굴 볼 새도 없었다. 처음엔 아이들 얼굴이 보이지 않아 언짢은 기분이 들었지만 이젠 그것조차 아무렇지도 않게 되었다.

"자, 한 잔 하시지요."

K는 처음 온 여자에게 술을 권했다. 순간 여자는 얼굴이 빨개지며 술잔을 들었다. 하지만 K가 마시는 동안 술잔을 입에 대는 시늉만 하고 잔을 내려놓았다. 이런 분위기를 좋아하지 않는 듯한데 그렇다고 집에 가지 않은 이유는 뭘까. K는 잔을 내려놓으며 잠깐 생각했다. 전체적으로 침울한 느낌을 주는 여자였다.

"자자, 저번에 카페에서 애기한 것을 결론 보자고."

남자 한 사람이 말하자 다들 그쪽으로 눈길을 보냈다. 아마도 모임의 장을 맡고 있는 듯 했다.

"이 자리에 모델님도 계시는데 이런 말하기가 그렇지만 결론 보자고요. 그러니까 전시회도 몇 개월 안 남았는데 모델을 여자로 할 것인가 아니면 이대로 할 것인가. 댓글에는 여러 의견이 있었는데 오늘 확실하게 의견을 밝혀주십시오."

남자의 말에 원장이 K의 얼굴을 보았다. 아마도 홈페이지로 사용하고 있는 카페에서 모델 애기가 나온 듯했다. K는 이제 2년 했으면 모델을 바꿀 때도 되었구나 싶었다. 자신도 그림을 그려 보아서 알았다. 모델이 포즈를 바꾼다고 해서 2년 동안 하면 매 번 비슷한 포즈였다. 자신이 이 모임의 모델을 선 것도 앞에 선 여자 모델이 2년 정도 섰는데 이제 남자 모델을 했으면 하는 회원들의 바램이 있어서라고 원장이 언젠가 말을 했었다. 모델을 그만두란다고 해서 K는 서운하거나 그런 입장이 아니었다. 오히려 잘 된 일인지도 몰랐다. 자신도 누드크로키를 하고 싶은데 모델을 서고 있으니 아쉬울 뿐이었다. 집에서는 유화 물감으로 누드화를 그렸다. 이참에 여자 모델로 바꾸면 자신도 모임에 가입해 크로키를 했으면 좋겠다는 생각이 들었다.

"돌아가며 의견을 말해 주세요."

남자의 말에 몇몇은 여자 모델로 바꾸었으면 좋겠다는 의견을 몇몇은 올해는 이미 시작했으니 그대로 하고 내년에 여자 모델로 바꾸면 좋겠다는 의견을 내 놓았다. K는 묵묵히 듣고만 있다가 자신이 한 마디 해도 되겠냐고 남자에 물었다.

"물론이지요."

남자는 흔쾌히 대답했다.

"사실 제가 모델을 서고 있지만 저도 크로키를 하고 싶은데 제 몸을 제가 그릴 수 없으니 답답한데요. 사실 2년이면 좀 지겨울 때도 됐지요. 매번 그 몸에요. 그러니 이참에 여자 모델로 바꾸고 저도 회원으로 가입해 크로키를 했으면 좋겠습니다."

K의 말에 일부는 그러면 되겠네, 하는 소리를 했다. 원장이 듣고 있다가 말을 꺼냈다.

"아니, 그러지 말고. 이렇게 하면 어때요? 돌아가면서 하면요. 그러니까 한 주마다 모델을 남자 여자 이렇게 교대로 모델을 하면요. 지금까지 전시회를 해봐서 알겠지만요, 여자만 하고, 또 남자만 하고 하니까 좀 밋밋했잖아요. K선생만 동의하신다면 남녀 교대로 했으면 좋겠습니다."

원장의 말에 의외로 결론은 쉽게 났다.

"K선생님 괜찮겠죠? 격주로 함께 크로키하면 되잖아요."

원장이 K를 보며 양해를 구했고 K는 흔쾌히 좋다고 했다. 3년 전 처음 누드크로키 모델 섰을 때, 그러니까 오전에 모델 서고 오후에는 크로키를 배울 때 K는 하루가 어떻게 지나가는지 모를 정도로 좋았다. 그렇게 1여 년 하다가 시골 지점으로 발령이 났을 때 하늘이 무너지는 줄 알았다. 그러나 다행히 채 한 달이 못 되어 친구로부터 전화가 왔다. 수선 선배가 운영하는 화실에서 남자 모델을 구하는데 해줄 수 있느냐는 것이었다. 얼마나 반가운 전화였던가.

K는 술잔을 들어 한 모금 마시는데 새로 온 여자가 눈에 들어왔다. J라고 했던가. K는 안주를 집는 척하며 여자를 곁눈으로 보았다. 속이 텅 빈 여자. 원장이 처음 소개시켰을 때의 첫 인상이 그랬다. 처음엔 좀 놀라는 표정이었다. 아마도 모델이 남자라는 얘기를, 그것도 50세가 넘은 중년의 남자라는 걸 몰랐던 것 같았다. 포즈를 취하면서 틈틈이 시야에 들어온 여자의 모습은 속이 텅 빈, 껍데기만 있는 느낌이었다. 마치 옷을 벗으면 속에는 아무 것도 있지 않을 것 같았다.

"또 안건이 있었는데, 누구지요? 누드화 한번 했으면 좋겠다는 분?"

다시 남자가 둘러보며 얘기를 했고 한 여자가 제가요, 했다. 처음 모델 섰을 때부터 나온 사람이었다.

"크로키만 계속 하니까 좀 지겨운 거 같아서요. 그래서 누드화를 한번 그려 보면 어떻겠느냐는 생각에."

여자는 말을 하다 중간에서 끝맺었다. 아마도 자신의 말에 자신이 없어 하는 것 같았다.

"근데 우리가 그리겠어? 사진보고 그리는 것도 아니고 실물을 직접 보며 그리는데 2시간 만에 어떻게 그림을 다 그려? 아님 몇 주를 계속 그려?"

이번엔 남자가 말했다.

"그러게요. 우리가 미대 나온 전문가도 아니고 그렇게 빠른 시간에 그릴 수 있을지 모르겠고."

처음 제안한 여자가 여전히 자신 없어 하는 표정으로 말했다.

"아냐. 그리면 되요. 유화로 말고 아크릴로 그리면 빨리 마르니까 2시간이면 가능해. 그런 것도 해 보면 실력 느는데 도움이 많이 되요. 전시회할 때도 다양한 그림이 있으니까 더 좋고."

원장이 나서자 머뭇거리던 회원들도 관심을 드러냈다. 하지만 처음 온 여자는 여전히 묵묵히 있었다. 어쩌다 술잔을 들어 입만 축이는 시늉만 했다. 술을 마시고 싶은데 절제를 하는 듯한 표정이었다. 그런 모습을 보니 오히려 자신이 술이 당기는 것 같아 K는 술잔을 들어 한 모금 마셨다.

"그럼 다음 주에 바로 누드화 하는 겁니까? 모델은요?"

다른 회원의 말에 K는 다음 주에 바로 여자 모델로 했으면 좋겠다는 생각을 했다. 그동안 자신의 몸만 그려온지라 누구보다도 모델을 간절히 원했기 때문이었다. 그렇다고 자신이 나서서 할 얘기도 아니었다. K는 가만히 있었다.

"K선생을 하기로 하죠. 우리한테 몸이 익숙했기 때문에 새로운 모델보다는 더 나을 거예요. 다음 주엔 모두들 아크릴 물감 준비해 오세요."

원장은 K의 기대를 깨트렸다. 하지만 K는 아쉽다는 생각이 들 뿐 그렇게 하는 것이 당연하다는 생각이 들었다. 2시간 안에 누드화 한 점을 완성한다는 것은 쉬운 일이 아니었다.

할 얘기가 끝났는지 회장이 술을 마셨고 그걸 신호라도 되는 양 모두들 술을 마시며 옆 사람과 얘기를 하기 시작했다. 늘 그렇듯이 직장 얘기며 언론에서 한창 떠드는 정치적인 얘기를 나누었다. K는 처음 온 여자와 얘기를 나누었으면 좋겠다는 생각을 했지만 말을 걸 엄두가 나지 않았다. 고개를 숙이고 있는 모습이 누구의 침범도 거역하는 것 같았다. 특히 모델이기에 여자 회원들에게 말을 함부로 걸기가 더욱 조심스러웠다.

한 사람이 볼 일이 있다며 일어서자 또 한 사람이 일어섰고 그러자 자리는 자연히 파하게 됐다.

"K선생은 이번 주에도 서울에 안 가세요?"

헤어질 무렵 원장이 K에게 물었다. 옆에는 여자가 다소곳이 서 있었다. 아마도 서울 갈 때마다 차 때문에 술을 안 마시는데 오늘은 술을 마신 것을 보고 그렇게 짐작한 것 같았다.

"예. 일이 있어서요."

K는 여자를 곁눈질하며 말했다.

"그럼 다음 주에 봬요. 저는 이 친구와 어디 가서 커피 한 잔 하고 갈게요."

원장이 고개를 숙이자 여자도 덩달아 고개를 숙였다. K는 인사를 하고 자전거의 자물쇠를 풀었다. 그러고 보니 벌써 한 달째 서울집에 안 갔다는 사실을 기억했다. 그런데도 원장의 말을 듣기 전까지는 전혀 이상하다는 생각이 들지 않았다.

K는 시내를 벗어나 논둑길을 달렸다. 아직 4월이라 그런지 덥지가 않았다. 얼굴을 바람에 맡기며 페달을 천천히 밟

왔다. 공기에는 물내음이 났다. 이제 곧 모심기가 시작되려는지 로터리를 치고 물을 가둔 논이 많았다. 어떤 논에는 보리가 바람에 파도를 치듯 흔들렸다. K는 주위를 둘러보며 서울집에 안 가길 잘 했다는 생각이 들었다. 아마도 갔으면 잠만 자다가 올 것이었다. 이제 집에 안 갈 것이니 밤에는 그림을 그릴 작정이었다. 지금 그리고 있는 누드화는 자신의 몸이었다. 오늘 밤과 내일 그리면 완성될 것이었다. K는 콧노래를 부르며 페달을 밟은 다리에 힘을 주었다.

*

K는 벽에 기대어 앉았다. 2시간여 동안 자전거를 타고 집에 왔을 때 배가 고팠지만 그렇다고 뭘 먹고 싶은 게 없어 옷을 갈아입지도 않고 벽에 기대앉은 것이었다. 좀 쉬다가 그림을 그리고 그러다 정 배가 고프면 그때 가서 뭘 좀 먹으면 될 터였다.

집에 혼자 있을 때 가장 외로울 때가 저녁 무렵이었다. 특히 저녁을 먹고 난 뒤 벽에 기대어 있노라면 외로움이 적군처럼 밀려왔다. 그렇다고 가족에 대한 애틋한 감정이 있는 것도 아닌데 그랬다. 차라리 아내가 그립고 아이들이 보고 싶은 마음이 있다면 그래도 좀 나을 터였다. 혼자 있는 게 좋았다. 이미 오래 전부터 그래 왔다. 당신은 열심히 돈만 벌어오세요. 자식은 제가 알아서 잘 키울게요. 아내는 첫 아이가 이제 막 말을 배울 때부터 그랬다. 자식만이라도 번듯하게 키워서 봉급쟁이 시키지 말아야지, 했다. 아이들이 커 가면서 K는 자신의 존재감이 점점 사라지는 것을 느꼈다. 집안에 자신의 흔적보다 아이들의 흔적만 늘어갔다. 그만큼 자신의 흔적이 사라진다는 것을 의미했다. 먹는 것은 당연하고 집안의 일정조차 아이들에게 맞추었다. 평일은 그렇다 치더라도 휴일까지 아이들 위주였다. 그러니 아이들조차 모든게 자신 위주로 사고하고 행동했다. 아버지의 절대적인 권위아래 커온 K는 어이가 없었고 할 말을 잃었다. 돈벌어오는기계. 자신의 삶이라고는 하나도 없는 존재. 기계처럼 새벽에 출근해 밤에 들어오는 생활. 가정이란 게 뭔가 하는 회의가 점점 들었다. 다행이라면 누드모델을 서면서 그나마 위안을 삼은 것이라 할까.

처음 고향 옆 소도시인 D시 지점에 발령 받았을 때 뭔가홀가분하다는 생각이 들었다. 구조조정이 있을 거라는 소문에다 예금 유치 실적이 안 좋은 사람은 옷 벗을 것이라는소문이 돌 때였다. 그나마 시골 지점이라도 발령 난 것을 다행이라고 여길 정도로 상태가 안 좋았다. 어떤 이는 그게 그거 아니냐고. 사표 내라는 것과 무엇이 다르냐고 항변했지만K는 아무런 미련 없이 시골행을 받아들였다. 꼭 고향 옆 도시여서 그랬던 건 아니었다. 가족을 벗어난다는 자체가 좋은것이었다. 혼자 조용히 지내고 싶었다. 시간 나는 대로 그림을 그리고 싶었다. 다른 것은 없었다. 그래도 서울에 가족이산다고 토요일이면 서울로 올라가고 일요일 오후면 시골로내려왔다. 2여 년을 그렇게 하다 점점 토요일에 서울에 안가게 되었다. 딱히 그러려고 한 게 아니었는데 그렇게 되었다. 토요일 오후에 모델을 서고 나면 또 어떻게 서울 가나하는 걱정이 앞섰다. 그러다 뒤풀이에서 한두 잔 마신 술을핑계로 가지 않게 되었는데 그게 그렇게 편안할 수가 없었다. 옷이야 세탁소에 맡기면 되었다. 왜 진작 이런 생각을못 했을까. 아내도 그런 그를 탓하지 않았다. 지역 사람들하

고 자주 어울려 예금 유치도 많이 해서 나중에 구조조정 대
상이 되지 말라고 했다. 아마도 진심이었을 것이다. 이해는
갔다. 우리나라 사회에서 가장이 직장을 잃으면 당장 중산층
에서 최하층으로 전락할 게 눈에 뻔한데 누군들 그런 걸 걱
정하지 않겠는가. 그렇지만 하루하루가 지쳐가는 건 어쩔 수
없었다.

그런데…… 벌써 가족 안에서 섬처럼 지낸 지가 30여 년
이 다 되어가건만 저녁이면 혼자 있다고 외로움에 떠는 자
신이 뜨악하다는 생각이 들었다. 평일이야 어차피 서울이나
지방이나 늦게 퇴근하는 것은 마찬가지였으나 토요일이나
일요일이 그랬다. 텔레비전도 없고 신문도 없는데다 인터넷
까지 되지 않으니 저녁 먹고 나면 딱히 할 일이 없어서 그
런가 싶어 저녁을 먹자마자 붓을 들었지만 그래도 마음 한
구석에 있는 허전한 것을 숨길 수는 없었다.

일어나 작업실로 가서 그림이나 그릴까 생각하고 있는데
골목에서 개 짖는 소리가 났다. 옆집에 혼자 사는 할머니가
허전해서 키우는 발바리 잡종이었다. 덩치는 작아도 낯선 사
람이 골목에 나타나기라도 하면 맹렬히 짖어댔다. 개가 짖으
면 옆집 아니면 자신의 집이었다. 두 집 다 사람이 거의 찾
아오지 않으니 개가 짖을 일은 별로 없었다. 개가 자꾸 짖는
것으로 보아 자신의 집으로 누가 오는 것 같았다. K는 방문
을 열고 밖을 보며 나갈 채비를 하였다. 여전히 개는 숨이
넘어갈 듯 짖었다. K는 마루로 나와 슬리퍼를 신었다. 그때
검은 그림자가 대문으로 들어서는가 싶더니 사람의 형체가
드러났다.

"마침 계시네요. 몇 번이나 왔는지."

60대 초반으로 보이는 남자가 집안을 둘러보며 말했다.

처음 보는 사람이었다. 아마도 이 마을 사람인가 보다 생각하고 있는데 남자는 K의 눈치를 짐작했는지 나 통장이요, 했다.

"아, 예."

K는 고개를 숙여 인사를 했다. 비록 이 집이 K가 나고 자란 곳이긴 하지만 고향을 떠난 지가 30여 년이 되어갔다. 그러니 고향에 남아 있는 사람 중에 아는 사람보다 모르는 사람이 더 많았다. 아무래도 통장도 동네에 예전부터 살아오지 않고 이사 온 사람 중에 한 사람 같았다.

"학교 다닐 때부터 공부를 잘 해서 서울서 돈도 많이 벌고 출세도 하셨다더니."

통장은 K의 아래 위를 보며 말끝을 흐렸다. 동네 소문을 듣고 지레 짐작을 하는 모양이었다.

"이리로 올라오시지요."

아무래도 통장이 무슨 볼 일이 있어 왔지 싶어 K는 마루 위로 올라오라고 했다. 통장은 스스럼없이 마루에 걸터앉았다.

"근데 어쩐 일로 이렇게 지내시는지. 보니께 주소도 서울로 되어 있던데."

통장은 무언가 탐색이라도 하는 듯 물었다.

"아, 예. 그냥 잠시 토요일하고 일요일만 지냅니다."

K는 가능한 한 친절하게 말하려고 했다. 이곳이 고향일 뿐만 아니라 일주일에 이틀만 지낸다고 해도 통장에게 밉보여 좋을 게 없단 생각이 들었다.

"아, 그러니께 별장, 그렇지. 별장처럼 지내시는구나. 하하 좋지요. 공기 좋고 물 좋고."

"그냥 지내는 겁니다."

K는 별장이라는 말을 극구 부인했다.

"그래도 이 동네가 살기 좋은 곳이요. 다들 한 가족처럼 지내니 말이요. 우리 동네처럼 서로 도우며 너나없이 지내는 마을도 드물 거요."

통장은 K를 똑바로 바라보며 말했다.

"예."

K는 통장의 다음 말을 기다리며 대답을 했다. 통장은 머뭇거리다 흠흠, 헛기침을 하곤 말을 꺼냈다.

"이런 말씀드리기가 무엇 하지만, 우리 마을의 오랜 숙원 사업인 마을회관을 짓기로 했습니다."

"잘 되었군요."

K는 고개를 끄덕이며 말했다. 시골의 할아버지 할머니들이 마을회관에 모여 밥도 해 먹고 화투도 치는 걸 텔레비전을 통해 본 적이 있어 그런 걸 상상했다.

"근데 그게 말이요. 시에서 그냥 지어주는 게 아니거든요. 우리 마을에서 성의를 보여야 한다는 것이지요."

통장의 말에 K는 잘 이해가 안 된다는 표정을 지었다. 시에서 그냥 지으면 되지 성의는 무슨 성의일까. 그런 생각을 하는데 통장이 말을 이었다.

"그러니까 우리 마을에서 돈을 얼마씩 거두어 이러이러한 돈을 모았으니까 나머지 돈은 시에서 보조를 해 달라, 뭐 이런 거지요."

그때까지도 K는 통장의 말을 이해하지 못 했다. K는 고개를 끄덕이며 다음 말을 기다렸다. 고개를 끄덕인 것은 통장의 말에 동의를 한다거나 이해를 한다거나 하는 것이 아니었다. 계속 얘기를 하라는 뜻이었다. 하지만 통장은 그런 K의 모습을 이해하는 걸로 들었다.

"역시 서울서 사시다가 오셔서 그런지 이해가 빠르군요. 그래서 며칠 전 마을 회의를 통해 집집마다 돈을 얼마씩 내기로 했답니다."

그제야 K는 통장이 찾아온 목적을 알 수 있었다. 그러니까 집집마다 돈을 얼마씩 내어 돈을 모으고 시청에 마을회관을 지어 달라고 요청하는 것이었다. 요는 돈을 얼마 내 달라 하는 것이었다. K는 순간 언짢은 기분이 들었다.

"아니 마을회관 같은 것은 시청에서 그냥 지어줘야 하는 거 아닌가요? 동네 주민들에게 거둔다는 것은 이해가 안 갑니다."

동네 주민들에게 돈을 거두는 일이나 부역이 있었다. 하지만 그런 것은 다 예전의 일제 강점기의 잔재로 이제는 없어진 것으로 K는 알고 있었다.

"그게 그러면 얼마나 좋습니까. 근데 시청에서 예산이 한정 되어있으니까 마을에서 돈을 거둔 동네를 우선해서 지원해 준다, 이 말입니다."

K는 아직도 동네에서 돈을 거둔다는 말에 화가 치밀어 올랐지만 처음 본 통장한테 드러낼 수는 없었다. K의 눈치를 보던 통장이 말을 했다.

"저기 저 교수님집은 이백 만원을 냈답니다. 동네에 무슨 일이 있으면 협조를 아주 잘 해 주시지요. 저번 어버이날 마을 잔치에서는 오십 만원을 찬조했다니까요."

K는 어이가 없었다. 하지만 화를 삭였다.

"교수집이요?"

언젠가 K도 그 집을 본 적이 있었다. 그 집은 K의 집 뒤를 지나면 바로 나왔는데 뒷산의 작은 절로 가는 길목에 있었다. 언젠가 저녁 무렵 K가 절로 난 길로 산책하다 그 집을 보았는데 마당 군데군데 장승을 세우고 장승 머리위에 등을 달아 놓았다. 그 덕택에 주위는 대낮처럼 밝았다. 집은 통나무로 2층으로 지어졌는데 정원을 아주 잘 가꾼 집이었다. 마당엔 잔디를 깔고 여러 정원수를 심고 마당 한 켠에는 연못을 만들었는데 시골에서는 보기 드문 고급스러운 집이었다. 울타리가 낮아 집안 내부가 잘 보였다. 지나가다 누구 길레 이렇게 잘 지어놓고 사나 싶었다. 이제는 부자들이 번잡한 시내에서 벗어나 시골에 넓은 집을 지어서 사는 시대가 되었구나 생각했다. 동네가 시내에서 조금 떨어져 있어 동네에 외지 사람들이 들어와 집을 많이 지었다. 그런 집 말고도 양옥집으로 지은 집이 여럿 되었다. 외지에서 이사 온 사람들의 집은 모두 양옥집이고 예전부터 살던 사람들의 집은 슬레이트집이었다. 노인들만 남은 지라 당연한 지도 몰랐다.

"예. 저도 몇 번 보지 못 했지만 교수라 하더라고요. 하여튼 그 분은 동네에 많이 협조해 주십니다."

통장의 말을 듣고 보니 찬조를 아니 할 수는 없을 것 같았다. 그렇다고 교수란 사람처럼 200만원을 할 수는 없었다. 적어도 교수와 자신과는 다르다고 K는 생각했다. 교수란 사람은 어쨌든 마을 주민이었다. 하지만 자신은 우선 주소도 이곳에 되어 있지 않았다. 또한 매일 거주하는 게 아니라 일주일에 한번 와서 이틀을 묵고 갔다. 평상시에는 인근 도시인 D시의 원룸에서 생활했기 때문이었다. 찬조금을 요구하는 것조차 부당하다고 생각하는데 자꾸 교수란 사람을 들먹이니 은근히 화가 솟구쳤다.

"계좌번호를 알려 주시면 얼마라도 다음 주에 입금해 드리겠습니다."

통장과 사이가 틀어지면 좋을 게 없다는 생각에 K는 통장의 얼굴을 보며 말했다. 통장은 주머니에서 종이 한 장을 내밀었다. K는 종이를 받아들고 등 아래로 가져갔다. 종이에는 이미 마을회관 건립 추진위원회란 이름으로 마을회관의 건립 필요성과 찬조를 부탁한다는 글이 적혀 있고 밑에는 농협의 계좌번호가 적혀 있었다.

"이런 말씀 드리기가 무엇 하지만."

통장은 머뭇거리다 말을 이었다.

"저번 마을 회의에서 가구당 오십 만원을 내기로 했습니다. 혼자 사는 노인들이 많지만 다들 객지에 사는 아들들한테 얘기해서 다 내는 형편이지요. 어떤 집은 백만 원 낸 집도 여럿 있습니다. 효자지요. 그래 요즘 세상에 고향에 잘오지도 않으면서 고향 일에 덥석 백만 원을 내는 사람이 잘 있습니까? 다들 한 가족처럼 사는 마을이라 그래도 내 일이라 생각하고 돈을 내는 것이지요."

통장은 말을 마치고 나서 일어섰다. 이제 할 말은 다 했다는 표정이었다.

"예. 알겠습니다."

K는 달리 할 말이 없어 고개를 끄덕였다. 긍정도 부정도아니었는데 통장의 표정은 밝아졌다. 하지만 K는 은근히 부아가 났다. 가족을 강조하면서 세금 아닌 세금 같은 것을 거둔다는 것 자체가 불쾌했다. 마을회관이라면 당연히 국가나지방자치단체에서 해야 하는 것 아닌가 하는 생각이 들었다. 요즘 세상에 주민들에게 돈을 거둬 복지 시설을 건립하는데가 어디 있단 말인가. 서울이라면 어림도 없을 얘기였다. 만약 아파트 단지내에 주민회관을 짓는다고 돈을 거두면 아파트 입주민들이 순순히 돈을 낼까. 어림도 없을 소리였다.

시골이니까 이런 현상이 일어난다는 생각에 K는 부아가 났지만 통장에게 무어라 말 할 입장은 못 되었다.

"자, 그럼. 혹 동네에 무슨 볼 일이 생기면 저에게 연락주세요."

통장은 만족한 표정으로 인사를 하고 대문을 나갔다. 또 다시 개가 짖는 소리가 났다. K는 잠시 마당에서 서성거리다 작업실로 들어가 불을 켰다. 저번 주에 그리다만 자신의 누드화를 그릴 생각이었다. 기분을 잡쳤지만 할 일은 해야했다. 토요일에 서울집에 안 가면 오후엔 모델을 서고 오후부터 다음 날까지 그림을 그렸다. 그러다 자전거를 타고 방천둑이며 논둑길을 달리곤 했다. 일요일 밤까지 지내다 다음날 아침에 곧장 직장으로 출근했다.

누드화는 자신이 옷을 모두 벗고 의자에 편하게 앉아 있는 그림이었다. 사진기로 찍어 컬러 프린터로 출력한 것을 보고 그렸다. 사물을 직접 보면서 빛과 그림자를 잘 드러내면 좋겠지만 자신의 누드화는 그럴 수 없었다. 2여 년째 자신의 누드화를 그렸으나 작품이 많이 남아 있지는 않았다. 처음 그릴 때는 한 점을 그리고 나면 만족되어 잘 보관하였다가 몇 개월 지나서 보면 성에 차지 않았다. 그래서 그 위에다 다시 다른 그림을 그리곤 했다. 인터넷에서 여자의 누드를 출력해서 그려보았지만 그렇게 만족스럽지가 못 했다. 몇 점을 그렸지만 남아 있는 건 없었다. 언제 기회가 되면 여자 누드화를 그려야지. 그렇게 생각하며 의자에 앉는데 불현듯 오늘 크로키하러 새로 온 여자가 떠올랐다. 처음 볼 때는 좀 어두운 표정이구나 하는 정도였는데 시간이 지날수록 잔상이 계속 남아 있었다. 묘하게 사람을 끄는 구석이 있었다. 몸집도 어느 정도 있어 누드화를 그리면 좋겠다는 생각이 언뜻 떠올랐고, 순간 당황한 K는 주위를 두리번거렸다.

K는 상체를 뒤로 젖히며 이젤에 있는 그림을 보았다. 편안하게 그린다고 그렸는데 뭔가 전체적인 분위기에서 불안한 기운이 느껴졌다. 뒤 배경을 어두운 색과 붉은 색을 써서 그런가 하고 생각해보았지만 꼭 그것 때문만은 아닌 것 같았다. 똥배가 나오고 허리살이 접힌 중년의 몸은 그런대로 안정감이 있었다. 축 늘어진 성기위로 음모는 숱이 많지 않아 노쇠한 느낌이 들었다. 하지만 열심히 살아온 몸이었다. 가난한 시골에서 태어나 오직 앞만 보고 달려온 몸이었다. 남들이 부러워하는 대학을 갔고 직장을 가졌다. 예쁜 아내를 만났고 아들 둘을 낳았다. 강남에 아파트가 있다. 남들이 보면 부러워할 만한 가정이었다. 하지만 K는 가족을 위해 오직 돈 버는 기계가 되어버린 자신의 삶에 회의를 느꼈다. 이러다 오래 못 가지. 아내고 아들이고 모두 벗어나 훌쩍 떠나고 싶었다. 가정이라는 굴레를 벗어나고 싶었다. 그나마 그림이라도 그리기 때문에 숨은 붙어 있다고 생각했다.

*

K가 새로 온 여자를 만난 것은 처음 만난 뒤 몇 주가 지났을 무렵이었다. 물론 여자는 매주 화실로 나와 크로키를 했고 K는 이 주일에 한 번씩 모델을 섰다. 한 주는 회원들과 함께 크로키를 했다. 여자는 여전히 속이 텅 빈 것 같은 모습이었고 말이 없었다. 다만 시간이 갈수록 그림을 열심히 그렸다. 알고 보니 원장과 미술대학 동기였다. 다만 여자는 졸업 뒤로는 무슨 이유에선지 손을 놓은 듯 했다. 손을 놓았다해도 미대출신은 달랐다. 몇 번 그리지 않았는데도 선이

부드럽고 개성이 있어 보였다. 본인 또한 그림에 완전히 몰두했다. 마치 그림 그릴 땐 딴사람 같았다.

어쨌든 화실이 아닌 곳에서 만나기는 처음이었다. 그때 K는 모델을 끝내고 뒤풀이에 잠깐 갔다가 집에 왔었다. 날씨는 5월답게 아카시아꽃 향기가 바람에 실려와 마음을 달뜨게 하였다. 자전거를 타고 방천 둑으로 나갈까 하다가 마을 뒷산에 있는 절에 가보기로 했다. 절은 작지만 신라 시대에 창건되었을 정도로 오래되었다. 어머니 49재를 지낼 때 가본 이후로 가 본 적이 없다는 생각이 들자 더욱 더 가보고 싶다는 생각이 들었다. 시간은 6시를 가리키는데도 아직 해는 중천에 떠 있었다.

집을 나와 2층 통나무집을 지나 절로 가는 길목에 이르자 아카시아꽃 향기가 짙은 안개처럼 몰려들었다. K는 심호흡을 하며 산을 둘러보았다. 산에는 하얀 무더기가 여러 곳에 있었다. 모두 아카시아꽃이었다. K는 오기를 잘 했다는 생각을 하며 산을 올랐다. 길은 가팔랐다. 절까지 거리는 산이 높지 않아 얼마 안 되지만 길은 가팔라 생각보다 힘이 많이 들었다. 조금 올라갔을 뿐인데 벌써 땀이 얼굴이며 몸에 흘렀다. 땀을 닦을 생각은 않고 아카시아 나무 그늘이 있는 곳에서 숨을 돌리는데 뒤에서 어떤 시선이 느껴졌다. 뒤를 돌아보았지만 아무도 없었다. 그러고 보니 산에 오르는 길목에서부터 줄곧 시선을 느낀 것 같았다. 이상하다 생각하며 숨이 고르기를 기다렸다가 다시 오르기 시작했다. 그러자 또다시 뒤에서 어떤 시선이 느껴졌다. K는 머뭇거리다 뒤를 돌아보았다.

아.

K는 하마터면 큰소리를 낼 뻔 했다. 그 여자였다. 속이

텅 빈 듯한 여자. J라고 두 번째 왔을 때 자신의 이름을 밝힌 여자. 하얀 원피스를 입고 보라색 운동화를 신고 있었다. 오늘 오후 화실에서 만났던 차림 그대로였다. K는 J를 보고는 그대로 갈까, 하는 망설임에 빠졌다. 모델하면서 사적으로 밖에서 누드크로키하는 사람과 만나기는 처음이었다. 3여 년을 했는데 그랬다. 일부러 피하지는 않았지만 길에서 만나면 좀 쑥스러울 것 같다는 생각만 한 터였다. 어쨌든 이런 일은 처음이라 그냥 모른 채 가는 것이 옳은지 아니면 기다렸다가 가까이 다가오면 인사라도 하는 게 옳은지 판단이 서지 않았다. K는 고개를 돌려 산을 오르다 걸음을 멈추었다. 아무래도 기다렸다가 인사를 하고 올라가는 게 좋을 듯싶었다.

J는 숨을 헐떡이며 산을 올라왔다. 얼굴이며 목에 굵은 땀방울이 흘러내렸다. 그 정도면 잠시 쉴만도 한데 J는 마치 내기라도 하는 듯 걸어 올라왔다. 가까이 오니 거센 숨소리가 K가 있는 곳까지 들려왔다.

"안녕하세요? 여기서 만나네요."

K는 머뭇거리다 마치 이제야 본 것처럼 말했다. J는 고개를 숙이고 걷다가 K의 말을 듣고는 고개를 들었다. 그러더니 K와 눈이 마주치자 고개를 숙였다. 그리곤 그대로 K를 지나쳐 쉬지도 않고 그대로 올라갔다. 옆을 지나가는데 열기가 확 느껴졌다. K는 곧장 J의 뒤를 따라가기도 뭣 하여 잠시 더 서 있다가 올라갔다. 5월이라 벌써 살에 닿는 햇볕은 따가웠다. 숨을 헐떡이며 굵은 땀방울까지 흘리면서 올라가는데 다리가 후들거렸다. 역시 가파른 길이라 힘들었다. 하지만 J는 한 번도 쉬지 않았다. 마치 고행을 하는 듯 했다. 뒤에서 보는 K의 마음이 불편했다. 돌아갈까 싶기도 했다.

하지만 이내 그런 생각은 사라지고 절에까지 가자는 생각이 들었다.

올라가면서 K는 몇 번이나 쉬었고 J는 곧장 올라갔기에 결국은 J가 K의 시야에서 사라졌다. K는 아예 바닥에 주저앉아 쉬었다. 왜 저렇게 올라갈까. 내가 있어서 불편했던 걸까. 그렇다고 빨리 걸을 수 있는 길이 아니었다. K는 길옆에 있는 아카시아꽃 한 송이를 꺾어 꽃 몇 개를 따 입에 넣었다. 처음엔 물내음 같은 게 나더니 단맛이 돌았다. 어릴 때 많이 따 먹었던 기억이 났다. 그때는 군것질거리가 없던 시절이라 학교에 갔다 오면 집 뒤에 있던 커다란 아카시아 나무에 장대를 들고 가서 아카시아꽃을 따먹었다. 하지만 지금 먹어보니 그때 맛나게 먹던 그 맛이 아니었다. 세월이 지난 만큼 입맛도 변한 것이리라. K는 씁쓸한 미소를 지었다.

땀이 마르자 K는 다시 산을 오르기 시작했다. J가 시야에서 사라지니 오히려 마음이 편했다. 주위를 두리번거리며 느긋하게 오르자 싶어 발걸음을 천천히 했다. 하지만 그 또한 마음대로 되지 않았다. 발걸음이 자신도 모르게 빨라졌다. 오산이었다. 자꾸만 J가 떠올랐다. 숨을 색색거리며 오르는 모습이 눈에 어른거렸다. 그렇게 생각할수록 발걸음이 빨라졌고 숨이 가빠왔다. 얼마 오르지 않아 다리가 후들거렸다. 이쯤에서 길을 돌면 절이 보일 텐데. 예전의 경험을 되살려보며 고개를 들어 앞을 보니 역시나 절의 지붕이 보였다. 반가운 마음이 와락 들었다. 어릴 때 본 모습 그대로인 것 같았다. 조금 더 가자 요사채가 나타났고 곧이어 대웅전이 나타났다. K는 주위를 두리번거렸지만 J의 모습은 보이지 않았다. 고개를 갸웃거렸다. 절 뒤로 올라가는 길은 없었다. 산이 높지 않아 절 뒤가 곧 정상이었다. 정상에는 길이 가팔라 사람이 다니지 않았다.

절은 고요했다. 진도견 같이 생긴 백구가 한 마리 있었지만 K를 보고는 짖지도 않았다. 대웅전 옆으로 큰 건물이 새로 지은 듯 서 있었다. 예전에 없던 건물이었다. 절 입구에서 오른쪽으로 꺾었다. 그러자 돌로 만든 연꽃이 보였고 물이 흘러넘치고 있었다. 옆에 있는 나무 기둥에 플라스틱 바가지가 걸려 있었다. K는 물통을 들어 연꽃에서 흘러내리는 물을 받아 마셨다. 목구멍으로 넘어가는 물이 시원하게 느껴졌다. 온 몸이 시원해지는 느낌이었다. 물을 마시면서도 주위를 흘끔거렸지만 J는 보이지 않았다. 어디로 간 걸까.

K는 절의 마당으로 올라서서 대웅전을 둘러보고 옆에 새로 지은 건물의 문을 열고 들여다보았다. 길쭉한 방안에는 한 쪽에 불상이 있었다. 아마도 절에 오는 신도들이 묵거나 회의를 하는 곳 같았다. 마당에 있는 삼층석탑을 둘러보고 배롱나무가 있는 곳으로 걸어갔다. 배롱나무 밑에는 바위가 있어 좀 쉬자 싶었다. 산 아래를 내려다보았다. 멀리 있는 S 시내가 한 눈에 들어왔다. 그 앞으로 넓은 들이 펼쳐졌고 곧 이어 K의 집이 있는 마을이 보였다. 전형적인 시골이었다. 산 밑에서 아카시아꽃 향기가 묻은 시원한 바람이 불어왔다. 금방 땀이 말랐다.

그렇게 쉬며 한 동안 있었을 때 대웅전 오른쪽에서 문 여는 소리가 나며 J의 모습이 나타났다. 어? K는 어리둥절했다. 분명히 대웅전 안을 들여다보았을 때는 J를 보지 못 했기 때문이었다. J는 눈이 부신 지 잠시 서서 눈을 끔벅이며 주위를 둘러보았다. 그러더니 마당으로 내려왔다. K는 그냥 J를 바라보기만 했다. K와 눈이 마주쳤고 잠시 멈칫거리던 J가 K쪽으로 왔다. K는 옆으로 비켜 앉았다. 좀 앉으세요,

라고 말하려는 참인데 J는 K를 지나 산 아래로 내려가는 길로 갔다. K는 순간 머쓱한 기분에 J의 뒷모습을 바라보았다. 무엇 때문에 대웅전에서 그렇게 오래 있었을까. 1080배라도 했는가.

J가 내려가고 좀 있다 내려온 K는 저녁을 라면으로 때우고 난 뒤에도 작업실로 가지 않고 방의 벽에 기대어 앉아 있었다. 자꾸만 J의 모습이 떠올랐다. 한동안 J 생각에 몰두해 있다가 제 정신이 돌아오면 이게 무슨 미친 짓이람, 하고 자책하곤 했다. K는 마당으로 나왔다. 마당에서도 한참동안 어슬렁거렸다. 그러다 작업실로 갔다. 갑자기 J를 그려보고 싶었다. 비록 실물을 보고 그릴 수 없다손 치더라도 오늘 본 모습을 그리고 싶었다. 새 캔버스를 이젤 앞에 놓고 눈을 감았다. 대웅전에서 나오는 J의 모습이 뚜렷이 눈앞에 새겨졌다. K는 목탄을 꺼내 캔버스에 J의 얼굴형체와 흰 옷 입은 상체를 그렸다. 풍성한 머리카락을 위로 올려 이마가 훤히 드러난 얼굴에 이목구비가 뚜렷했다. 깃이 달린 옷을 그리고 뒤로 물러나 보았다. 그런대로 J를 닮은 것 같기는 했다.

팔레트에 유화 물감을 짰다. 우선 주황색에 흰 물감을 많이 섞어 칠했다. 그러자 피부색이 밝게 드러났다. 곧이어 음영을 분명히 넣어주자 얼굴에서 생기가 돌았다. 텅 빈 것 같은 여자. 그걸 표현해야하는데. K는 그림을 그리면서 그런 생각을 했지만 그림을 그리다 뒤로 물러나 보면 의도와는 다르게 얼굴의 표정이 너무 밝아 보였다. 할 수 없었다. 어쩌면 자신이 그리고 싶은 얼굴이 아닌가 싶었다.

3시간여를 그리고 나니 어느 정도 얼굴이 드러났다. 이제 물감이 마르면 그려야 할 것 같았다. 내일 오후에 그리면 좀 빠른 감이 있어도 될 터였다. K는 의자를 뒤로 빼고 그림을 물끄러미 바라보았다. 마음에 차지 않았다. 누드를 그렸으면, 하는 생각이 들었다. 그럴 리가 없겠지만 여자가 모델을 서 주어 누드화를 그렸으면 좋겠다는 간절한 마음이 들었다. 뭐 못 설 것도 없지. 나도 서 주는데. 그런 생각을 하자 언제 모델을 서 달라고 부탁하면 여자가 들어줄 것 같은 생각이 들었다. 아서라, 아서. K는 고개를 흔들며 얼굴을 붉혔다. 그러고 보니 중년의 여자를 그려본 적이 없었다. 젊은 여자야 모델 구하기가 쉬웠다. 서울 있을 때 크로키도 해 보고 누드화도 그려보았다. 하지만 50세가 넘은 중년의 여인의 모습을 그려본 적이 없다는 생각에 이르자 언제 꼭 그려보고 싶다는 생각이 들었다.

*

다음날 아침 K는 계란 2개를 후라이하여 식빵과 함께 먹고 모자와 목장갑을 꺼냈다. 마당에 풀을 뽑을 작정이었다. 몇 번이나 미루어서 마당에 잡풀이 가득했다. 어떤 풀은 무릎까지 왔다. 마당을 걸을 때마다 뱀이라도 나올 것 같았다. 창고에 가서 호미를 들고 쭈그리고 앉아 풀을 뽑았다. 다행히 옆집에 커다란 잣나무가 있어 그늘이 졌다. 어릴 때는 마당에 풀 한 포기 없었다. 지금 생각해도 부모님은 참 부지런했다는 생각이 들었다. 농사일에 바쁜 와중에 언제 마당에 풀까지 뽑았을까. 꽃을 좋아했던 어머니는 어디서 꽃나무를 얻어와 샘가에 심기도 했다.

그늘에서 풀을 뽑았는데도 금방 얼굴이며 가슴 등에서 땀이 흘러내렸다. 게다가 쪼그리고 앉아서 일하니 다리와 허리가 무척이나 아팠다. K는 호미를 놓고 수돗가에 가서 물로 얼굴과 목을 씻었다. 풀 뽑는 일이 만만치 않았다. 아직 얼마 하지 않았는데 이렇게 힘이 드니 오전에 다 할까 싶은 생각이 들었다. 작년에는 한 번 제초제를 친 적이 있었다. 오늘처럼 풀이 많아 호미로 풀을 뽑는데 동네 할머니 한 분이 옆집에 놀러 왔다가 우연히 집으로 왔다. 무슨 소리가 나서 들렸다고 했다. 어머니와 나이 차이가 많이 나지 않는 할머니였다.

"응? 이 많은 풀을 다 뽑을라고?"

K의 인사를 채 받기도 전에 할머니가 아서라고 손을 내저었다. 자신의 집에 제초제가 있으니 그걸로 치면 풀이 다 죽을 뿐만 아니라 한동안 풀이 안 난다고 했다. K는 시간도 있고 하니 그냥 뽑겠다고 하자 뭐 할라고 헛심을 쓰느냐며 지청구를 했다. 할 수 없이 할머니 집에 가서 분무기에 물과 제초제를 섞어 짊어지고 와서 마당에 쳤다. 편했다. 일은 금방 끝났고 씻고 난 뒤 자전거 타고 논둑길을 달렸다. 근데 문제는 그 다음이었다. 그 다음 주는 서울집에 갔다 오고 그 다음 주 토요일 오후에 누드크로키 모델을 서고 집에 왔을 때 K는 경악했다. 마당에 있던 풀이 죄다 누렇게 변한 채 말라죽어 있었다. 섬뜩했다. 풀들이 이렇게 말라죽다니. 예전에 베트남 전쟁 때 산에 고엽제를 뿌렸다는 것을 기억 했다. 인간으로서 할 일이 아니라는 생각이 들었다. 말라 죽은 풀들은 그대로 꼿꼿하게 서 있었다. 지나다닐 때마다 눈에 거슬렸다. 할 수 없이 말라죽은 풀들을 다시 뽑아야 했다. 역시나 한동안 잡풀은 나지 않았다.

K는 마루에 올라와 앉았다. 힘은 들어도 땀을 흘리고 나니 머리가 맑아지는 것 같았다. 다 하고 나서 어디 가서 막걸리라도 한 잔 해야겠다는 생각이 들었다. 언젠가 아내가

시골의 집을 팔자고 했을 때 안 팔고 놔두기를 잘 했다는 생각이 들었다. 10여 년 전 어머니가 돌아가시고 아버지가 혼자 사시다 몸이 불편하자 K는 집으로 아버지를 모시려고 했다. 자신이 장남이니 당연하다고 생각했다. 하지만 아내는 어림도 없었다. 방도 없을뿐더러 아이들이 한창 공부할 때인데 할아버지가 집에 있으면 공부 분위기가 안 된다고 펄쩍 뛰었다. 다행히 성격이 무난한 둘째 동생이 모셔갔지만 얼마 못 가 동생도 모실 형편이 못 되었다. 동생이 문제가 아니라 아버지가 치매에 걸린 탓이었다. 처음엔 그럭저럭 모셨지만 심해지자 동생은 못 모시겠다고 두 손 다 들었다. 수시로 집을 나가고 똥오줌까지 못 가릴 정도였으니 동생은 하는 데까지 했다는 생각이 들었다. 아내가 나서서 요양원을 알아보았고 서울에서 멀지 않은 곳에 있는 요양원으로 모셨다. 그러고 나니 시골집이 비었고 아내는 집을 팔아 아버지의 병원비를 충당하자고 했다. 하지만 아버지가 살아계시는데 집을 팔 수는 없었다. 그러다 시골에서 아버지 친구 분에게 전화가 와서 누가 잠시 살려고 하는데 괜찮겠느냐고 물었고 K는 흔쾌히 승낙했다. 집은 사람이 안 살면 금방 폐가가 된다고 했기 때문이었다. 그러다 몇 년 전에 살던 사람이 나가고 집이 비었는데 마침 K가 인근 도시 지점에 발령을 받아 왔던 참이었다. 인근 도시에 와서도 집에는 오지 않았다. 원룸을 얻어 잠을 자고 밥은 인근 식당에서 사 먹었다. 그리고 토요일에 서울집에 가서 일요일 오후에 다시 원룸으로 왔다.

　행운. 인생의 항로를 바꾼 행운.

　K는 속으로 중얼거려 보았다. 아무리 생각해보아도 인생의 항로를 바꾼 행운이었다. 시골 지점으로 발령 받자 제일 곤란했던 게 그림 그리는 것이었다. 서울 있을 땐 모델을 서

고 또한 누드크로키나 누드화를 그리곤 했는데 시골에 오니 그런 재미가 없었다. 본사에서는 은근히 사표를 바라며 지점 발령을 냈겠지만 사표를 낼 수는 없었다. 어쨌든 아이들이 대학을 졸업할 때까지는 버텨야했다. 하지만 이렇게 지내다 간 1년도 못 버틸 것 같았다. 매일 늦게까지 술 마시고 퇴근하고 쓰러져 자고 아침은 굶은 채 출근하는 나날이 계속되는 때였다. 그때 친구가 전화를 했다. 예전에 선배 초대전에 왔다가 만나 모델을 제의했던 친구였다. 그 친구 덕택에 모델도 하고 그림도 그리면서 새로운 생의 활력을 찾았는데 이게 뭐람, 하고 있을 때였다.

"야, D시로 갔다며?"

인사가 오고가자 대뜸 물었다. 그렇다고, 어쩌겠냐고, 살아야겠지 않냐고 푸념을 늘어놓았다.

"너 저번에 만났던 그 여자 선배 기억 나냐?"

친구의 말에 K의 머릿속에 한 여자가 섬광처럼 떠올랐다. 친구 선배의 초대전이 끝나고 셋이서 모였다가 친구가 자신에게 전화한 날이었다. 왜 기억 못 하겠는가. 함께 있었던 이종수 화가에게 처음 모델 제의를 받았고 그걸 계기로 모델도 하면서 그림을 그려오지 않았던가.

"수선이라던가 하는 여자?"

K의 말에 친구는 반색을 했다.

"그래. 그 여자가 대학 4년 선배라 했잖아 고향은 우리와 같은 S고."

친구의 말에 K는 고개를 끄덕였다. 얼굴 기억은 잘 나지 않지만 그때의 상황은 또렷하게 났다.

"근데 왜?"

K는 관심을 드러냈다.

"왜는 왜냐. 보고 싶단다."

친구는 껄껄 웃었다. K도 따라 웃었다. 사람은 어떤 일이 벌어질 때 예감이라는 게 있다. 좋든 나쁘든 말이다. 그때 K는 분명 자신에게 커다란 행운이 올 것이라는 예감을 받았다. 그랬기 때문에 친구의 터무니없는 농담에 크게 웃을 수 있었다. 역시나 친구는 그 여자가 고향에서 여전히 화실을 운영하고 있는데 모델을 해줄 수 있느냐고 전화가 왔다는 것이었다. 아마도 이종수한테서 시골로 발령 나는 바람에 모델을 못 하게 됐다는 얘기를 들은 것 같았다. K는 흔쾌히 좋다고 했고 친구는 그러면 당장 전화하라고 했다. 전화번호는 문자로 보내주겠다고 했다. 그러면서 조만간에 고향에 갈 테니 술 한잔하자는 얘기로 전화를 끊었다. 나중에 술 한잔하자는 얘기야 빈 말이니 신경 쓸 필요가 없었고 문자를 받는 즉시 수선이라는 여자에게 전화를 했다. 휴대폰을 받지 않아 화실로 전화를 거니 받은 사람이 강사인지 원장님, 하고 여자를 불렀다. 여자는 전화를 받더니 반색을 했다. 지금껏 여자 모델만 크로키를 하고 있어 좀 지겨운데 남자 모델은 시골이라 잘 오려고 하지 않는다고 솔직하게 말했다. K는 언제가 좋은가 물었고 여자는 다음 주에 당장이라도 하면 좋겠다고 했다.

K는 낮에 시간을 내어 당장 고향집에 갔다. 그동안 원룸에서 틈틈이 그림을 그렸는데 오일 냄새가 옷까지 배어 견딜 수가 없었다. 고향집을 수리하면 훌륭한 화실이 될 것 같았다.

고향집은 몇 년 전까지 사람이 살았던 터라 그런 대로 양호했다. 당장 수리 업자를 불러 일을 시켰다. 안채는 외부는 손 안 대고 내부만 수리를 했다. 천장과 벽지를 다시 하고 문도 같은 모양으로 바꾸었다. K 자신이 나고 자란 집이라 가능하면 외양은 그대로 보존하고 싶었다. 다행히 본채 옆에 있는 4칸짜리 건물도 쓸 만했다. 예전에 잠실이라고 불리던 누에치던 곳이었는데 방이 2칸이고 외양간 1칸 창고 1칸짜리였다. 방은 5평 정도가 되었다. 그래서 방을 작업실로 쓰려고 방 사이의 벽을 없애니 그럴듯한 작업실이 되었다. 10평 정도면 남부럽지 않은 작업실 공간이었다. 옆에 창고나 외양간으로 쓰던 곳이 있으니 자질구레한 것은 그곳에 보관하면 될 터였다.

그때부터 토요일 오후에 고향에 와서 모델을 섰고 그 뒤론 서울집에 가거나 아니면 고향집에 머물면서 일요일까지 그림을 그렸다. 그리곤 일요일 오후에 원룸으로 돌아갔다. 아니 점차 서울집에 가는 것은 뜸하게 됐고 주로 토요일 오후나 일요일에 그림을 그리거나 자전거를 타고 고향을 휘저어 다녔다. 만약 그렇게 생의 탈출구가 없었다면 아마도 지금쯤 폐인이 되었을 거라고 K는 생각했다. 매일 밤늦게까지 술을 마시니 이 나이까지 건강을 유지하기는 힘들 터였다.

K는 목장갑을 끼고 호미를 들었다. 어차피 오늘 다 뽑아야 할 잡풀이었다. 예전 생각을 해서인지 힘이 솟는 것 같았다. 오전까지 끝내고 자전거 타고 야외로 나가 점심을 먹으며 막걸리를 한 잔 할 참이었다.

예상과 달리 일은 점심시간이 한참이나 지나서야 끝났다. 원래 이런 일을 잘 못 하는데다 쪼그리고 일하니 다리가 아파 일이 더디었다. 일을 끝내놓고 주위를 둘러보니 마당이 한결 넓어진 것 같았다. 마음이 개운했다.

씻고 나서 라면으로 점심을 때운 뒤 벽에 기대어 잠시 쉬자 했는데 그만 잠이 들었다. 잠깐 잤다고 생각했는데 깨어

나니 오후 4시가 넘어가고 있었다. 오랜만에 단잠이었다. 평일에 퇴근하고 원룸에 오면 잠이 깊게 들지 않았다. 아무런 뜻도 없는 생각들이 꼬리에 꼬리를 물고 이어져 밤새 무언가 큰일을 한 것처럼 아침에 일어나면 몸이 무거웠다.

*

모델을 서다보면 포즈가 잘 안 될 때가 있었다. 그 날의 상황과 기분이 많이 좌우했다. 그 날이 그랬다. 모델을 서면서도 집중이 되지 않아 허둥거렸다. 자연스럽게 포즈와 포즈가 이어져야 하는데 자꾸만 다음 포즈가 생각나지 않아 엉겹결에 포즈를 취하곤 했다. 이러면 모델도 힘들뿐 아니라 그림 그리는 사람들도 힘들었다.

어제 오후에 K는 아내로부터 전화를 받았다. 내일 할 애기가 있으니 서울집으로 꼭 올라오라는 것이었다. 전에 없던 일이었다. 할 애기가 있으면 전화로 애기했고 꼭 만나서 애기할 거라고는 없었다. 무슨 일인가. K는 그런 생각을 하면서 여자를 떠올렸다. 여자가 모델을 서 줄 리가 없다는 생각을 하면서도 자꾸만 여자가 떠올랐다. K는 순간 서울에 가지 않을 핑계거리를 찾았지만 마땅한 게 없었다.

"꼭 올 거죠?"

아내는 오금을 박았다. K가 알았다고 말하며 끊으려는데 아내가 일찍 와서 아이들과 저녁을 함께 하자고 했다. K는 그러겠다고 말하곤 전화를 끊었다. 맥이 쏙 빠졌다.

여자는 K를 보고도 평상시와 같았다. 마치 일주일 전 산에서 만나지 않은 것처럼 행동했다. 화실에서 틈틈이 쉬는 시간에도 그렇고 끝나고 뒤풀이에서도 데면데면했다. K는 서울집에 가야한다며 뒤풀이 자리에서 일찍 빠져나왔다. 뒤가 허전했다. 아쉽지만 서울집으로 가기 위해 차가 있는 곳으로 끌려가듯 걸어갔다.

가족이 저녁 자리를 함께 한 지가 언제인지 기억이 나지 않을 정도였다. 아마도 큰애가 초등학교 때가 아닌가 싶었다. K가 밤 8시쯤에 도착했는데도 아내와 아이들은 K를 기다렸다. 이런 일이 한 번도 없었기에 K는 의아하게 생각했다. 자신이 집에서 대접받는 사람이 아니라고 생각했기에 더욱 기이한 생각이 들었다. 식당은 서울에서도 한우전문으로 알아주는 레스토랑이었다. K가 레스토랑에 도착한 시간은 가족들과 비슷했다.

아내는 한우 등심을 시켰고 K는 맥주를 시켰다. 오랜만에 가족이 함께 하니 서먹한 기운이 도는 것 같았다.

"오늘 무슨 날이야?"

K는 아내를 돌아보며 물었다. 그냥요. 아내는 고개를 돌리지 않은 채 고기를 뒤집으며 말했다. 아이들은 고개를 숙인 채 스마트폰을 하고 있었다. 아이들의 얼굴도 참 오랜만에 본다는 생각이 들었다. 큰애가 중학교 때부터 거의 볼 시간이 없었다. 일어나고 집을 나가는 시간이 달랐다. 물론 집에 들어오는 시간도 다르니 얼굴을 마주칠 시간이 없었다. 일요일에 어쩌다 얼굴이 마주친다 해도 공부한다는 핑계로 인사를 하는둥마는둥 하곤 방으로 들어가 밖으로 나오지 않았다. K가 언짢은 표정이라도 지을라치면 아내가 먼저 나섰다. 지금이 가장 중요한 시기이니 모른 척 하고 넘어가라고 했다. 아내에겐 그때부터 지금까지 아이들에겐 항상 '지금'이 가장 중요한 시기였다.

K는 큰애한테 맥주를 따라주고 작은애한테도 따라주려하

자 아내가 기겁을 했다.

　"한 잔해라."

　K는 큰애한테 말했다. 큰애는 아무 말 없이 한 모금 마시더니 고기를 집어먹었다. 아이들의 식성은 왕성했다. 아마도 고기를 좋아하는 모양이었다. 그러고 보니 애들에 대해 아는 게 별로 없었다. 술을 한 잔 마셨다. 아내는 연신 고기를 뒤집어 먹기 좋게 해 놓으면 아이들은 냉큼 집어먹었다. 아내는 별로 먹는 게 없었다. 제 어머니한테 좀 드시라고 하고 먹지 녀석들. K는 물끄러미 아이들과 아내를 바라보았다. 아내는 아이들을 챙기면서도 연신 무어라 말했고 아이들 또한 먹으며 대꾸를 했다. 하지만 K는 끼어들 수가 없었다. 아는 얘기가 없었다. 마치 외계인과 마주하고 있는 기분이었다. K는 말없이 맥주를 마시며 고기를 몇 점 먹었지만 편치 않았다. 아내가 할 얘기가 있다고 했는데. 아마도 중요한 얘기 같은데. 아내의 눈치를 보았지만 영 감을 잡을 수가 없었다. 몇 번 고기를 더 주문하고 나서야 식사가 끝났다. K는 고기를 별로 먹지 않았지만 맥주를 마셔서 그런지 배가 불렀다. 후식으로 커피를 시켰다.

　"여보."

　아내가 커피를 마시고 나서 잔을 내려놓으며 말했다. K 역시 마시던 잔을 내려놓았다. 아이들은 또다시 스마트폰을 하느라 정신이 없었다.

　"애들 유학을 보낼까 하는데요."

　가슴에서 쿵, 하고 무언가 내려앉는 것 같았다. K는 아내 대신 아이들을 바라보았다. 큰애가 대학교 2학년 작은애가 고등학교 3학년. 큰애는 소위 우리나라 최고의 대학에 다니고 있고 작은애 또한 그 대학에 무난히 들어갈 것 같다는 애기를 아내에게 들은 적이 있었다. 근데 우리 형편에 유학을?

"아무래도 유학을 갔다 와야 취직이 잘 된다잖아요. 요즘은 국내파로는 어디 발 디딜 데도 없고."

아내는 커피를 한 모금 마셨다. K 역시 한 모금 마셨다.

"그래도 괜찮은 대학 다니는데 유학까지."

차마 돈 애기는 꺼내지 않았다. 아마도 집에 돈도 없을 것이었다. 애들이 초등학교 다닐 때부터 고액과외를 시켰으니 돈 모으기가 쉽지 않을 터였다. 그런데도 일산에서 강남으로 이사한 것을 보면 아내는 돈 굴리는데 천부적인 재능이 있는 것 같았다.

"요즘에 어디 그런 대학 알아주나요. 다 옛날 말이지. 바깥바람 쐬지 않으면 아예 인간 취급도 않으니."

K는 할 말이 없었다. 이미 아내가 그렇게 애기했다면 유학에 대해 알아볼 것은 알아보고 준비를 다 했을 터였다. 취직이 안 된다 안 된다 해도 그 정도인가. 우리나라 최고의 대학도 안 된다면 대체 무어란 말인가. 아이들을 보니 계속 스마트폰에 정신이 팔려 있었다. 이런 중요한 애기를 할 때는 같이 애기를 하든지. 한 마디 하려다 입을 다물었다. 당연히 아내가 펄쩍 뛸 것이었다. 집도 아니고, 게다가 외식까지 한 참인데 참자 싶었다.

"큰애가 나가서 공부를 하고 싶어 하고요."

"좋지. 그렇지만."

K는 입속에서 맴도는 말을 삼켰다. 다행히 아내가 먼저 말을 꺼냈다.

"그래서 말인데요. 집을 전세줄까 하고요."

"뭐?"

K는 커피를 내려놓고 아내를 바라보았다. 그건 아니라는 생각이 들었다. 집은 최후의 보루인데.

"무슨 유학을 집까지 전세주고 가. 형편이 안 되면 못 가는 거지."

K는 말을 하면서 아이들을 흘깃 보았지만 여전히 스마트폰만 만지작거리고 있었다.

"당신 월급 가지고 어림도 없어요. 하나도 아니고 둘을."

"작은애도 보낸다고?"

어이가 없다는 투로 K는 말했다.

"보내는 김에 둘 다 보내야지 돈도 적게 들지요. 어차피 작은애도 가고 싶어 하고."

"내 월급 가지고 안 된다면서."

"그러니까 집을 전세주자는 거 아니에요."

아내의 목소리는 낮았다. 흥분하거나 음성을 높이지 않았다. K는 어이가 없다는 듯 고개를 들었다. 그러자 벽면에 걸린 그림 한 점이 들어왔다. 그림을 그리고부터 어디에 걸려 있든, 그림이라면 눈에 띄었다. 의자에 앉은 한 여자가 창밖을 바라보고 있고 그 옆에 앉은 여자가 아기를 안고 있는 그림이었다. 메리 카사트의 <합승마차에서>. K도 화집을 통해 본 그림이었다. 아기를 안고 있는 여자는 유모이고 창밖을 바라보고 있는 여자는 아기 엄마인데 탈출하고 싶은 욕망이 담겨있는 그림이었다. 메리 카사트는 상류사회에서 태어났지만 여자의 신분으로 어렵게 그림을 그린 화가였다. 그 당시엔 여자의 신분으로 그림을 그리기 어려웠다. 아기가 옆에 있는데 창밖을 보고 있는 여자. 그런 환경을 벗어나고파 하는 여자. K는 꼭 자신과 같다는 생각이 들었다.

"집은 우리 노후 자금인데 집까지 전세주면 어쩌겠다는

거요. 그리고 당장 당신은 어디서 묵을 거요."

K는 하나마나한 소리를 하고 있다고 생각했다.

"무슨 소리에요. 노후는 무슨. 그리고 저도 같이 가야지요. 밥을 해 줘야지. 입맛이 까다로운 애들인데. 그리고 당신 월급과 전세금으로 생활할 거예요."

당신도 같이 간다. K는 속으로 중얼거렸다. 가더라도 불편할 것은 없을 터였다. 지금 생활과 무엇이 다른가. 하지만 집 전세주는 것은 무언가 잘못된 생각이라는 느낌이 강했다. 나중에 집을 팔게 되는 상황이 분명 올 것 같았다.

"당신 우리 아버지를 보고도 그렇소. 우리 아버지 지금 요양원에 있소. 아들 딸 있지만 아무도 안 모시려고 해서."

K는 이런 얘기까지는 하지 말아야한다고 생각하면서도 그런 말을 하는 자신이 싫다는 생각이 들었다.

"그건 아버님이 치매에 걸리셔서 그렇고요. 하여튼 전세 놓고 애들 유학 보낼 테니 그리 아셔요."

K는 이렇게 쉽게 결론이 날 것을 멀리도 돌아왔다는 생각이 들었다. K는 아이들에게 스마트폰을 놓고 얘기 좀 하자고 했다. 아이들이 고개를 들었다. 여전히 손에는 스마트폰을 쥐고 있었다.

"내 생각엔 유학 가지 말고 국내에서 열심히 하면 될 것 같은데. 돈이 한두 푼 드는 것도 아니고."

작은애의 인상이 굳어졌고 큰애가 말했다.

"이미 늦었어요. 다른 친구들은 벌써 가서 기반을 다 잡았다고요. 대학 가기 전에 갔어야 했는데."

"너 정도면 어디 취직자리는 쉽게 얻을 수 있을 것 같은데 굳이 가려고 그러니?"

K는 속으로 끓어오르는 화를 삭이며 말했다.

"무슨 소리에요. 취직도 취직 나름이죠. 또 설사 한다고 해도 그 뒤가 문제고요. 해외파가 아니면 바닥만 기다 나와요."

큰애는 그런 거도 모르느냐는 투로 말했고 작은 애는 그런 형을 바라보았다.

"지금까지 나와 네 엄마는 하고 싶은 거 못 하면서 너희들 공부시켰다. 근데 노후 자금인 집까지 전세주며 유학 간다는 건 너무하지 않니?"

나도 이제 좀 쉬고 싶다, 라는 말은 결국 뱉지 못 하고 꿀꺽 삼키고 말았다.

"에이, 아버지도. 다른 집은 돈이 많아 중학교 졸업하자마자 간다고요."

작은애가 스마트폰을 만지며 중얼거렸다. K는 어이가 없다는 듯 작은애를 바라보았다. 지금까지 쓰고 싶은 돈 못 쓰면서 이런 놈들을 키웠구나. K는 답답한 마음을 지그시 눌렀다.

"됐어요. 그만하세요. 하여튼 그리 아세요. 그리고 혹 모르잖아요. 제가 그쪽에서 자리 잡으면 당신도 나중에 올 수도 있는 거고."

그래 오지 않는 경우의 수도 넣고 있단 말이지. K는 아이들을 둘러보고는 아내 쪽으로 고개를 돌렸다.

"나도 지쳤소."

사표를 내고 싶다는 말이 입 안에서 맴돌았다.

"조금만 참아요. 애들 다 잘 되자고 하는 일인데."

K는 고개를 돌려 아까 바라보던 벽에 걸린 그림을 보았다. 여전히 창밖을 바라보는 여인이 가슴을 아프게 했다. 이제 아내는 완전히 타인 같았다. 이쯤에서 그만두자는 생각이

들었다. 이미 결정 난 문제를 가지고 왈가불가할 필요가 없었다. 갑자기 피로가 몰려왔다. K는 눈을 지그시 감았다. 그러자 오른쪽 눈 위가 파르르 떨렸다.

집에 오니 남의 집에 온 느낌이었다. 집을 남 주고 아내와 자식들이 유학 간다는 말이 아니더라도 집이 낯설게 느껴졌는데 오늘따라 유난히 그런 느낌이 많이 든다고 K는 생각했다. 집에는 아내와 둘이만 남았다. 큰애는 친구 만나러 간다며 식당에서 헤어졌고 작은애도 영어 과외 받는다며 집에 왔다가 준비물을 챙겨 나갔다. 벌써 시간은 밤 10시가 넘어가고 있었다. 옷을 갈아입고 거실로 나온 K는 소파에 앉았다. 아내는 텔레비전으로 외국영화를 보고 있었다. 이젠 회화 공부하는구나 싶었다. 유학 간다는 말 때문이었을까. 자막이 나오는 영화라 평상시 같으면 그냥 지나쳤을 것인데도 오늘따라 자꾸만 그런 쪽으로 생각이 들었다. 영화는 멜로 같았다. 그리고 보니 결혼 초기에 아내와 몇 번 영화를 보고는 그 이후로 안 보았다는 생각이 들었다.

행복한 가정을 꾸리고 싶어요.

아내를 직장 상사의 소개로 처음 만났을 때 아내가 한 말이었다. 제일 하고 싶은 게 뭐냐고 K가 물었을 때 그렇게 대답했다. 행복한 가정. 그때는 그 말이 참 정답게 들렸다. 가정의 화목을 제일 우선시 여기는 아내와 자식을 낳고 살면 남부러울 게 없을 것 같았다. 아내는 착했고 남에게 싫은 소리를 못 했다. 그렇다고 욕심이 많거나 그런 성격이 아니었다. 그냥 소박하게 사는 게 꿈이라고 했다. 대학을 졸업하고 직장생활 한 번 안 했듯이 성격 또한 내성적이었다. 그런 아내가 이렇게 변하다니. K는 아내를 돌아보았다. 영화를 집중해서 보는 아내는 이제 50세가 넘어간 지라 목주위에 주름이 보였다. 아내도 늙어가는구나. K는 언뜻 그런 생각을 했다.

아내가 변한 것은 첫애를 낳고 나서였다고 K는 생각했다. 아니 아이가 유치원에 다닐 즈음이었다고 고쳐 생각했다. 언젠가 아이를 유치원에 보내기 위해 여러 곳을 알아보더니 혀를 찼다. 세상에. 유치원인데 영어 못 하면 들어가지도 못 한데요. 아내는 충격을 받은 모양이었다. 그때부터 아내는 첫애를 영어전문 학원을 보내다가 성에 차지 않는지 고액과 외로 바꾸었다. 그 즈음 둘째애가 태어나 막 말을 배울 시점이었는데도 작은애까지 영어회화를 가르쳤다.

아니다. 아내가 변한 것은 그것 때문이 아니다. K는 머리를 흔들었다. 어쩌면 자신 때문이었을지도 모른다는 생각을 했다. 아침 일찍 출근해서 밤늦게 퇴근하는 남편을 보며 자식의 미래를 보았을 터였다. 남편의 대를 이어 자식까지 그런 생활을 하는 모습을 상상하며 진저리를 쳤을지도 모를 일이었다. 하지만 아무리 생각해도 집까지 전세주는 것은 아니라는 생각이 들었다. 아내와 자신의 노후 대책이었다. 언젠가 연금을 계산해보니 60세까지 근무한다 해도 100여만 원이었다. 국민연금을 최고 금액으로 넣는 데도 그랬다. 그런 돈으로 아내와 함께 노후를 보내기에는 턱없이 부족한 돈이었다. 그래서 생각한 게 집을 은행에 맡기고 연금을 받아 생활하는 수밖에 없다는 대책 아닌 대책을 세운 적이 있었다.

"당신, 다시 한 번 생각해 봐."

K는 집은 그대로 두고 유학 가는 방법을 생각해보라고 했다. 노후대책이라는 것도 강조했다.

"그러니까 우리가 나중에 살 생각으로 전세 놓고 간다잖아요. 그리고 설마 애들이 나중에 나 몰라라 하겠어요?"

아내는 텔레비전에서 눈을 떼지 않은 채 말했다.

"나중에 되돌려줄 전세금은 어떻게 마련하고. 당신 미래가 걱정 돼서 그래. 취미 생활도 하고 좀 그래. 아이들한테 목매달지 말고. 늙으면 당신 누가 책임져. 스스로 책임져야지."

K는 술기운을 빌어 자신의 솔직한 생각을 전했다. 하지만 아내는 펄쩍 뛰었다. 걱정 말라고. 자기는 하고 싶은 게 없다. 아이들 뒷바라지 하는 게 가장 좋다. 자기도 생각을 하고 있으니 당신이나 직장에서 안 잘리게 잘 하라고 했다. 아내는 벽창호였다. K는 일어나 안방으로 들어가 침대에 누웠다. 고액을 들여 자식을 키워 놓으면 자식은 국민으로서 나라의 일원이 되고 또한 회사에 들어가 충성한다. 그러면 국가나 회사에서 아이들의 교육을 책임져야 하는 게 아닌가 싶었다. 모든 일을 가족 서로 간에 책임지라고 하니 누군가의 희생으로 가족은 평온을 유지한다. 사회복지 제도가 거의 제로 상태이니 누가 아프거나 하면 가족이 책임져야 하고 큰 병에 걸리면 집이 망한다. 그러니 누굴 믿겠는가. 자식밖에 믿을 게 더 있는가. 자식만큼 큰 보험이 있을까. 가족 외에 한 눈 팔지 못 하게 하는 사회 시스템이 가증스러웠다. K는 누워서 이런 저런 생각하노라니 문득 아내가 가엾다는 생각이 들었다. 지금껏 한 번도 취미활동이나 자신을 위하지 않고 오직 자식들에게 올인한 여자. 그러고 보니 아내를 품은 지도 오래 되었다는 생각이 들었다. 몇 개월이 아니라 몇 년 동안 아내와 섹스를 하지 않았다는 생각에 이르자 K는 스스로 비참하다는 생각이 들었다. 지금까지 무얼 하며 살았는지 회의도 들었다. 답답함을 느꼈다. 당장이라도 시골로

내려가고 싶었다. 시골에 집이 있다는 게 얼마나 다행인가. 시골로 발령받은 게 참 행운이라는 생각이 들었다.

12시가 넘어서야 작은애는 들어왔고 곧장 방으로 들어갔다. 아내가 주방에서 먹을 걸 방에다 가져다주는 소리가 들렸다. 잠시 뒤 아내는 방에 들어와서 조용히 K옆에 누웠다. 그리곤 곧장 얕은 코고는 소리를 냈다.

*

포즈를 취할 때면 잡념에 빠지지 않고 편안한 마음이었는데 이번에는 달랐다. 아무래도 자식들이 유학 간다는 생각이 일주일 내내 K의 정신을 없게 만들었다. 예금 실적 보고를 잘못 해 지점장으로부터 주의를 들었고 고객의 서류를 휴지통에 버려 항의를 받기도 했다.

그림을 그리는 처음 온 여자를 곁눈으로 보았지만 저번 주와 다른 것은 없었다. 그림 그리기 전 화실에서 만났을 때에도 가볍게 목례만 했을 뿐이었다. 아무래도 여자를 모델로 누드화를 그리기는 힘들겠다는 생각이 들었다. 여유 있을 때 서울의 모델한테 1대 1 모델 서 달라고 요청해야 할 것이었다. 그러나 대부분 모델들은 잘 알지 못 하면 1대 1 모델을 잘 서려하지 않았다.

누워 있는 포즈라 힘들지 않을 텐데도 시간은 더뎌갔고 팔다리가 근질거렸다. 몇 번 몸을 비틀었다가 자세를 바로 했지만 몸이 자신의 것이 아닌 것 같았다. 이렇게 힘들게 모델 서는 것은 처음이었다.

겨우 2시간을 끝내고 나서 옷을 입고 나오니 원장이 커피를 가져다주며 무슨 일이 있느냐고 물었다. K는 아무것도 아니라는 듯 미소를 띠었지만 얼굴 근육이 잘 움직이지 않았다. 아마도 원장은 무슨 일이 있다는 것을 감 잡은 것 같았다.

K는 뒤풀이에 가자는 원장의 말을 뿌리치고 곧장 집으로 왔다. 사람들과 어울릴 마음이 아니었다. 김을 매서 그런지 마당이 한결 넓어 보였고 휑했다. K는 옷을 갈아입고 창고에서 자전거를 꺼냈다. 먼지가 뽀얗게 앉은 안장을 손바닥으로 털고 나서 집밖으로 끌고 갔다. 어디로 갈까. K는 잠시 망설이다 한 번도 가지 않은 남쪽 방향으로 방향을 잡았다. 자전거 전용도로가 없었지만 차량 통행은 많지 않았다.

도로를 달리다 보면 이름만 아는 동네가 나오곤 했다. 한 번도 들어가 보지 않은 동네라 한번 둘러보고 싶었지만 그대로 동네를 지나쳐 계속 달렸다. 동네 몇 개를 지나고 과수원을 지날 때였다. 뒤에서 차 경적소리가 났다. 아마도 차가 지나가는가 싶어 길옆으로 가는데 계속 경적소리가 났다. 곧이어 차 엔진소리가 심하게 나더니 후진하던 차가 K의 옆에 와 섰다. 방금 지나간 푸른색 1톤 포터였다. K는 자전거를 세우고 운전수를 바라보았다. 검게 그을린 남자가 모자를 쓴 채 K를 보고 웃고 있었다.

"너 K 아냐?"

남자는 한 쪽 팔을 창에 걸친 채 물었다. 맞지? 하는 표정이었다.

"그런데, 누구신지요?"

K는 이마에 흐르는 땀을 손등으로 훔치며 물었다.

"나야 나. 형식이. 안마에 살던."

남자는 역시 시커멓게 그을린 손을 내밀었다. 아. K도 기억에 났다. 초등학교 동기였다. 예전에 옆 동네에 살았는데 꽤 친하게 지낸 것 같았다.

"그래. 기억난다. 오랜만이네?"

K는 남자의 손을 잡았다. 굳은살이 박힌 듯 딱딱한 손이었다.

"근데 웬일이야? 토요일이라 집에 다니러 왔구나."

친구가 K와 자전거를 번갈아 보며 물었고 K는 머뭇거리다 그렇다고 대답했다. 굳이 친구를 속이려고 그런 것은 아니었다. 시골이라 동기들과 몇 번 만난 적이 있었다. 그때마다 옆 도시의 지점에 발령 받아왔다는 얘기를 하지 않았다. 굳이 변명을 하자면 친구들에게 구태여 자세한 자신의 일을 얘기할 필요가 있나 싶었다. 단지 그런 이유였다.

"안 바쁘면 같이 가자. 마침 일꾼들 먹을 거 사러 갔다 오던 참이야."

친구는 과수원이 바로 옆에 있으니 같이 가서 술 한잔하자고 했다. K는 그냥 가려는데 저기야, 저기. 하며 친구는 과수원의 위치를 가르쳐 주며 곧 따라오라고 했다. K는 할 수 없이 친구가 가르쳐 준 대로 과수원으로 갔다. 과수원은 길옆에 있는데 꽤 컸다. 나무에 사다리를 놓고 나뭇가지에서 무엇을 따는 여자들이 열 명이 넘었다. 친구는 여자들에게 봉지에 든 것을 나누어 주었다. 우유와 빵 같았다.

"자자. 한 잔 하자. 근데 안주가 없다야. 사 올까? 시내도 가까운데."

친구는 소주와 안주를 플라스틱 상자위에 놓으며 미안해했다. 안주는 비닐 봉투에 든 마른 멸치였다. K는 손을 저였다.

"이거면 되지 무슨. 근데 무슨 나무냐?"

K는 나무를 보아도 무슨 나무인지 몰라 묻는데 친구가 껄

껄 웃었다.

"너도 이제 서울사람 다 됐는갑다. 나무도 모르고. 배나무 아냐, 배나무."

그렇구나, 하며 K는 부끄러움을 느꼈다. 친구가 맥주잔에 소주를 가득 따랐다.

"자, 한 잔 해라."

친구는 잔을 들었다. K도 잔을 들어 친구의 잔에 부딪치 곤 한 모금 마셨다. 하지만 친구는 캬, 하며 빈 잔을 내려놓 았다. K는 놀랍다는 듯이 친구를 바라보았다. 친구는 씩, 웃 으며 멸치를 집어 입에 넣었다.

"술로 일하는 거야. 이게 약이거든. 이거 안 먹으면 일 못 해. 힘들어서. 이러니 저녁 먹고 나면 아홉 시 뉴스도 못 보 고 잔다야."

친구는 새 소주병을 꺼내더니 뚜껑을 따고 자신의 잔에 술을 따르며 말했다.

"농사 일이 힘들지."

K는 고개를 끄덕이며 말했다. K도 고등학교 다닐 때까지 집의 일을 도와 농사일이 어느 정도 힘든지 알았다.

"근데 저 사람들은 뭐 하는 거야?"

K는 모여 앉아 빵과 우유를 먹는 여자들을 돌아보며 물었 다.

"적과하는 거야."

"적과?"

K의 반문에 친구는 솎아내는 거. 하고 말했다. 그러나 K 는 여전히 무얼? 하는 표정을 지었고 친구는 답답하다는 듯 이 말했다.

"저기 저 나무 잘 봐. 배가 옹기종기 많이 열렸잖아. 저걸 괜찮은 놈만 남겨두고 나머진 다 따내는 거야."

그러고 보니 바닥엔 마치 매실처럼 생긴 어린 배가 수두 룩했다.

"크고 좋은 배를 위해 다른 배를 다 따버린단 말이지."

순간 K는 잔인하다는 생각이 들어 말했다.

"그래. 그래야 크고 좋은 배가 나오는 거야. 안 그러면 조그마한 배만 많이 나오거든."

친구는 또다시 술잔을 단숨에 비우곤 말했다. 안주는 거의 먹지 않는 듯 했다.

"야, 안주 좀 먹고 술 마셔라. 그러다 속 다 버리겠다."

K의 말에 친구는 껄껄 웃었다. 습관이 돼서 그렇다고 했다. 일하다 보면 언제 안주를 챙길 여유가 없으니까 잠깐 쉬는 동안에 물마시듯 소주를 한 잔씩 마시곤 일한다고 했다.

"우리 인생도 그런 거 아냐. 너처럼 학교 다닐 때 공부 잘 했던 애들은 서울 가서 잘 살고 우리처럼 공부도 못 하던 놈들은 촌에 남아 이렇게 살고 있잖아."

친구의 말에 K는 고개를 저었다. 그때 아내와 자식들이 떠올랐다. 배처럼 큰놈으로 살아남기 위해 유학 간다는 것인가. 자잘한 놈이 되어 사회에서 도태되지 않기 위해서? 가슴에서 차가운 바람이 일었다.

"네가 어때서. 서울 생활보다 훨씬 낫다야."

K는 진심으로 말했지만 친구는 믿지 않는 듯했다.

"너들 윗동네에 살던 태봉이 알지?"

태봉이라면 확실히 기억했다. K가 사는 동네를 거쳐 학교에 가는지라 학교 갈 때나 올 때 자주 어울렸다. 하지만 중학교를 졸업하고는 만난 기억이 없었다. 근데 왜? 하고 K가 물으니 친구는 술잔을 비우고 나서 멸치를 씹으며 말했다.

"며칠 전에 사십구재 지냈다야."

"왜?"

K는 어이가 없어 술잔을 들다 놓았다.

"마누라가 베트남여자였는데, 보자 한 삼 년 됐나. 그래 그쯤에 결혼했는데 여자가 도망갔다야. 그래서 일도 안 하고 술만 처먹다가 농약 마셨다야."

친구는 빈 잔에 술을 따랐다. K는 가슴 한편에 싸한, 찬 바람이 일었다.

"애는 없었고?"

K의 말에 친구는 애까지 데리고 나갔단다야, 하며 먼 산을 바라보았다.

"참, 너 동창회 나와라. 매년 팔월 십오 일이면 우리 초등학교 총동창회 하는데 그때 동기들 많이 모인다야. 그래야 동기들 소식도 듣고 살지."

"응, 시간 보고."

K는 고개를 들어 먼 곳을 바라보며 건성으로 대답했다.

"그래도 우리 동기회에서 장학금을 제일 많이 낸다고. 기수별로 돈을 거둬 장학금을 모교에 내는데 우리 기수가 제일 많더라고. 그래도 우리 동기들이 제일 의리 있는 거 아냐."

친구는 말하고 나서 클클 웃었다. 왠지 그런 웃음이 K에겐 공허하게 들렸다. 먼 곳을 바라보던 K는 어? 하며 나무 한 그루를 가리켰다.

"저건 무슨 나무야? 종류가 다른 거 같은데?"

주위에 있는 배나무의 잎보다 더 넓은 잎이 달린 나무가 눈에 띄여 K는 이상하다 싶어 친구에게 물었다.

"아, 저거. 수분수야."

친구는 별 거 아니라는 투로 말했다.

"수분수? 그게 뭐야?"

"참, 너는 잘 모르겠다. 근친교배 알지? 그런 거 방지하는 거야."

친구의 말에 K는 눈을 크게 뜨고 무슨 말인지 모르겠다는 표정을 지었다.

"그러니까 식물들도 동물처럼 근친수정을 막아 좋은 과실을 생산하자는 거지. 같은 품종끼리 수분하는 것보다 다른 품종하고 하는 게 더 낫다 이거지. 동물이나 식물이나 근친교배 안 하려는 건 같아. 그래서 과수들 중간 중간에 같은 과수라도 품종이 다른 걸 심어놔. 그러면 크고 좋은 우량 품종이 나오는 거지."

친구의 말에 K는 식물도 그러냐며 놀라는 표정을 지었다.

"아, 신기하다. 그러니까 과실을 따기 위해 심은 게 아니라 다른 과실을 좋게 하기 위한 것이네."

"그래. 잘 알아듣네. 그런 나무를 수분수라고 불러. 오직 다른 과실나무를 위해 존재하는 것이지."

친구는 세 병째 술병을 들자 K는 손을 저었다. 어느새 여자들은 사다리에 올라 적과를 하고 있었다. 친구한테 너무 오래 있었다는 생각이 들었다.

"한 병만 더 하고. 아까부터 목이 말랐다고."

친구는 기어이 술병을 따고 자신의 잔에 따랐다. 그리곤 K한테 어서 잔을 비우라고 했다. K는 할 수 없이 잔을 비웠다. 목구멍이 쏴했다. 멸치를 집어 입에 넣었다. 비린내에 입에 침이 고였다. 그나마 집어 먹으니 나았다.

"그럼 수분수는 열매는 안 맺는 거야?"

K의 말에 친구는 무슨 말이냐고 되물었다.

"당연히 열리지. 같은 과실나무인데. 다만 품종이 다르기 때문에 인기가 없지. 판매도 따로 해야 하고."

K는 문득 대부분의 가장들이 가족들을 위해 희생하는 게 꼭 수분수 같다는 생각이 들었다. K가 씁쓸하게 웃자 친구는 왜 웃느냐고 물었다. K는 아무것도 아니라며 일어섰다. 아무래도 오래 있으면 친구가 일을 못 할 것 같았다. 일꾼을 사서 한다면 바쁠 것이었다. 친구는 못내 아쉬운 표정으로 해 지면 한 잔 하자고 했고 K는 다음에 하자고 하며 과수원을 빠져나왔다. 나오면서 서로 휴대폰 번호를 교환하지 않았다는 것을 깨달았다.

*

여자를 만난 것은 K가 서울에 다녀온 후 3주째였다. 물론 화실에서 여자를 보기는 했다. 하지만 의례적인 인사만 나누었을 뿐 별다른 얘기는 없었다. K는 서울에 다녀온 후로 마음을 다 잡지 못 하고 있었다. 가족이란 게 그랬다. 열심히 일해서 가족을 먹여 살려야 한다는 중압감에 가족으로부터 벗어났으면 좋겠다는 생각이 들었으면서도 막상 아내와 자식들이 미국으로 유학을 떠난다니 무언가 소중한 것을 잃어버린다는 느낌이었다. 힘들고 외로울 때 생각나는 것이 가족이었다. 이럴 때일수록 더 열심히 그림을 그려야 한다고 생각을 했지만 생각과 달리 캔버스 앞에 앉으면 잡생각만 떠올라 도무지 붓을 잡을 생각이 나지 않았다. 모델을 서거나 누드크로키를 한 후에 뒤풀이에도 참석하지 않는 K에게 원장이 무슨 일이 있느냐고 몇 번이나 물었지만 K는 아무 일도 아니라며 고개를 저었다. 절에서 여자를 만난 후 그린 여자의 그림도 초벌만 그린 상태라 마치 물에 불린 것 같았다. 몇 번이나 그림을 완성시키려고 했지만 도저히 붓을 잡을 마음이 없었다. 서울집에도 가지 않았다. 가고 싶지 않다는 생각보다 그냥 조용히 혼자 있고 싶은 생각이 든 것은 사실이었다.

그 날도 K는 누드모델을 서고 뒤풀이에 가지 않고 자전거를 타고 들판을 한 바퀴 돌고 집으로 왔을 때였다. 저녁 대신 손두부집에 가서 두부와 막걸리를 마신 탓인지 배는 고프지 않았다. 방에 들어가 잠시 누웠다가 다시 작업실로 와서 캔버스 앞에 앉아 있을 때였다. 옆집의 발바리가 짖는 소리가 들렸다. 옆집에 누가 왔나 생각하며 캔버스의 여자를 물끄러미 보고 있을 때도 개는 여전히 맹렬히 짖었다. 옆집으로 가는 사람이었다면 할머니가 나오고 개는 더 이상 짖지 않을 텐데, 고양이가 돌아다니나, 하는 생각을 하고 있을 때 마당에서 인기척이 났다. K는 밖을 바라보았지만 아무것도 보이지 않았다. 마당에는 외등을 켜지 않아 캄캄했다. 따라서 불빛이 환한 작업실에서 보면 마당에는 아무것도 보이지 않는 것은 당연했다. K는 밖으로 나와 두리번거렸다. 어둠에 눈이 좀 익자 어렴풋하게 사람의 형체가 보였다. 흰색 계통의 원피스가 먼저 눈에 들어왔다.

"누, 누구요?"

K는 놀라서 물었다. 상대방은 잠시 아무 말도 없이 그대로 서 있었다. K는 긴장되는 걸 느끼며 사람을 찬찬히 보았다. 여자였다.

"J씨?"

K의 말에 여자는 고개를 숙여 인사를 했다.

"어쩐 일로."

"……."

K는 무슨 일인가 싶어 조심스럽게 물었다. 여자는 또다시 아무 말도 없었다. K도 그대로 있었다. 다그치지 않는 게 좋을 듯 했다. 한동안 그렇게 서 있었다.

"안으로 들어가시죠."

머뭇거리던 K는 여자에게 작업실을 가리켰다. 여자는 머뭇거렸고 K가 먼저 들어가자 뒤따라 들어왔다. K는 들어가자마자 완성하지 못하고 있던 여자의 그림을 재빨리 옆으로 치웠다. 여자는 작업실로 들어와서는 벽에 걸린 그림들을 둘러보았다. 전부 K가 자신의 몸을 그린 누드화였다. 여자는 아무 말도 없이 그림을 찬찬히 뜯어보았다. K는 부끄러움을 느꼈다. 누드모델을 설 때와는 또 다른 느낌이었다. 누드모델을 설 때는 사실 성기가 그대로 드러난다는 것에는 전혀 신경 쓰이지 않았다. 그러나 그림은 달랐다. 성기가 그대로 드러난 자신의 몸 그림을 여자가 찬찬히 뜯어보고 있으니 수치심이 와락 몰려들었다. 전혀 생각지 못 한 느낌이었다. 아직까지 자신의 몸을 그린 그림을 아무도 보지 못 했기 때문일까.

"차 한 잔 드릴까요?"

K가 물었고 잠시 뒤 여자는 여전히 그림을 둘러보며 고개를 끄덕였다. K는 주방으로 가서 물을 끓이며 심호흡을 했다. 가슴이 두근거렸다. 이러면 안 되는데. 마음을 다 잡으려고 할수록 다리가 후들거리는 느낌이었다. K가 커피를 가지고 왔을 때도 여자는 여전히 그림을 보고 있었다. K는 말없이 커피 잔을 탁자에 놓았다. 그리곤 소파에 앉았다.

"……."

K는 그림을 보는 여자의 모습을 보며 커피를 마시다 휴대

폰을 꺼내 시간을 확인했다. 시간은 9시를 채 넘지 못 하고 있었다. 그림을 다 보고 난 여자는 소파로 와서 앉았다.

"……."

여자는 커피를 마시기 시작했다. 커피 다시 타 올까요? 커피가 다 식었을 텐데. K는 말을 하려고 했지만 말이 입 밖으로 나오지 않았다. 여자는 무언가 골똘히 생각하는 표정으로 천천히 커피를 마셨다. 처음 왔을 때보다는 얼굴 표정이 많이 안정되어 있었다. K는 손을 맞잡고 바닥을 보았다. 무슨 일이 있든, 여자가 먼저 말을 꺼내지 않는 한 가만히 있는 게 좋을 듯싶었다.

커피를 다 마신 여자는 일어섰다. 잠시 서 있더니 윗옷을 벗었다. 그러자 금방 브래지어를 착용한 하얀 상체가 그대로 드러났다. K는 멍하니 여자의 모습을 바라보았다. 그대로 몸이 굳는 듯 했다. 여자는 옷을 소파에 놓더니 팔을 뒤로 돌려 브래지어 호크를 풀었다. 브래지어가 가슴 아래로 내려오자 여자는 또한 익숙하게 브래지어를 소파에 놓았다. 수국 같은 뽀얀 유방이 불빛에 하얗게 빛났다. 꼼짝 않고 바라보던 K는 그제야 정신이 든 듯 황급히 작업실의 문을 닫았다. 그리곤 걸쇠를 걸었다. 다시 여자가 치마를 아래로 내려 발을 뺄 무렵 이젤 앞으로 와 의자에 앉았다. 그리고 10호 캔버스를 이젤에 올려놓았다. 작업대 위에 있는 유화 물감을 치우고 아크릴 물감을 꺼내 하나하나 팔레트에 짰다. 어느새 팬티까지 벗은 여자는 탁자 위에 있는 커피 잔을 바닥에 내려놓고 소파에서 방석을 가져와 탁자 위에 놓았다. 그리곤 탁자위에 올라가 벽에 향해 양반다리를 하고 앉았다.

음.

팔레트에 물감을 다 짠 K는 여자의 뒷모습을 보며 속으로 신음 소리를 냈다. 여자의 몸을 그리는 일은 그동안 바랐던 일이기는 했지만 긴장되는 것을 느꼈다.

K는 목탄을 꺼내 손에 들고는 여자의 뒷모습을 찬찬히 바라보았다. 가부좌를 튼 뒷모습.

음.

어딘지 모르게 불안정하게 보이는 느낌이었다. 자신이 잘못 보았나. 탁자 위라 그런가. K는 다시 여자의 머리에서 엉덩이까지 쭉 시선을 내려 보았지만 여전히 안정된 자세는 아니었다. 가끔 숨을 쉬는 듯 미세한 움직임마저 없다면 마치 그대로 몸이 굳어 있는 듯했다.

K는 목탄을 캔버스로 가져갔다. 우선 어깻죽지까지 내려온 검은 머리카락을 선을 쭉 그어 그렸다. 그리곤 오른쪽으로 약간 쳐진 어깨를 그렸다. 이것 때문인가. 자신이 여자의 모습이 불안정하다고 느낀 게, 어쩌면 한 쪽으로 처진 어깨 때문인지도 모른다는 생각이 들었다. 겨드랑이에서 그대로 선을 아래로 내려왔다. 옆구리에 살이 올라 허리와 크게 구분이 되지 않았다. 오른쪽에도 겨드랑이에서 옆구리로 선을 그은 다음 멈추지 않고 그대로 풍만한 엉덩이를 완만하게 그렸다. 다시 왼쪽으로 손을 옮겨 역시 풍만한 엉덩이를 그리고 무릎까지 이어진 허연 넓적다리를 그렸다.

K는 목탄을 작업대에 놓고 다시 여자의 뒷모습을 보았다. 이번엔 왠지 만지면 그대로 바스라질 것 같은 느낌이 들었다. 처음 봤을 때의 느낌이랄까. 속이 텅 빈 것 같은 모습.

음.

왠지 안타까운 마음이 들었다. 몸은 그 사람이 살아온 내력을 보여준다는데. 이 사람은 그 동안 관리를 전혀 안 하고 방치했구나. 무슨 연유일까.

K는 우선 엷은 옐로우 물감에다 오렌지 물감을 조금 섞은 후 물을 많이 섞었다. 부드럽게 그리고 싶었다. 딱딱한 몸. 굳어있는 몸. 하지만 그대로 그릴 수는 없었다. 밝고 부드럽고 연하게 표현하고 싶다는 욕구가 강하게 끓어올랐다. 붓을 들어 오른쪽으로 처진 어깨 부위를 칠했다. 아무래도 자꾸만 처진 어깨가 마음을 아리게 했다. 어떻게 살아왔기에 저럴까. K는 붓을 허리께로 내려오며 생각했다. 여전히 여자는 꼼짝도 않고 있었다. 음악이라도 틀면 덜 지겨울 텐데. 하지만 어떤 것도 거부한다는 느낌이 여자의 몸에서 묻어났다.

저, 애들이 유학간대요.

K는 물감을 엉덩이 쪽으로 내리는데 가슴 깊숙한 곳에서 자신의 목소리가 들리는 듯 했다.

아내도 간답니다.

붓이 넓적다리로 옮겨갔다.

물론 아내는 애들을 챙겨주러 가지요.

K는 기존 물감에다 브라운 레드 물감을 조금 섞었다. 자연광이 아니라 형광등 아래다 보니 음영이 뚜렷이 구분되지 않았다. 음영은 자신 마음대로 처리하기로 했다.

이제 제 혼자 남은 느낌이에요.

물감을 찍은 붓이 여자의 옆구리로 갔다. 옆구리가 어두워지면서 여자의 몸이 살아나는 듯했다.

집은 남 주고요.

붓이 엉덩이의 밑 부분을 칠했다.

며칠 전에 친구를 만났어요. 농사짓는 친구지요. 배 과수원 하는 친구요. 근데 그 친구한테 들렀는데 적과를 하더라고요. 적과가 뭐냐고요? 그 왜 있잖아요. 열매가 많이 열려서 솎아내는 거요. 작고 병들고 이런 놈들을 따서 버리는 거예요. 굵고 큰 놈만 남겨두고요.

K는 가슴에서 울려나오는 소리를 들으며 붓을 놓고 그림을 보았다. 어두운 부분을 조금만 칠했는데도 여자의 몸이 선명해진 느낌이었다. 버밀리온 색에다 흰색을 많이 섞었다. 이제 여자는 불그스름한 몸으로 태어날 것이었다. 붓이 여자의 등을 쓰다듬었다.

근데요. 배 과수원에 그게 널려 있는 거예요. 마치 엄지손가락 한 마디 크기인데 꼭 매실 같아요. 크기나 색깔이나. 근데 자세히 보면 한쪽이 병들었거나 길쭉해 모양이 좋지 않거나 작은 것들이에요. 근데요, 거기서 친구의 모습을 봤어요. 나이 사십이 넘어 베트남 여자와 결혼해서 아이까지 낳았는데 어느 날 아내가 도망갔대요. 아기까지 데리고요. 몇 날 며칠을 술 마시다 결국은 농약 마시고 죽었대요. 근데 그 녀석의 모습을 그 배 과수원에서 본 거예요. 바닥에 뒹굴고 있는 선택되지 못 한 배에서요.

블랙 물감에다 브라운 레드 물감을 섞어 머리카락을 칠했다. 헝클어진 모양 그대로 어깻죽지까지 내려온 머리카락이 여자의 마음을 잘 드러내는 것 같은 느낌이 들었다.

거기서 그 친구만 본 게 아니에요. 몇 년 전에 명퇴당한 김 부장도 봤고요. 아기를 가졌다고 좋아했지만 결국은 명퇴당한 대출계 미스 오도 봤어요.

코발트블루 물감에다 흰색 물감을 섞어 등에 묽게 칠했다. 이제 여자의 몸은 생기를 찾아 살아 있는 것 같은 느낌이 들었다.

근데요. 사실 여러 사람들을 봤지만 그것 보다요. 제가 충격을 받은 건 저를 본 거예요. 그 바닥에 떨어져 있는 배들 속에 제가 있는 거예요. 자식들과 아내는 미국으로 가고 나

혼자 동떨어져 있는 저의 모습이요.

오렌지 물감에다 옐로우 그린 물감과 브라운 물감을 섞어 엉덩이 밑 부분과 옆구리 넓적다리의 아래 부분을 칠했다. 여자의 몸에 음영이 뚜렷해졌다.

가족에 대해 서운하느냐고요? 에이, 아니에요. 그런 거 없어요. 아내가 명퇴당하지 말고 열심히 돈 벌어 부쳐달라고 했을 때 순순히 그러겠다고 했어요. 가족이 잘 돼야 나도 좋은 거 아닌가요? 하지만 그게 전부는 아니에요. 나는 왜 평생 가족을 위해 목매달아야 하는가. 좀 쉬면서 나도 하고 싶은 거 하며 살면 안 되는가, 하는 불순한 생각을 했다니까요. 아내와 자식들이 알면 기겁할 일이지만요.

붓은 여자의 몸 전체를 쓰다듬으며 밝은 곳과 어두운 곳 주름진 곳을 더욱 잘 드러나게 칠했다. 햇빛에 비친 여자의 모습보다 훨씬 생기 있고 밝은 느낌이 들었다. 그때 손등에 물 한 방울이 떨어졌다. 어? K는 이상하다는 생각에 천장을 보는데 이마에서 물이 주르륵 얼굴로 흘러내렸다. 땀이었다. K는 붓을 놓고 손등으로 이마와 볼의 땀을 닦았다. 아무래도 그림을 그리면서 긴장을 많이 한 것 같았다. 근데 여자는…… 저렇게 가부좌를 틀고 있으면 다리가 저려올 텐데. 휴대폰을 꺼내 보니 그림을 그린 지 2시간이 흘렀다. 여자에게 끝났다고 얘기를 해야 하나 하며 여자의 완강한 등을 바라보는데 여자가 상체를 일으켰다. 일어서려고 하는 것 같았다.

앗.

여자는 일어서려다 그 자리에 주저앉았다. K는 다가가지도 못 하고 어쩔 줄 몰라 그대로 있는데 여자는 두 다리를 흔들고 주무르더니 일어섰다. 탁자를 내려와서 머리를 둥글게 돌렸다. 뻣뻣해진 목을 푸는 것 같았다. 어깨를 흔들고 허리를 돌리던 여자는 다시 탁자 위에 올라갔다. K는 아무 말도 없이 여자를 지켜보며 마른침을 삼켰다. 표정이 여전히 굳어있지만 올 때와는 판이하게 많이 풀어져 있었다. 움직이는 모습도 자연스러웠다. 탁자에 올라간 여자는 K와는 정면에서 약간 왼쪽으로 비스듬하게 돌려서 꿇어앉았다. 두 손은 허벅지 위에 조용히 얹었다. 고개는 약간 숙인 자세였다. 눈을 뜬 채였다.

K는 이번에 조금 큰 20호 캔버스를 찾아 이젤에 올려놓았다. 다시 아크릴 물감을 여럿 짰다. K는 마치 자신의 이런 행동들이 자신의 의지가 아니라 여자의 의지대로 움직이는 거라는 생각이 들었다.

K는 목탄을 들어 여자의 머리 부분에 대었다. 그리곤 뒷머리로 천천히 내려왔다. 여전히 헝클어진 머리카락이 어깨 뒤로 넘어 갔다. 목탄은 오른쪽 목선을 거쳐 앞으로 약간 꾸부려진 어깨를 따라 내려왔다. 겨드랑이를 지난 목탄은 볼록하게 튀어나온 허리를 지나 풍만한 엉덩이로 내려왔다. 거기서 앞으로 허벅지를 지나 무릎 안쪽까지 와서 멈추었다. 다시 목탄은 여자의 왼쪽 얼굴선을 지나 목으로 내려왔다. 앞으로 약간 수그린 어깨를 지나 허벅지에 있는 손까지 단숨에 다다랐다. K는 숨을 깊게 들이쉬고는 다시 목탄을 여자의 겨드랑이에 놓았다. 손의 힘을 빼면서 약간 밑으로 내려오자 유방이 목탄을 가로막았다. 아마도 자식들을 먹여 살렸을 유방은 아래로 쳐져 있었다. 목탄은 유방을 부드럽게 감싸 안고 한 바퀴 돌고 나서 옆구리로 내려왔다. 허리를 거쳐 허벅지를 길게 쭉 뻗어 무릎에 닿았다. 다시 목탄을 든 K는 색이 바라고 숱이 많이 빠진 음모에 목탄을 대었다. 그리곤

양쪽 허리로 가늘게 이어갔다.

목탄은 다시 오른쪽 어깨에서 아래로 쭉 내려왔다. 허벅지 밑에 깔린 오른쪽 다리까지 내려온 목탄이 멈추었다.

K는 이마에서 오른쪽 뺨으로 흐르는 땀을 닦을 생각도 없이 목탄을 들어 얼굴로 가져갔다. 검은 눈썹을 그리고 밑을 지그시 내려다보는 눈을 그렸다. 약간은 커 보이는 코를 그리고 일자로 다문 도톰한 입술을 그렸다.

휴.

K는 자신도 모르게 숨을 길게 내쉬었다. 팔레트에 물감을 개었다. 먼저 갈색 계통으로 몸의 어두운 부분을 칠했다. 또다시 가슴 깊숙한 곳에서 누군가의 목소리가 울려나왔다.

아까 배 과수원 갔었다고 했었죠. 거기서 수분수를 봤어요.

팔의 안쪽과 옆구리 엉덩이의 아래쪽과 다리 밑을 칠했다. 다시 갈색 계통의 물감에 흰색을 많이 섞어 이번엔 밝은 부분인 가슴을 칠했다.

수분수가 뭐냐고요? 어, 그러니까 사람으로 치자면 씨내리, 뭐 그런 건데요. 식물도 동물처럼 근친을 안 하려고 한다더군요. 왜냐고요? 식물 스스로도 과실이 좋게 태어나게 하려고 그러는 거지요.

여자의 몸은 형광등 불빛을 받아 가슴과 배 부분이 밝게 빛났다. 붓으로 유방을 칠하고 나서 배로 내려왔다. 배에는 깊고 굵은 주름 세 줄이 가로로 새겨져 있었다. 여자의 삶의 흔적이었다. 한 때는 자식을 품었을 배였다. 하지만 이제 깊고 굵은 주름은 아무도 알아주지 않는 허허벌판 같았다. K는 가는 붓으로 주름을 정성껏 그렸다.

그러니까 수분수는 같은 품종끼리 수정하는 것을 방지하

고 다른 품종과 수정하도록 수십 그루에 한 그루씩 다른 품종을 심는 거예요. 식물들은 한 나무에 수술 암술이 같이 나오잖아요. 그러면 자연히 수술과 암술이 벌에 의해 수정될 것이고 그러면 근친이 되는 거예요. 그러면 과실이 작고 맛이 없대요.

블랙 물감에 갈색 물감을 타서 유방의 처진 선을 가볍게 터치했다. 자식들이 생명수를 빨아먹었을 유방은 이제 생기를 잃고 축 늘어져 있었다. 자식들은 모를 것이다. 자식들이 먹은 건 어미의 몸이라는 것을. 그래서 몸이 쭈글쭈글해진다는 것을.

수분수를 심으면요. 같은 나무에 있는 수술과 암술이 수정을 안 하려고 수술이 먼저 피어서 암술이 피기 전에 벌써 진대요. 반대로 암술이 먼저 피어서 수술이 미처 피기 전에 지는 것도 있고요. 아니면 같이 피더라도 화학물질 같은 게 나와서 같은 나무에서 나온 것끼리는 수정이 안 되도록 막는다나요. 그러니까 식물들은 같은 나무에 수술과 암술이 있어도 수정하지 않는 것을 원칙으로 삼는대요.

붓은 다시 음모를 부드럽게 칠했다. 숱이 많이 빠지고 색이 바란 음모는 조금은 몸을 초라하게 보이게 했다.

수분수는 그냥 주기만 한대요. 그러니까 보통 수분수는 수술의 꽃가루가 왕성한 품종을 고르는데요. 그러면 주위의 많은 배꽃에 자신의 수술 꽃가루를 많이 주는 역할을 하는 것이지요.

레드 물감에 레몬옐로우 물감과 화이트 물감을 섞어 유방과 가슴의 어두운 부분을 부드럽게 칠했다. 아래로 내려와 허벅지의 아래 부분을 칠하고 볼을 칠했다. 여자의 몸에 생기가 돌기 시작했다.

그럼 수분수는 열매가 안 열리느냐고요? 아뇨, 그래도 과실나무인데 안 열리기야 하겠어요. 하지만 거의 이삼 프로 되는 품종의 과실이다보니 천덕꾸러기 취급을 받지요. 수가 적으니 팔 수도 없고 그냥 집에서 먹거나 주위 사람들에게 나눠준다나요.

가는 붓으로 눈썹과 눈과 코와 입술을 세밀하게 그리고 손가락의 손톱까지 그려 넣자 이제 여자는 숨을 쉬는 것 같았다. 붓은 전체적으로 여자의 몸을 한 번 더 부드럽게 쓰다 듬었다. 전체적으로 하얀 색에 레드와 블루 계통의 색이 들어가 몸에서 은은한 느낌이 났다.

수분수는 그러니까 자기를 희생해서 남을 위하는 거래요. 전 그 얘기를 듣고는 좀 섬뜩한 느낌이 들었어요. 왜냐고요? 우리나라 가장들의 모습이잖아요. 가족을 위해 모든 것을 바치는 존재. 여자들도 마찬가지겠죠. 모성애란 이름으로 모든 것을 희생당하는 존재잖아요. 제 말이 좀 심했나요?

K는 서둘러 마무리했다. 어두운 부분은 좀 더 어둡게 밝은 부분은 더 밝은 색을 칠해서 몸의 음영이 뚜렷하도록 했다. 여자의 내면의 느낌이 잘 드러나지 않는 것 같아 불만스럽지만 이쯤에서 끝내야 할 것 같았다. 여자의 포즈는 언뜻 보기엔 쉬운 것 같아도 사실은 아주 힘든 자세였다. 우선 다리가 몸에 깔려 있어 나중에 마비가 오고 허리도 꼿꼿하게 오래 자세를 유지하려다 보니 무리가 많이 갔다.

K는 여자를 향해 고개를 숙였다. 수고하셨습니다, 라고 말하는 게 모델에게 예의지만 여자에게서 말을 못 붙이게 하는 완강한 힘이 느껴졌다. 여자는 상체를 앞으로 숙여 팔을 바닥에 짚었다. 그리곤 다리를 쭉 뻗었다가 오므렸다. 역시나 다리가 굳어졌을 것이었다. 가서 주물러 주면 빨리 풀

릴 텐데. K는 여자를 물끄러미 바라보기만 했다. 여자는 천천히 내려와 소파에서 옷을 집었다.

K는 밖으로 나왔다. 모델이 옷을 벗거나 입을 때 보지 않는 게 예의였다. 마당에 서니 마치 암흑 속을 헤집고 다니다 나온 느낌이었다. 머리는 무겁고 정신은 흐리멍덩했다. 숨을 크게 들이쉬고 길게 내쉬기를 몇 번 하니 머리가 한결 맑아왔다. K는 주방으로 가 캔맥주 두 개를 들고 작업실로 갔다. 여자는 다소곳이 소파에 앉아 눈을 내리깔고 있었다. 여자도 피곤할 것이었다. 거의 4시간을 포즈 취했다. 어깨가 축 처지고 눈에는 힘이 없었다. 마치 장님 같았다. K는 조용히 여자 앞에 캔맥주를 따서 놓았다. 그리고는 맞은 편 의자에 앉아 캔맥주를 따서 단숨에 반 정도를 마셨다. 그제야 자신이 갈증에 시달렸다는 것을 깨달았다. 시원한 게 들어가니 명치께가 쏴, 했다. 다시 K는 캔맥주를 들어 나머지를 다 마셨다. 이제야 정신이 제대로 돌아오는 것 같았다. 여자는 여전히 가만히 있었고 K는 주방으로 가서 캔맥주 2개를 가져왔다. 그동안 한 모금이라도 마셨는가. K는 여자 앞에 있는 캔맥주를 들고 확인하고 싶은 충동을 가까스로 눌렀다. 다시 의자에 앉아 캔맥주를 땄고 한 모금 마신 후 탁자에 놓았다. 밖에서 개구리 울음 소리가 들려왔다. 마치 수백만 마리가 합창을 하는 듯 요란하게 울었다. 그림 그릴 때 전혀 들리지 않던 소리였다. 집 앞에 논이 있어 개구리가 밤에는 많이 울었다.

"그림…… 보여 드릴까요."

K가 입을 열었다. 여자는 가만히 있더니 고개를 끄덕거렸다. K는 방금 그린 두 점을 여자에게 가져가 캔맥주를 한 쪽으로 밀쳐놓고 탁자에 놓았다. 여자는 그림을 뚫어지게 바

라보더니 손바닥으로 그림을 쓰다듬었다. 마치 죽은 사람의 사진을 쓰다듬는 모습과 흡사했다. 여자의 행동에 오싹한 기운이 있었다. 이 그림을 한 번 쓰다듬고 저 그림을 한 번 쓰다듬더니 그림을 지그시 바라보았다.

K는 그런 여자의 모습을 보며 캔맥주를 마저 마시고 다시 캔맥주를 땄다. 한결 정신이 맑아진 느낌이었다.

"전, 제 몸에 대해 몰랐어요. 전혀요."

여자는 마치 연극배우가 무대에서 독백하듯 말했다. K는 조용히 듣기만 했다.

"어쩌면 저주했는지도 모르고요."

여자는 여전히 독백하듯 말하곤 캔맥주를 한 모금 마셨다. 약간 인상을 찡그렸다. 술의 알코올 때문인지 차가움 때문인지 몰랐다.

여자는 또다시 말을 않고 그림을 찬찬히 보았다. 마치 그림을 통째로 눈에 넣을 작정인 것 같았다. K는 여자의 모습을 보며 캔맥주를 들어 입으로 가져갔다. 하지만 캔에서는 맥주가 나오지 않았다. 어느새 다 마신 모양이었다. K는 다시 밖으로 나와 주방으로 갔다. 냉장고에서 캔맥주 2개를 꺼내고 안주거리를 찾았지만 마땅한 게 없었다. 할 수 없이 캔맥주만 양 손에 들고 작업실로 오는데 여자의 목소리가 들렸다. 처음엔 누가 왔나 싶어 놀랐는데 조용히 듣고 보니 여자가 혼자 중얼거리는 소리였다.

"……한동안 그랬어요. 그렇게 지냈어요."

K는 여자의 말을 들으며 작업실에 들어가지 않고 문 앞에 있는 나무에 걸터앉았다. 캔맥주를 따서 한 모금 마시곤 옆에 놓았다.

"……그게 용서가 안 되는 거예요. 아마도 남편을 너무 믿었을까요. 아니 용서라기보다 도저히 믿을 수가 없었어요. 남편은 윤리적으로 되게 편집적인 면이 있었거든요. 그리고 무엇보다 가정을 소중히 아는 사람이었어요. 그런데 그런 사람이 다른 사람과 사랑에 빠지다니요. 도저히 믿을 수 없었지요. 꿈인가 생시인가. 상대는 저도 잘 아는 사람이었는데 레스토랑을 운영하는 사람이었어요. 저도 남편이랑 함께 자주 갔었고요. 결혼 전부터 알았으니까 오래 됐죠. 남편과 데이트 장소로 애용했었고 결혼 후에도 자주 가던 곳이었어요. 그러다 제가 둘째 애를 낳고 돌이 지났을 무렵이니까 한동안 가지 않았어요. 남편 학교랑 가까워 늦게까지 논문 쓰다가 퇴근하면서 자주 들렀던가 봐요. 여자는 그때 삼십 대였는데 참 친절하고 예의바른 사람이었어요. 피아노를 전공했는데 밤이면 직접 피아노를 연주해서 손님들에게 퍽 인기가 좋았지요. 물론 저도 남편과 저녁을 먹고 난 뒤 커피를 마시며 그 여자가 직접 치는 피아노를 듣기도 했지요. 어떨 땐 남편이랑 셋이서 술도 마시곤 했어요. 결혼 전부터 알아왔으니 꽤 오랫동안 알아서 그런지 허물없는 사이였어요. 그런데 그런 여자와 사랑에 빠지다니요. 제가 잘 알고 있는 여자와."

여자의 말은 잠시 끊겼고 캔맥주가 목구멍으로 넘어가는 소리가 들렸다. K도 캔맥주를 들어 한 모금 마셨다. 개구리 울음 소리가 갑자기 크게 울려 퍼졌다. 여자가 말할 때는 몰랐는데 여자가 말을 멈추니 개구리 울음소리가 굉장히 크게 들렸다. 밤이 깊어 사방이 조용해서 그런 것 같았다.

"남편은 외국으로 출장을 자주 갔어요. 특히 중국이나 티벳쪽으로요. 고지대와 저지대의 식물 성장에 대해 연구하러 갔지요. 무슨 일인가 여자도 티베트를 갈 일이 있어 동행하면서 서로 사랑에 빠졌는가 봅니다.

아. 도저히 용서가 되지 않았습니다. 여자를 만나 머리채를 휘어잡을 힘도 없었어요. 저는 짐을 싸들고 애들과 함께 집을 나왔어요. 친정에는 도저히 갈 자신이 없었어요. 사위가 바람난 줄 알면 부모님이 더 펄쩍 뛸 것 같았어요. 아니. 그게 아니에요. 제 자존심 때문이었을 거예요. 무엇보다 남편이 바람나 친정에 온 여자가 되기 싫었습니다. 원룸을 급히 하나 구해 집을 나갔고 남편은 용서를 빌었어요. 다 정리했다고. 실수였다고. 다시는 그런 일이 없을 거라고, 한 번만 용서해달라고 매일 원룸에 와서 빌었어요. 하지만 전 용서를 해주지 않았어요. 시간을 갖고 싶었어요. 어차피 이혼을 해야겠는데 당분간은 아무것도 하기 싫었어요. 아이들 밥 해주는 것조차 싫었으니까요. 그렇게 한 달여가 지났을 거예요."

잠시 여자의 목소리가 멈추었다. 이번엔 맥주를 마시는 소리가 나지 않았다. 대신 나지막한 한숨 소리가 났다. K는 캔맥주를 들어 한 모금 마셨다. 맥주가 떨어졌나. K는 캔맥주를 가져다주려다 그만두었다. 방해하지 않는 게 좋을 듯싶었다.

"이제 이혼을 해야겠구나. 그렇게 결심했죠. 근데, 그러면 이 아이들을 어떻게 키우나 이런 생각이 드는 거예요. 저는 직장생활을 해 본 적이 없습니다. 대학을 졸업하고 몇 년 있다가 남편과 알게 되었는데 남편도 제가 직장 갖는 걸 원하지 않더군요. 살림만 잘 하라고. 안락한 가정이 제일 중요하다고, 그렇게 남편은 말했습니다. 아이들 잘 키우고 남편 잘 뒷바라지하는 것 외에는 더 바라는 게 없다고 했지요. 저도 평소에 그런 생각을 가진 터라 당연히 결혼하고 집에만 있었지요. 아, 근데 막상 이혼하려니 앞으로 살 길이 막막한 거예요. 이 두 아들을 어떻게 키우나. 그때 큰애한테 들어가는 교육비도 만만찮았거든요. 법적으로 알아보니 남편한테 받을 수 있는 양육비는 아이들 키우는데 터무니없이 적은 돈이더라고요. 남편은 매일 와서 용서를 빌었고 이혼하려니 앞날은 캄캄하고. 어쩌겠어요. 집으로 돌아가는 수밖에요. 남편은 용서는 안 되지만 집에 들어가야 아이들을 제대로 키울 수 있으니까요. 내가 그토록 소중히 여겼던 가정을 깨트리지 않아야 하니까요. 그래서 집에 들어갔어요. 집에 들어간 날 남편은 집에서 근사하게 파티를 해줬지만 나는 피곤하다는 핑계로 방에만 처박혀 있었어요. 그런데 아이들은 남편과 너무 재미있게 놀더군요. 하기야 아직 어린 아이들이 무얼 알겠어요. 밤새 거실에서 남편과 아이들의 웃음소리가 끊이지 않았어요. 그 소리를 듣자 오기를 잘 했다 싶더군요. 무엇보다 아이들이 중요했으니까요. 경제력과 사회적 지위를 가진 아빠가 있는 것이 아빠 없이 경제력도 없는 저 혼자 키우는 것보다 더 낫다 싶었지요. 실제로 아빠가 곁에 있으니 아이들이 너무 좋아하는 거예요. 남편도 많이 달라졌고요. 가정의 소중함을 알았다나요. 제가 아이들을 데리고 나간 시간이 자기에게 지옥과 같았다고, 눈물을 글썽이며 말했어요. 그건 사실일 거예요. 남편은 그런 사람이에요. 가정을 무척이나 소중히 여기는 사람이죠.

근데, 저도 완전히는 용서 못 해도 다시 일상으로 돌아왔다고 생각한 그 즈음이었어요. 눈앞에 믿을 수 없는 일이 벌어지더군요. 어떻게 그런 일이."

여자의 말이 다시 끊겼고 K는 캔맥주를 들어 마시다 작업실로 눈길을 주었다. 방안의 형광등이 창백하다는 생각이 든 순간 K는 여자가 무척이나 목말라 한다는 생각이 들었다. K 는 일어서서 주방으로 가서 캔맥주 3개를 들고 와 1개는 자 신이 앉았던 나무 곁에 두고 2개는 방안으로 들어가 슬그머 니 탁자위에 올려놓았다. 여자는 약간 앞으로 수그린 자세로 앞을 보고 있었는데 초점이 없었다. K는 밖으로 조용히 나 왔다. 곧이어 캔맥주 따는 소리가 들렸다. K는 캔맥주를 들 어 입으로 가져갔다.

"여자의 남편이 찾아온 거예요. 남편이 한때 사랑했던 여 자의 남편이요. 그때서야 알았나봐요. 알려면 진작 알았으면 좋았을 텐데. 집으로 찾아온 사내는 다짜고짜 남편의 멱살을 잡더니 주먹을 날리더군요. 남편은 저항 한 번 못 하고 고스 란히 맞기만 하더군요. 오히려 말린 건 저였어요. 용서해 달 라고. 한번만 용서해 달라고 제가 애원했어요. 미쳤지요, 제 가. 사내가 어이없어하더군요. 어쨌든 그 날은 참 치욕적인 날이었습니다. 하지만 거기가 끝이 아니었어요. 그 사내는 사업하는 사람이었는데 몹시 괴로워하더군요. 아내의 배신에 대해서요. 그리고 저처럼 도저히 용서할 수 없다고, 둘 다 각오하라고 했습니다. 남편은 어떤 경우라도 죄를 달게 받겠 으니 용서해 달라고 매달렸습니다. 둘 다 감옥에 처넣겠다고 사내는 큰소리쳤고 남편은 잘못했다고 빌었습니다. 어쨌든 그 날은 사내는 집으로 돌아갔습니다. 일단은 사내가 돌아가 고 나니 좀 살 것 같았습니다. 어떻게 해결해야하나 남편도 저도 고심했습니다. 물론 각자 고민했지요. 그러던 며칠 뒤 였어요. 사내가 저와 남편과 함께 만나자는 전갈이 왔습니 다. 우리는 끌려가는 처지라 가타부타 말없이 약속 장소로 갔지요. 사내는 한동안 말이 없다가 이렇게 제의를 했습니 다."

작업실에서 맥주를 마시는 소리가 났고 K 또한 캔맥주를 따서 들이켰다. 여자의 숨결이 느껴지는 듯 했다. 아픔이 몸으로 전해지는 것 같았다. K는 숨소리도 내지 않고 조용히 있었다. 캔맥주를 탁자에 놓는 소리가 났다.

"사내가 남편에게 말하더군요. 당신이 내게 이런 고통을 줬으니 당신도 같은 고통을 당해야 한다고. 그러니 당신 아내와 하룻밤 자겠다고요. 참 어이없는 제안이었습니다. 남편과 저는 놀랐지요. 설마 그런 제의를 하리라고는 꿈에서도 생각지 못 했지요. 남편은 제발 제의를 거둬달라고 사정을 했지요. 그러자 그 사내는 말했습니다. 제 아내와 별거중입니다. 두 분은 잘 사시네요. 그 말을 듣는 순간 가슴에서 쿵 소리가 났습니다. 저는 아니라고, 우리도 힘들게 살고 있다고 말했습니다. 그러니 제발 없었던 일로 해달라고 했습니다. 그 사내는 다른 말 필요 없다며 일어섰습니다. 삼 일 여유 주겠다, 잘 생각해보라, 제의를 안 받아드리면 고소하겠다, 그러곤 가버렸습니다. 남편은 얼굴이 하얗게 질린 채 의자에 털썩 앉았습니다. 어떻게 이런 경우가 있습니까. 그 사내의 눈치로 봐서는 한 치도 물러설 태세가 아니었습니다. 삼 일 동안 생지옥이 따로 없었습니다. 남편은 남편대로 저는 저대로 이것저것 방법을 강구해 보았지만 뚜렷한 해결책이 없었습니다. 누구를 통해 알아본 바로 정말로 그 사내 부부는 별거에 들어갔다고 하더군요. 사업하니 돈으로 해결할 일도 아니고. 만약 제의를 안 받아주면 고소를 한다고 했는데 만약 고소를 당하고 남편이 6개월인가요? 실형을 받는다면 우리 가정은 어떻게 되겠습니까. 남편은 대학교에서 쫓겨날 테고 주위의 손가락질 받는 우리 가정은 온전하겠습니까. 집을 나갔다가 가정을 지키려 되돌아온 제게는 큰 충격이었습니다. 빼도 박지도 못 하는 상황이었지요. 남편이 그 사내를 찾아가 다시 한 번 더 사정해보고 난 뒤 마침내 말했습니다. 차라리 감옥에 갔다 오겠다, 어떻게 당신이 그 사람과 자도록 하겠는가, 감옥에 갔다 와서 우리 새 출발하자, 그랬습니다. 하지만 전 새 출발할 자신도 없었습니다. 파면 당한 교수가 어디 가서 다시 대학이나 연구소에 발붙이겠습니까. 기초과학 전공이니 더욱 취직하기가 어려울 것은 뻔한 이치 아니겠습니까. 남편도 그런 부분에 제일 불안해했습니다. 감옥에 갔다 온다고 해서 무너진 가정을 회복시킬 수 없다는 거지요."

여자의 말이 멈추었고 딱, 캔맥주 따는 소리가 들렸다. K는 여자의 숨결을 느끼며 캔맥주를 들어 입으로 가져갔다. 맛이 밋밋하게 느껴졌다. 차라리 소주가 있다면 좋을 텐데. K는 그런 생각을 했다. 그림 그리다 틈틈이 마시기에는 캔맥주가 더 없이 좋아 캔맥주만 사 놓은 게 처음으로 후회가 되었다.

"저는 결심했습니다. 제가 희생해서 가정을 살린다면 그렇게 하겠다고. 남편에게 말했습니다. 남편은 놀란 표정으로 아무 말도 못 하고 저를 쳐다보기만 했습니다. 당신 직장을 지켜야 하지 않느냐, 당신 이제 전임 된지가 얼마 안 됐는데 쫓겨나고 싶은가, 그러면 길바닥에 우리 가족이 나 앉게 됐는데 어쩔 거야. 저의 말에 남편은 저를 붙들고 아무 말 없이 울기만 했습니다. 아마도 남편도 가정의 미래에 대해 두려움을 느끼고 있었던 거지요. 유학 갔다 와서 겨우 전임 자리를 잡았는데 파면 당하다니요. 가정이 풍비박살난다니요. 남편은 하지 말라고 하면서도 강력하게 막지는 않았습니다. 그래도 남편의 순수한 마음은 믿었습니다.

다음 날 그 사내에게 연락했습니다. 원하는 대로 해 주겠다고 했지요. 그러자 잠시 침묵을 지키던 사내는 무슨 호텔 몇 호실로 일요일 밤 몇 시에 오라고 하더군요. 남편과 아이들에게 저녁 차려주고 화장은 짙게 하고 옷은 되도록 화려하게 입고 오라고 했습니다. 저는 알았다고 하고는 남편에게 말을 하지 않았습니다. 초조하게 약속한 날짜는 다가왔습니다."

여자의 말이 멈추었다. 그러자 또다시 개개개개, 하는 개구리의 울음소리가 귀청을 때렸다. 유난히 개구리의 울음소리가 컸다. 여자는 술을 마시지 않는 것 같았다. K도 캔맥주를 마시지 않았다. 왠지 그래야 할 것 같았다. 길게 숨 쉬는 것이 느껴지더니 여자의 말소리가 들려왔다.

"결국은 그 날이 왔습니다. 그 날 저녁에 남편과 아이들이 좋아하는 쇠고기 갈비찜을 해 먹으라고 하곤 샤워를 하고 화장을, 그 사내가 원했듯 좀 진하게 했지요. 그 사내의 말대로 해서 다시는 또 요구하는 일이 없도록 하기 위한 것이었지요. 흰색 원피스를 입고 남편과 아이들이 저녁을 먹는 동안 저는 집을 나섰습니다. 막상 닥치니 마음 또한 담담해지더군요. 전 날부터 방망이질 치던 가슴도 어느 정도 진정이 됐습니다. 남편은 아무 말도 안했습니다. 제가 말은 안했어도 이미 눈치를 챘겠지요. 아이들은 잘 다녀오라고 볼에 뽀뽀를 해주었습니다. 택시를 잡아타고 호텔로 가는데…… 좀 서글프고 수치스런 생각이 들었지만 오직 가정만을 생각했죠. 가정을 지켜야 한다. 제 행동은 잘 하는 짓이다. 스스로 최면을 걸었지요. 한 시간 넘어 걸리는 호텔까지 거리가 왜 그렇게 금방 가든지요. 일요일 오후라 차가 제법 밀려 예상보다 30분이 더 걸렸는데 말이지요. 제 표정이 이상했는가 운전기사가 자꾸 룸미러로 저를 보더라고요. 전 모른 척 창밖만 바라보았지요. 그래 빨리 갔다 오자. 매도 빨리 맞을 수록 좋은 거 아니야. 그런 생각을 하며 호텔로 들어서는데 다리가 후들거리는 거예요. 음. 사실, 전 남자는 남편이 처음이었어요. 남편 외의 남자는 친구로조차 사귄 적이 없었고요.

발이 허공을 걷는 듯했습니다. 머리는 텅 빈 것 같았고 엘리베이터로 가는데 제가 그쪽으로 가는 게 아니라 엘리베이터가 저한테 오는 느낌이었어요.

어쨌든 약속한 객실 앞에 가서 심호흡을 하고 인터폰을 눌렀습니다. 그러자 금방 문이 열렸습니다. 양복을 단정하게 입은 사내가 문을 열어주었습니다. 늦었네요. 안 오는 줄 알고 가려고 했습니다. 아주 공손하게 말했습니다. 저는 아무 말도 안 하고 곧장 침대로 갔습니다. 빨리 끝내고 싶었지요. 옷을 벗으려 등에 달린 후크를 풀려고 손을 등 뒤로 가져가는데 사내가 말했습니다. 아닙니다. 그대로 계세요. 사내는 부드럽게 말했지만 저는 무수한 가시가 박힌 말소리로 들렸습니다. 저는 사내를 똑바로 보지 못 하고 멈추었던 손을 움직여 후크를 잡았지요. 그러자 사내가 황급히 제 행동을 제지했습니다. 하지 마세요. 그러려고 오시라고 한 게 아닙니다. 사내는 다가와 말했습니다. 이 사내가 무슨 말을 하는 거야. 사람을 더 가지고 놀다가 할 참인가 했지요. 사내는 제 마음을 읽었는지 소파를 가리키며 저리로 가서 좀 앉으라고 하더군요. 저는 머뭇거렸습니다. 한시라도 빨리 끝내고 싶었으니까요. 당연히 말도 나누지 않고 얼굴도 보지 않을 참이었지요. 오늘 제가 사모님을 부른 것은 남편 때문입니다. 사모님을 욕보이겠다고 부른 것은 아닙니다. 그러니까

우선 저기 소파에 앉아 제 말을 들으시지요. 사내는 공손하
게 말했습니다. 하지만 전 그 공손함이 역겹게 들렸습니다.
할 수 없이 소파에 가 앉았습니다. 그러자 사내는 앞에 있는
소파에 앉지 않고 말했습니다. 죄송합니다. 전 단지 남편분
이 제 심정을 알았으면 해서 그랬습니다. 사모님을 취하겠다
하는 그런 것은 절대 아닙니다. 귀에서 윙윙거리는 소리가
나서 사내의 말을 제대로 듣지 못 했습니다. 단지 남편에게
증오를 저에게 미안한 마음을 가지고 있구나 생각했지요. 그
럼 저는 이만 가보겠습니다. 다만 사모님은 금방 가지 마시
고 한 시간만 여기 머물다 가십시오. 저는 그 말을 들으면서
도 무슨 뜻인지 몰라 고개를 숙이고 있었습니다. 참, 저녁
때 남편에게 저녁을 차려주고 오셨지요? 사내가 물었습니다.
저는 머뭇거리다 고개를 끄덕였습니다. 그럼. 사내는 몸을
돌리더니 문을 열고 밖으로 나갔습니다. 무슨 일인가. 사내
가 무슨 말을 했나. 저는 이 모든 것이 현실감이 없게 느껴
졌습니다. 하지만 이것만은 알았습니다. 사내가 저를 범하려
고 한 게 아니라 남편에게 복수하려고 그런 것이었다는 것
을요. 그래서 남편이 제가 여기에 오는 걸 보도록 일부러 저
녁을 차려주고 오라고 한 것이었지요. 혹 남편이 집에 없을
때 오면 남편이 자기를 만나는 걸 모를 수도 있었으니까요.
저는 한참동안 소파에 앉아 있었습니다. 사내가 한 시간 동
안 있으라고 한 이유보다도 전 한 발자국도 움직일 힘이 없
었습니다. 목이 바싹 타들어갔지만 물 마실 생각조차 못 했
습니다. 좀 있다가 정신을 차리니 그제야 목구멍에 차올라
있던 울음이 터져 나오더군요. 얼마나 울었는지 모릅니다.
한참 울다가 진정이 되었는데 갑자기 배뇨가 느껴져서 화장
실에 갔습니다. 오줌을 누러 속옷을 벗는데 글쎄…… 전 깜

짝 놀랐습니다. 속옷이 축축하게 젖어있었습니다. 맙소사. 그러니까 제 마음과 달리 몸은 사내를 받을 준비를 하고 있었지 뭐예요. 전 경악했습니다. 이럴 수가. 어떻게 몸이 그럴 수 있느냐고 질책했습니다. 이제 와서 생각해보면 몸의 생리현상으로 치부되는 문제가 그때는 그렇게 간단치가 않았습니다. 또다시 화장실을 나와서 한참동안 울었습니다. 이번에는 몸에 대한 참담한 때문이었지요. 아마도 그때부터 제 몸에 대해 저주를 했는지 모릅니다."

여자의 목소리가 멈추면서 캔맥주를 마시는 소리가 났다. K도 캔맥주를 들어 한 모금 마셨다. 하늘을 보았다. 무수한 별들이 낮게 떠 있었다. 문득 어릴 때가 떠올랐다. 아마도 초등학교 입학 전이거나 직후였을 것 같은데 밤에 자다가 오줌을 누러 밖으로 나온 적이 있었다. 요강은 마루에 있었다. 오줌을 누다 문득 하늘을 보다 깜짝 놀랐다. 별들이 바로 머리 위에 떠 있던 것이었다. 엄청나게 많은 별들이 무리지어 있는데 별천지에 자신이 있는 것 같아 무서움이 와락 들었다. 무서움에 미처 오줌을 다 누지 못 하고 방으로 들어가고 말았다. 하지만 다음 날 저녁에 하늘을 보니 별들은 저 멀리 또 있었다. 밝은 곳에서 봤기 때문이었다. 문득 여자에게 저 별들을 보여주고 싶은 생각이 드는데 여자의 말소리가 들렸다.

"어쨌든 정신을 차리고 호텔을 나왔습니다. 집으로 갈 마음이 없었습니다. 그렇다고 갈 데도 없었습니다. 친하게 지내는 친구들도 없었고 남편 없이는 혼자 잘 가는 곳도 없었습니다. 그냥 길을 걸었습니다. 아무 생각도 없이요. 이제 모든 것이 끝나서 홀가분하다는 생각보다는 머리가 복잡했습니다. 모래가 머리에 가득 든 느낌이었지요. 저는 그냥 묵묵히 있는데 발이 알아서 움직였습니다. 얼마나 그렇게 걸었을까요. 정신을 차리고 보니 제가 사는 아파트입구에 와 있더군요. 택시로 1시간 거리를 그렇게 걸어왔습니다. 집으로 가자고 생각하지 않았는데 다리가 제 몸을 집으로 데려다 주었습니다.

집으로 오니 남편이 문을 열어 주더군요. 아무 말 없이요. 그러더니 서재로 들어가더군요. 아마도 밤이 좀 늦었을 겁니다. 아이들은 자고 있더군요. 주방에 가 보니 갈비는 그대로 남았습니다. 아마도 아이들만 먹고 남편은 먹지 않았나 봅니다. 방으로 들어가 옷을 갈아입고 속옷은 쓰레기통에 버리고 욕실로 가서 오랫동안 제 몸을 씻었습니다. 제 의지를 반하는 몸에 저주를 퍼부으면서요.

그날 밤 남편은 저에게 아무 말도 하지 않았습니다. 저도 물론 아무 말도 하지 않았지요. 처음엔 남편에게 말하려고 했습니다. 아무 일도 없었다고. 있었던 일 그대로 말하려고 했지만 남편을 본 순간, 생각이 바뀌었습니다. 피곤한데 나중에 말하자 싶었지요. 근데 그 말을 지금까지 못하고 있습니다. 만약 그때 그 말을 했다면 좀 달라졌을까요.

그때 이후로…… 남편과 저는 말을 하지 않았습니다. 물론 꼭 필요한 말만 했지요. 당연히 부부관계도 없었지요. 지금까지요. 다른 면은 전과 똑 같았습니다. 남편은 여전히 아이들과 친하게 지냈고 전 가정주부로서 최선을 다 했으니까요. 속을 모르는 남들은 우리 가정이 행복하다고, 자식들 다 잘 되어 행복하겠다고 합니다. 그렇습니다. 저는 자식들에게 매달렸고 남부럽지 않게 키웠습니다. 얘기하면 알만한 대학을 나오고 유학을 다녀왔습니다. 남들이 다 부러워하는 직업을 가졌습니다. 그런데, 아이들이 저에게 오지 않으려 합니다. 오히려 제 아버지와는 친하게 지냅니다. 저와는 말이 안 통한다고 하더군요. 어릴 때부터 그랬습니다. 저와 말을 잘 하려하지 않았습니다. 제가 저희들을 어떻게 키웠는데.

지금 생각해보면 남편을 한편으론 이해하기도 합니다. 그 날이요. 제가 사내를 만나러 가던 날 저녁. 남편은 얼마나 고통스러웠을까요. 제가 사내의 요구대로 남편이 있는 집에서 샤워를 하고 화장을 진하게 하고 외간 남자를 만나러 가니 남편으로서는 얼마나 속이 탔을까요. 다행히 사내는 약속을 지켰습니다. 남편에게, 우리 가정에 아무런 탈도 없이 지나가게 했지요. 하지만 아직까지 남편은 제 몸에 손을 대지 않습니다. 그때부터 각방을 썼지요. 저 또한 제 몸에 대해 저주를 퍼부으면서 살아왔지요. 몇 개월 후 우리 가족은 이리로 이사를 왔습니다. 아무 연고도 없는 곳에요. 아무도 모르는 곳에서 살고 싶었습니다. 남편의 뜻이기도 했고 저의 뜻이기도 했습니다.

그런데 선생님을 보고는 정말 놀랐습니다. 수선이가 누드크로키를 하러 오라고 몇 번이나 얘기했었습니다. 아마도 외출을 거의 않고 지내는 제게 수선이는 무언가 눈치를 챘을 것 같았습니다. 수선이하고는 대학 동기입니다. 수선이는 계속 그림을 그렸고 저는 남편을 만나 결혼을 하면서 그림을 접었지요. 수선이가 하도 오라고 하고 저 또한 매일 절에, 선생님을 만난 그 절에 다녔는데 좀 지겹기도 했지요. 같은 코스를 매일 오가니까요. 그래서 화실에 갔습니다. 대학 때 몇 번 누드크로키해 본 게 다였으니 그림 그릴 자신도 없었고요. 하지만 수선이가 하도 나오라고 하는 바람에 갔었는데 선생님을 보고는 놀랐지요. 모델이 남자였다는 것을 진작 알았더라면 아마도 가지 않았을 것입니다. 그런데, 선생님이 화실로 들어 와서 인사를 나눌 때만 해도 모델인지, 아니 모델이라고는 전혀 상상도 하지 못 했습니다. 그런데 선생님이 가운으로 갈아입은 것을 보고는 놀랐습니다. 그래서 집으로 가려고 했습니다. 도저히 남자의 몸을 볼 자신이 없었습니다. 그때까지만 해도 남자에 대한 콤플렉스가 있었나 봐요. 집으로 가려고 했는데 이상하게 발이 떨어지지가 않았습니다. 수선이도 자꾸 분위기를 잡고요.

첫날에는 정신없이 그렸습니다. 또한 선생님을 똑바로 볼 수가 없었지요. 모델을 똑바로 보지 않고 그리니 제대로 그림을 그릴 수 있었겠습니까. 정신없이 그리다가 집에 왔는데 계속 잔상이 남아 있었습니다. 선생님의 몸이요. 근육질도 아닌, 어쩌면 평범한 중년 남자의 몸이 그렇게 아름다울 수가 있다니요. 그리고 선생님도 참 용기가 있다고 생각했습니다. 그런 몸으로 모델을 서려고 했다는 자체가요.

한 번 두 번 누드크로키를 하면서 몸의 아름다움을 새롭게 깨달았습니다. 아름다움이란 날씬하고 근육질이 있는 게 아니라 사랑받는 몸이라는 것을요. 그러니까 자신에게 사랑받는 몸이 가장 아름답다는 것이지요. 저는 집에 가서 옷을 다 벗고 거울 앞에 섰습니다. 살이 쪘고 가슴이 처지고 허리살이 나오고 똥배가 나왔지만 몸을 사랑하자. 이제 너를 풀어주자. 그만큼 했으면, 근신기간이 있다면 아마 지났을 것 아니야. 그런 생각을 했습니다.

모델이 되고 싶다는 생각이 들었습니다. 하지만 몸을 사랑하자고 생각은 했지만 그게 생각처럼 안 되더군요. 갑자기 자신감이 없어지고. 그리고 무엇보다 남에게 제 몸을 보여줄 수는 없다는 생각을 했습니다. 누드화의 모델이 되더라도 제 자신의 모델이 될 수는 있어도 남 앞에 서는 것은 스스로

용납이 되지 않았습니다. 자꾸만 사내를 만나러 호텔로 가는 제 모습이 떠오르고 사내를 맞이할 준비를 한 몸이 떠오르고. 모델을 서고 싶은 생각만 들고."

여자가 캔맥주를 마시는 소리가 났고 K 또한 캔맥주를 들었다. 또다시 하늘을 올려다보았다. 마치 하얀 연기처럼 은하수가 깔려 있었다. 손을 뻗으면 별이 닿을 듯했다. 여자의 몸도 별 같다는 생각이 들었다.

"선생님의 몸을 그리고 그림을 집에 가져왔지요. 그리곤 틈나는 대로 그림을 보았습니다. 선생님이 부러웠습니다. 나도 모델을 설 수만 있다면. 옷을 다 벗고 거울을 보며 포즈를 취하곤 했습니다. 잠시나마 기뻤습니다. 거울을 보고 10분 동안 포즈를 취하기도 했지요. 예전에 본 누드 명작을 흉내 내 포즈를 취하기도 했고요. 그러다 결심했습니다. 선생님께 모델을 서기로요. 순전히 제 자신을 위해서였죠. 아니, 그러니까 선생님은 제 몸을 사랑해줄 수 있을 것 같았어요. 또한 선생님께 제 몸이 아름답다는 걸 확인받고 싶은 욕망도 있었던 거 같아요. 막상 결심을 하고 나니 마음은 홀가분한데 선생님한테 말을 못 하겠어요. 저와 절에서 만나고 다음 주에 선생님은 뒤풀이에도 참석 안 하고 곧장 서울집에 가야 한다며 가셨지요. 그때 뒤풀이 끝나고 말씀드리려고 했었는데. 그 주 내내 선생님 집을 어슬렁거렸어요. 토요일 오후에 온다는 걸 알면서도 그랬어요. 빨리 선생님께 말씀드리지 않으면 유통기한이 지나 못 쓰는 것처럼 모델을 설 수 없을 것 같았어요. 초조한 일주일이 지나고 토요일 선생님의 몸을 그리면서 내내 그런 생각에 빠졌어요. 선생님이 제 몸을 그리는 상상이요. 그러자 몸도 가벼워지고 흥분되더라고요. 수선이가 무슨 좋은 일 있느냐고 물었지만 전 빙긋이 웃어주기만 했습니다. 야, 너 이제 실력이 나오는구나. 선이 좋아. 부드러워. 수선이는 제 그림을 보고 칭찬을 했습니다. 처음 왔을 땐 선이 굉장히 거칠었지요. 제 마음과 달리 선이 마음대로 움직였으니까요. 선이 부드럽다. 전 그 말에 저는 이제야 몸을 사랑할 수 있겠구나, 이런 생각을 했답니다. 근데 선생님은 또 뒤풀이에서 빠졌어요. 선생님께 무슨 일이 있구나. 그런 생각을 하니 왠지 제가 불안해졌습니다. 그날 밤 선생님 집에 왔었어요. 선생님은 눈치를 못 채는 것 같았습니다. 작업실에 들어가 그림은 그리지 않고 의자에 앉아 한참동안 있다가 그냥 나오시더군요. 그래서 전 선생님 앞에 나설 수가 없었어요. 지금 선생님 마음 상태론 그림을 그릴 수 없구나 생각했죠. 하지만 시간이 갈수록 자꾸 초조해지고 불안해서 못 견디겠어요. 빨리 선생님께 모델을 서야 마음이 안정될 것 같았어요. 아니 선생님께 제 몸을 확인 받아야겠다는 생각만 하루 종일 떠나지 않는 거예요.

오늘, 여전히 선생님이 마음이 편치 않다는 걸 알면서도 찾아왔어요. 오늘도 선생님은 뒤풀이에도 가지 않았고 포즈를 취할 때도 몸이 굳어있었어요. 하지만 오늘 아니면 영영 모델을 설 수가 없을 것 같았어요. 그래서 오늘 무작정 찾아온 거예요. 선생님이 안 계시거나 그림을 그리지 않겠다고 하셔도 전 2시간 동안 모델을 설 작정이었어요. 보는 사람 없어도 말이지요. 역시 잘 왔다는 생각이 듭니다. 모델을 서면서 마음이 편안했습니다. 물론 처음엔 좀 떨렸지만요. 선생님의 숨결을 느꼈어요. 아, 이 분은 진정 제 몸을 사랑해 주시는구나. 그런 생각을 했답니다. 선생님 덕분에 전 4시간 내내 그런 편안함으로 모델을 설 수 있었답니다.

선생님이 저를 그린 그림을 보여주었을 때 다시 태어난

기분이었어요. 내 몸이 아름답구나. 마치 다른 사람의 누드화를 보는 거처럼 중얼거렸어요. 저도 이제 제 몸의 주체가 될 수 있겠구나. 남편의 손길이 없어도, 아이들과 말이 통하지 않는다고 멀리해도, 저는 이제 제 몸을 사랑하면서 살 수 있겠구나, 싶었습니다. 이제는 제대로 살 수 있을 것 같습니다. 비록 살아온 날이 비루하다 해도 살아갈 날은 제 의지대로 살아갈 수 있을 것입니다.

감사합니다. 이렇게 밤늦게까지 제 말을 들어주셔서요. 다음에 또 모델을 설 테니 그림을 그려주세요. 부탁입니다."

여자가 일어서는 소리가 났다. K도 일어섰다. 잠시 뒤 여자는 밖으로 나오더니 곧장 대문께로 갔다. 이미 주위는 많이 밝아 있었다. 앞의 산이 어렴풋이 보였다. K는 뒤를 따라갔다. 옆집의 발바리가 왈왈 짖었다. 여자는 아랑곳 않고 집 뒤 큰 길로 나아갔고 인사도 없이 사라졌다.

K는 작업실로 들어갔다. 탁자에 빈 캔이 3개 있었다. 캔버스엔 K가 그린 여자가 다소곳이 무릎을 꿇고 앉아 있었다, K는 그림을 들었다. 그제야 그림을 그리면서 여자의 몸에서 느꼈던 불안정한 마음을 알 수 있을 것 같았다. 순간 K는 심한 피로를 느꼈다. 밤샘을 하며 여자의 얘기를 들을 때는 몰랐는데 여자가 막상 가고 나니 심한 피로가 몰려 왔다. K는 작업실의 불을 끄고 방으로 건너갔다. 요를 깔고 드러누웠다. 누우면 금방 잠이 들 것 같았는데 머리에 마른 모래가 가득 든 것처럼 정신이 복잡했다.

K는 꿈을 꾸었다. 절에 가는 꿈이었다. 여자가 앞서가고 K가 뒤따라가는 꿈이었다. 근데 어느 순간 보니 자신도 여자도 옷을 다 벗은 알몸이었다. 가파른 오르막을 여자는 잘 올라갔고 K는 여자를 따라 가느나 헉헉거렸다. 하지만 아무

리 빨리 걸어도 여자와의 거리는 점점 멀어졌다. 좀 기다리세요. 함께 가요. K는 여자를 향해 소리를 질렀지만 여자는 아랑곳 않고 올라가기만 했다. 가슴이 답답해왔고 숨이 가빠왔다. 다리가 아파 걷기도 힘들었다. 아무데나 쓰러져 누웠으면 하는 생각밖에 들지 않았다. 이제 여자는 보이지 않았다. 여자가 올라간 길을 계속 걸었다. 쉬고 싶은 마음인데도 자꾸 산을 올라갔다. 몸에서 땀이 쏟아져 옷이 흠뻑 젖었다.

K는 비몽사몽 자다가 잠에서 깼다. 얼굴에 땀이 번들거렸다. 진짜 산에라도 갔다 온 것처럼 몸이 천근만근 무거웠다. 휴대폰을 꺼내 시간을 확인하니 오전 10시가 좀 지나고 있었다. 배가 고파 무얼 먹고 싶었으나 일어나기가 귀찮았다. 그렇게 누워 있다가 잠들었고 오후 1시가 되어서야 일어났다. 이제야 몸이 좀 가벼운 것 같았다. 주방으로 가 냄비에 물을 올려놓았다. 라면이라도 끓여먹을 참이었다. 어젯밤 정말로 여자가 왔었나. 그림을 그렸었나. 여자의 과거 얘기를 들었나. 모든 게 현실감 있게 느껴지지 않았다.

K는 주방으로 가서 냄비에 라면 2개를 넣고 계란 2개를 풀었다. 김치를 꺼내 상에 놓고 냄비를 받침대에 놓았다. 숟가락으로 국물을 몇 번 떠먹었다. 따끈한 국물이 배속에 들어가니 좀 기운이 나는 것 같았다. 라면을 먹는데 얼굴에서 땀방울이 쉼 없이 흘러내렸다. 냄비 속으로도 들어갔지만 K는 아랑곳 않고 계속해서 먹었다. 다 먹고 난 뒤 싱크대에 냄비를 넣어두고 다시 방으로 가서 드러누웠다. 다시 깊은 잠에 빠졌다. 밤에 깨었다가 다시 잠들었고 비몽사몽으로 새벽을 맞았다.

K는 새벽에 일어나 샤워를 하고 마당으로 나왔다. 원룸에 가서 옷을 갈아입고 식당에 가서 아침을 사먹은 뒤 출근할

참이었다. 마당을 가로질러 대문으로 가던 K는 문득 작업실 앞에서 섰다. 문이 닫혀 있는데 이상한 느낌이 들었다. 문을 열고 작업실 안을 둘러보았다. 여전히 탁자 위에는 빈 캔이 3개 있었고 다른 곳을 둘러보아도 별다른 점이 발견되지 않았다. 문을 닫으려다 K는 방안으로 들어갔다. 역시나 탁자 옆에 세워 놓았던 여자의 그림이 없었다. 이럴 수가. 누가 가져갔는가. K는 멍한 생각에 소파에 앉았다. 도둑이라면 다른 것도 가져갔을 텐데 어젯밤 그린 여자의 그림 2점만이 없었다. 여자가 가져갔구나, 하는 생각이 들었다. 왜 가져갔을까. 혹시라도 그림을 태우거나 부수거나 하지는 않았을까, 하는 불안한 마음이 들었다. 그림이 아까워서 그런 게 아니었다. 여자의 안정되었던 마음이 다시 예전처럼 돌아갔을까 봐 그것이 두려웠다.

*

일주일은 더디게 갔다. 근무 시간에도 온통 여자 생각뿐이었다. 퇴근해 원룸에 와 있으면 여자의 몸이 떠올랐다. 그러면 그리고 싶어 안달이 났다. 한번은 전화를 해 볼까 싶어 스마트폰을 든 적이 있었다. 맙소사. 여자의 이름도 전화번호도 없었다. 그러니까 그때까지 여자의 이름도 전화번호도 모르고 있었던 것이었다. 원장한테 전화해 알아볼까 싶어 원장의 전화번호를 눌렀다가 곧장 꺼버렸다. 아무래도 이건 아니다 싶었다. 시골집에 가볼까 싶었지만 그 또한 아니다 싶었다. 참았다. 이러다 보니 직원들은 K에게 무슨 일이 있는 것 같다고 수군거렸다. K도 직원들이 그렇게 수군댄다는 것을 알고 있었지만 개의치 않았다.

참는데 한계가 있었다. 목요일 밤이었다. 그 전까지만 해도 금요일에 갈 참이었다. 원래는 토요일에 갔었다. 금요일은 일주일 동안 실적을 평가해 보고를 해야 했기에 밤늦게 퇴근했지만 그런 이유보다도 토요일 오전에 쉬고 오후2시에 맞춰 화실로 갔었다. 그러니까 금요일 밤에 갈 이유가 없었던 탓이었다. 근데 금요일에 좀 일찍 퇴근해서 시골집으로 가려고 했다. 여자를 만난다거나 하는 기대는 애당초 없었다. 물론 만나면 좋겠지만 흔적이라도 보면 좋을 듯싶었다.

목요일이면 가기로 작정한 날 하루 전이었다. 근데 그게 문제였다. 내일이면 간다고 생각하니 오히려 더 미칠 지경이었다. 수요일 같은 경우는 모레 간다, 이렇게 생각하니까 금요일 가는 걸 당연히 여겼는데 하루 전이 되니까 더 못 견디겠는 것이었다. 퇴근해서 씻고 의자에 앉아 있는데 자꾸만 여자만 떠오르는 것이었다. 20분이면 가는데 잠깐 갔다 오자. 뭐, 집만 둘러보고 오는데 어때서. 이러면서 스스로 자신을 합리화 했다. 시간은 벌써 밤 10시가 넘어서고 있었다. 그래 왕복 40분이면 되지 않나. 잠깐 집을 둘러보는데 5분이면 족할 것이고. 45분이면 충분한데. 결국은 자신에게 지고 말았다. 자동차 열쇠를 가지고 문을 열고 밖으로 나왔다.

K는 집 뒤에 차를 세우고 골목길로 들어섰다. 옆집의 발바리가 방울소리를 내며 꼬리를 흔들었다. 일주일에 한 번씩 와도 개는 알아보았다. 집 가까이 와서 작업실을 보니 창문이 어두웠다. 순간 서운한 감정이 일었다. 창문이 밝아 있기를 바랐던가. 여자가 와 있기를 은근히 바랬던가. K는 속마음이 들킨 것 같아 어깨를 으쓱하곤 집안으로 들어섰다. 집은 고요했다. 달빛을 받은 마당이 하얗게 엎드려 있었다. 집에까지 왔으니 작업실에 가서 차나 한 잔 마시고 가자 싶어

주방에 들러 차를 끓여 작업실로 갔다.

어?

K는 작업실 안으로 들어와 불을 켜자마자 탁자를 보고는 깜짝 놀랐다. 탁자 위에는 저번 주에 그린 여자의 누드화가 놓여 있었다. 분명 나갈 때 없었는데. K는 그림을 들어 요리조리 보았다. 달라진 점은 없었다. 살이 오른 여자의 뒷모습은 여전히 불안정해 보였다. 무릎을 꿇고 고개를 숙여 아래를 지그시 바라보는 그림도 고행하는 듯 얼핏 느껴졌다. 그런 생각을 해서인지 문득 절에 오를 때가 생각났다. 남자인 자신도 겨우 오르는데 여자는 잠시도 쉬지 않고 산을 오르던 모습이 떠올랐다. 얼굴과 목에선 굵은 땀이 흘러내리는데도 묵묵히 가파른 산을 오르는 모습이 선명히 다가왔다. 그렇게 살아왔구나. 그렇게 몸을 혹사시키며 살아왔구나. 명치께가 쓰려왔다.

K는 소파에 앉아 차를 한 모금 마셨다. 예전과 다르게 마음이 편했다. 물론 여자의 누드화를 그리기 전에도 작업실에 오면 유화 오일인 테러핀의 향이 은은히 퍼져 있어 마음이 평온했다. 하지만 지금 느끼는 감정은 또 다른 것이었다. 뭔가 내 혼자가 아니라는, 누군가 옆에 있다는 그런 감정이었다. 차를 마시며 작업실을 둘러보던 K의 시선이 이젤 쪽에서 멈추었다. K는 고개를 갸웃거렸다. 아무리 보아도 이젤의 서 있는 모습이 익숙지 않았다. 낯설었다. 또한 이젤에 걸려 있는 캔버스도 50호가 넘는 것이었다. 50호는 최근에는 그리지 않던 캔버스였다. K는 찻잔을 놓고 이젤 쪽으로 걸어갔다.

아니.

이젤에 있는 캔버스를 보고는 K는 깜짝 놀랐다. 캔버스에는 여자가 소파에 등을 기대고 비스듬히 앉아 있는 누드화였다. 분명히 여자였다. 하지만 K 자신이 그린 그림이 아니었다. 색이 전체적으로 어두운 톤이었다. 어두운 데는 과장되게 어두웠고 밝은 곳은 또한 과장되게 밝았다. 그러니 그림이 전체적으로 균형을 잃어 불안정해 보였다.

음.

K는 물감이랑 붓통과 팔레트가 있는 작업대를 보았다. 예상했던 대로 자신의 것이 아니었다. 누군가 와서 그림을 그린 것이었다. K는 고개를 끄덕였다. 분명 여자일 것이었다. 여자가 아니면 여기에 와서 그림을 그릴 사람이 없었다. 그림이 유화라 하루 이틀 만에 그린 것이 아니었다. 며칠 동안 그린 것이 분명했다. K는 이젤 앞에 있는 의자에 앉았다. 그럴 리가 없으리라 생각하면서도 의자에서 여자의 따뜻한 느낌이 전해지는 것 같았다. 밤마다 와서 자신의 누드를 그리는 여자를 상상했다. 여자는 자신의 몸을 상상해서 그렸을 것이었다. 상상은 어렵지 않았을 것이다. 매일 거울을 통해 자신의 몸을 본다고 했으니까. 혹은 자신이 직접 사진을 찍어 그렸으리라.

K는 이제 가야겠다고 일어섰다. 여자를 만난 기분이었다. 여자를 만난 것과 진배 없다는 생각이 들었다. 물론 만났으면 좋았을 테지만 여자의 체취만으로도 한결 기분이 좋아졌다. 흔적도 없이 나가야 한다. 자신이 왔다 갔다는 것을 여자가 몰라야 한다. 갑자기 K는 그런 생각을 하며 주위를 둘러보았다. 찻잔만 치우면 특별히 자신이 왔다간 흔적이 없을 것 같았다.

토요일 오후에 K는 좀 일찍 화실로 갔다. 특별히 일이 있어 그런 것은 아니었다. 일찍 간다고 해서 모델을 일찍 서는 것도 아니었다. 시작은 오후 2시였다. 아직 아무도 오지 않았다.

"기분이 좋으신 거 같아요."

원장이 커피를 타주며 말했다. K는 그렇게 보이냐고 웃으며 말했다. 원장은 곧장 다른 일을 하기 위해 자리를 떴고 K는 소파에 앉아 느긋하게 커피를 마셨다. 준비할 것은 없었다. 크로키를 한다면 미리 포즈를 생각해 둬야겠지만 누드화 모델은 그림 그리는 사람들의 요구대로 서야했다. 포즈 또한 어려운 것이 아니었다. 힘든 포즈는 오래 서지 못 하기 때문에 자연스런 포즈를 취했다.

여자는 여전히 제일 나중에 왔다. 아직 시간이 남아 있는데도 다른 사람들은 오는데 여자가 오지 않아 조마조마한 마음이 들기도 했다. 여자는 예전과 같이 K와 인사를 나누었고 별다른 말은 없었다.

"기분 좋은 일 있니?"

원장이 물었지만 여자는 빙긋이 미소만 지었다. 그러고 보니 표정이 많이 밝아진 것 같았다.

포즈는 의자에 앉아 상체를 앞으로 수그리고 팔꿈치를 다리에 기댄 자세였다.시간은 더디게 흘러갔다. 하지만 지겹다거나 그런 생각은 들지 않았다. 곁눈질로 보니 여자는 집중해서 그리고 있었다. 그런 여자를 곁눈질하는 것만으로도 기분이 한결 좋았다.

"오늘은 자연스러워요."

1시간이 지나고 휴식을 취하는데 원장이 K에게 말했다. 다른 사람들도 포즈가 부드럽다고 했다. 포즈가 부드럽다는 것은 마음이 안정되어 있다는 뜻이었다. 그러냐고, K는 웃으며 말했다.

뒤풀이는 회원 한 사람이 직장에서 승진했다며 한턱낸다고 했다. K는 난감한 생각이 들었다. 끝나고 곧장 집으로 갈 생각이었다. 여자를 슬쩍 보니 여자 또한 난감한 표정을 지었다. 장소는 돼지갈비 집으로 정해졌고 자기와 원수지기 싫으면 한 사람도 빠지지 말라고 고기를 산다는 회원이 큰소리쳤다. 하지만 그게 끝이 아니었다. 술을 곁들여 고기를 다 먹고 나니 이번엔 누군가 노래방에 가자고 했다. 전에는 없던 일이었다. 예전엔 술도 간단히 먹고 2차는 없었다. 전시회 같은 행사를 치른 후에는 2차를 간 적이 있어도 노래방에는 간 적이 없었다. 아마도 술을 많이 마신 탓이었다. 다들 몰려가는데 집으로 갈 수는 없었다. K는 할 수 없이 사람들의 뒤를 따라갔다. 그때 머뭇거리며 따라오던 여자는 원장에게 말했다.

"아무래도 안 되겠어. 나 어디에 가야하는데."

K는 걸으며 귀는 뒤의 말에 집중했다.

"안 가면 안 되니? 처음으로 노래방에 가는데."

"아냐. 담에 갈게."

여자의 말은 단호했다. K는 자신도 모르게 한숨을 휴, 쉬었다.

"그래, 그럼."

원장이 말했고 여자는 오던 길로 돌아섰다. 나도 이쯤에서 돌아설까, 하는데 남자 회원 한 사람이 빨리 가자며 등을 떠밀었다.

노래방에 와서도 K는 여자 생각뿐이었다. 어디에 갔을까. 작업실에 갔을까. 남자 회원이 앞에 나가서 노래를 부르자 일부는 앞에 나가 같이 노래를 불렀고 일부는 술을 마시며 소리가 잘 안 들린다며 서로의 귀에 대고 큰소리로 대화를 나누었다. K는 노래 부르는 사람들을 보다가 화장실을 가는 척하며 슬그머니 빠져나왔다. 도저히 참을 수가 없었다. 1분이 1시간은 흘러가는 것 같았다. 문을 열고 나오자마자 곧장 택시를 잡아탔다.

K가 마당으로 들어서는데 햇빛이 눈을 찔렀다. 작업실 앞에는 여자의 신발이 보이지 않았다. 눈을 감고 심호흡을 하며 그대로 햇빛을 받고 서 있었다. 참으로 시골은 햇빛이 밝았다. 서울 생활에서는 햇빛을 쬐일 일이 없었다. 아니 해가 있는지조차 모르고 지낸다는 말이 맞는 것인지 몰랐다. 심호흡을 하니 바람에 아카시아꽃 향기가 몸으로 스며들었다. 마치 어머니의 냄새 같았다. 마당에서 잠시 머뭇거리던 K는 작업실문을 열어보고는 곧장 절에 가는 길로 걸었다. 동네에는 아무도 보이지 않았다. 지금쯤 동네 사람들은 들에서 일할 것이었다. 길 위쪽을 보니 아무도 보이지 않았다. 산을 오르기 시작했다. 여전히 길은 가팔라 조금 오르는데도 땀이 났고 다리가 아팠다. 운동 좀 해야겠다며 주위를 둘러보았다. 주위에 아카시아 나무가 많아 아카시아꽃 향기가 진하게 느껴졌다. 이 산은 눈을 감고도 다닐 수 있는 곳이었다. 어릴 때 겨울철이면 나무를 하러 온 곳이었고 칡을 캐었다. 군 것질거리가 없던 시절이라 칡을 캐어 작은 조각을 입에 넣고 오래 씹었다. 그러면 입 주위가 온통 검어 친구들과 서로 마주보며 낄낄거렸다. 전에 오를 때 여자에게 신경 쓰느라 미처 생각지 못 했던 것들이 기억났다. 겨울이면 땔감 하러 산에 갔다가 나무에서 떨어져 팔이 부러진 진석이가 문득 생각났다. 항상 누른 코가 입술까지 내려왔다가 한순간에 콧

구멍 안으로 들어가곤 해 친구들의 놀림을 많이 받았던 친구였다. 이제는 그 친구의 부모도 돌아가시고 나니 그가 살던 집을 팔았는지 다른 사람이 양옥집으로 짓고 살고 있었다. 동네의 젊은 사람들은 죄다 모르는 사람들이었고 나이 많은 할아버지 할머니들만 겨우 알 정도였다.

어릴 때의 추억을 되새김질하며 올라가는데 자꾸만 고개는 뒤로 돌려졌다. 여전히 여자는 보이지 않았다.

절에 도착해 먼저 샘으로 가서 시원한 물을 마시고 전에 앉았던 배롱나무 아래에 있는 돌에 앉았다. 산 밑에서 시원한 바람이 불어왔다. 산 밑을 보다가 문득 20여 년 전 어머니의 49재를 여기서 지냈다는 생각이 떠올랐다. 지금은 다 잊어 생각나는 게 거의 없지만 스님이 재를 지내고 무언가를 태웠는데 함께 생화도 태우던 게 생각났다. 혹 흔적이 없을까 하고 대웅전으로 걸어갔다. 대웅전 옆문을 열고 안을 들여다보니 왼쪽으로 죽은 사람의 위패를 모신 곳이 보였다. K는 신발을 벗고 안으로 들어가서 위패를 모신 곳에 가서 섰다. 갓을 쓴 노인부터 이제 돌이 갓 지났을 애기까지 여럿 사진이 있었다. 교복을 입은 학생의 모습도 보였다. 보는 것만으로도 숙연해지는 기분이었다. 찬찬히 전체를 둘러보았지만 역시나 어머니의 흔적은 없었다. 아쉬운 마음에 뒤돌아서는데 반대쪽에서 무슨 소리가 났다. K는 살그머니 걸음을 떼고 문 쪽으로 나왔다.

음.

K는 깜짝 놀랐다. 여자가 불상을 향해 절을 하고 있었다. 엄숙한 동작이었다. K는 계속 보는 것도 예의가 아닌 것 같아 조용히 문을 열고 밖으로 나왔다. 밖으로 나오니 가슴이 쿵당쿵당 뛰었다. 들어갈 때 분명히 절 안에 아무도 없었는

데 이제야 왔는가. K는 배롱나무 아래로 가 돌에 앉았다. 꼭 여자를 기다린다는 것은 아니었는데 기다린 꼴이 되었다. 그만 내려가자 싶은데도 엉덩이가 떼어지질 않았다. 시간이 족히 30여 분이 지났을 무렵에야 여자가 대웅전 옆문을 열고 나왔다. 얼굴에는 땀이 번들거렸다. 여자는 마당으로 나오다 K를 보고는 흠칫했다. K는 일어서서 고개를 숙여 인사를 했다. 여자도 고개를 숙였다.

"이 쪽 그늘로 오세요."

햇빛이 여자의 머리에 내리쬐는 것을 보며 말했다. 여자는 머뭇거리다 배롱나무 그늘로 왔다. K는 여자가 돌에 앉을 수 있도록 옆으로 비켰다. 하지만 여자는 앉을 생각은 않고 그냥 아래를 바라보기만 했다. K는 여자의 옆모습을 보았다. 무슨 말이든 해야겠는데 마땅히 떠오르는 말이 없었다.

"아카시아꽃 향기가 참 좋네요."

오히려 말을 먼저 한 것은 여자였다.

"그렇지요? 저도 참 오랜만에 제대로 맡는 것 같아요."

K는 고개를 끄덕이며 말을 받았다.

"이곳에는 사시사철 꽃향기가 나는 것 같아요."

여자는 편안한 얼굴로 말했다. 화실에서 볼 때와는 딴판이었다.

"집이 가까운가봐요? 그렇게 자주 오시는 걸 보니."

K의 말에 여자는 소리 내어 웃었다.

"바로 요 밑인 걸요?"

"예? 요 밑이요? 거기 제 동네인데."

K는 의아하다는 듯 물었다. 여전히 여자는 미소를 띤 채 말했다.

"선생님과 같은 동네에 살아요."

"예? 정말요?"

K는 어이가 없다는 투로 말했다. 여자를 알게 된 지 좀 지났지만 동네에서 마주친 적은 한 번도 없었다. 물론 토요일에만 집에 오더라도 어떻게 그렇게 못 만났을까 싶었다. 그렇구나. 그래서 저번 주에 내 작업실에 올 수 있었구나. 이제야 어떻게 내 집을 알았을까, 하는 의구심이 풀렸다.

"전 선생님 몇 번 봤는데요."

여자의 말투가 꼭 놀리는 것 같다는 생각이 들어 K는 한결 마음이 놓였다. 화실에서처럼 속이 텅 빈 것 같은 모습이 아니라 한껏 기분이 좋은 것 같았다.

"집이 어딘데요? 저는 하도 예전에 살아서 동네를 잘 몰라요."

K는 여자를 돌아보며 말했다.

"전 선생님이 집수리할 때부터 다 봤어요. 벌써 2여 년 다 되어가죠?"

"아니 그럼. 화실에 나왔을 때에 이미 절 알고 계셨단 말이잖아요. 전 그것도 모르고."

K는 가볍게 항의하는 시늉을 했다. 여자가 재미있다는 미소를 띠었다.

"아는 체하기도 그렇고 해서 그냥 있었어요. 불쾌했다면 죄송합니다."

여자의 말을 K는 낚아챘다.

"불쾌했는데 심적 보상은 어떻게 해주실 건데요?"

자신도 예상치 못 한 말이 나왔기에 K 자신도 놀랐다. 잠시 뒤 여자가 말을 했다.

"어떻게 하면 심적 보상이 될까요?"

"음."

여자의 말에 K는 생각하는 듯 하늘을 바라보았다. 구름 한 점 없는 청명한 하늘이었다. 저기가 끝도 없다니. 하늘만 보면 떠오르는 생각이었다. 가도 가도 끝이 없다. 문득 그런 생각이 들었다.

"술 한 잔 사 주실래요?"

자신이 생각해도 어처구니없는 말이었다. 말을 해 놓고도 K는 아차 싶었다. 예의가 아닌 듯싶었다. 농담이었다고, 죄송하다고 말을 하려는 참인데 여자가 말했다.

"그러지요."

여자는 발로 흙을 긁으며 말했다. 발밑에는 왕개미 몇 마리가 기어 다니고 있었다.

"아닙니다. 농담이었습니다. 부담 갖지 마세요."

K는 진정으로 사과한다는 뜻으로 말했다. 하지만 K의 말에 여자는 가타부타 말없이 발로 흙에 줄을 그었다. 십자로 대각선으로 여러 선이 그어졌다.

"저 근데 집이 어딥니까? 요 아래라면서요."

침묵이 부담스럽기도 하고 궁금하기도 해서 물었다. 여자는 미소를 띤 채 K를 바라보았다. 한 번 맞춰보라는 시늉이었다.

"혹, 그 이층집? 동네사람들이 교수님집이라고 부르는?"

K는 긴가민가하며 말했다. 여자는 말없이 고개만 끄덕였다. 음. K는 이제야 알겠다는 듯 고개를 끄덕였다. 이층집은 K의 집 뒤에 있고 또한 집으로 가는 길이 K의 집 뒤로 가기 때문에 K의 집에서 일어나는 일을 다 알 수 있었다. 그래서 2여 년 전에 집을 수리하고 작업실 만든 것도 알고 있구나 싶었다.

"그럼 화실에서 처음 저를 보았을 때 많이 놀라셨겠네요."

"예. 친구가 하도 나오라 해서 갔는데, 모델이 여자인 줄 알았어요. 근데 거기다."

여자는 말을 끊었고 K는 미소를 지었다.

"그러니까 모델이 여자인 줄 알았는데 아니고 거기다 젊은 남자도 아니고 중늙이였다, 이거지요?"

여자가 미소를 지었다.

"거부 반응은 없었어요? 남자라서."

"대학 다닐 땐 남자 모델 많이 봤어요. 그땐 여자보다 남자 모델이 더 좋았어요. 잘 다듬어진 근육도 아름다웠고요. 근데 그게 30여 년 전이고. 만약 남자 모델이라고 진작 알았다면 안 갔을 텐데."

여자는 여전히 미소를 띠며 말했다.

"실망했겠네요."

"실망이라기보다, 글쎄. 하여튼 좀 그랬어요. 근데, 그게 시간이 갈수록 오히려 마음이 더 편안해지는 거 있죠. 저하고 같이 동시대를 살아가는구나, 뭐 이런 동류의식이랄까."

"음."

K는 이해간다는 듯 고개를 끄덕였다. 젊은이는 젊은 대로 아름다움이 있지만 은근한 맛은 없었다. 그리고 몇 번 크로키하다 보면 금방 싫증이 났다. 그러니 나이 많은 모델은 처음엔 끄는 맛이 없어도 할수록 은근히 끄는 맛이 있었다.

어느새 해가 지고 있었다. 6시가 지나서 올라 왔기에 그나마 서쪽을 향하는 산이라서 이제야 해가 지는 것 같았다. 아쉽지만 내려가야 할 것 같았다. 산에서는 해가 지면 금방 어두웠다.

K는 여자의 눈치를 보며 일어섰다. 여자도 일어섰다. 이번엔 K가 앞장을 섰고 여자가 뒤를 따라왔다. 여자가 옆으로 오면 무슨 말이라도 해야겠다며 발걸음을 늦추어 걸었는데 여전히 같은 거리로 여자는 따라왔다. K가 천천히 걸으면 여자 또한 천천히 걷는 것 같았다. 이런 인연도 다 있구나. K는 산을 내려오며 생각했다.

내려가는 길은 금방 내려왔다. 길이 가팔라 올라가는 길이 힘든 만큼 내려가는 길은 좀 위험하기는 해도 금방 내려왔다.

산을 다 내려와 2층집에 다다랐을 때 K는 뒤를 돌아보았다. 여자는 여전히 고개를 숙인 채 걷고 있었다. 이대로 헤어지기엔 뭔가 아쉬움이 있었다. K는 여자가 가까이 다가오기를 기다렸다가 말을 했다.

"저, 아까 말씀하신 거 아직 유효한가요?"

"예?"

K의 말에 여자는 눈을 동그랗게 뜨고 물었다.

"심적보상이요."

예상치 못 한 말이 술술 나왔다. 말을 하면서도 K는 놀랐다. 잠시 머뭇거리던 여자는 대답은 않고 고개를 끄덕였다. K는 안도의 숨을 쉬었다. 여자가 불쾌해하면 어떡하나 걱정을 했던 것이었다.

"그럼, 시내로 갈까요? 남편분 저녁준비 끝내고."

K의 말에 여자는 조금 뜸을 들였다가 말했다.

"출장 갔어요."

조그마한 소리로 말했다.

"출장이요? 어디로요?"

"티베트요. 일주일 정도 있다가 올 거예요."

여자의 말에 K는 그럼 이대로 바로 시내로 가자고 말했다. 마침 목도 마른 참이었다.

"자전거 있어요? 전 자전거 타고 가면 되는데."

K의 말에 여자는 있긴 한데, 하며 말끝을 흐렸다. 아무래도 자전거를 잘 타지 못 하는 것 같았다.

"그럼 제가 자전거 뒤에 태워드릴까요?"

K는 말을 해 놓고는 아차 했다. 여기는 여자가 사는 동네였다. 보는 눈이 많을 터였다. 아무리 한 동네 산다고 해도 남자가 여자를 자전거에 태우고 가면 곱게 볼 사람은 없을 터였다. 그렇지 않더라도 이게 예의는 아닌데 하면서도 말이 이상하게 술술 나왔다. 여자를 가볍게 본다거나 하는 것은 아니었다. 여자와 얘기를 나누면 이상하게도 마음이 편했다.

"그럼. 저기 낙동쪽으로 가다보면 초가집이란 데가 있는데 거기로 가지요. 집에서 기다리세요. 차 가지고 나올게요."

"예."

K는 말 잘 듣는 학동처럼 고개를 끄덕였다. 여자가 집으로 가는 걸 보며 K는 집으로 왔다. 자전거를 마당에 세워놓고 서성이는데 금방 집 뒤에서 차 소리가 났다. K는 빠른 걸음으로 밖으로 나갔다.

'초가집'은 ㄱ자로 된 통나무집이었다. 벽은 흙으로 되어 있고 지붕은 짚으로 되어 있었다. K는 들어와 보지는 않았지만 자전거를 타고 앞으로 몇 번 지나가본 적이 있었다. 휴일이라 그런지 손님은 아무도 없었다. 주인인 듯한 남자가 방으로 들어가겠느냐고 물었고 여자는 홀이 어떠냐고 K에게 눈으로 물었다. K는 고개를 끄덕였다. 방이 어떤지는 모르겠으나 넓은 홀에서 먹는 게 시원할 듯 했다. 여자가 창가에 있는 둥근 원목탁자로 다가갔다. 탁자도 원목이고 의자도 원목이었다. K는 앉으며 창밖을 보았다. 곧 모심기를 할 것인지 논에 물이 가득했다. 물에는 노란 가루가 둥둥 떠 있었다. 송홧가루에요. 여자가 말을 했다. 여긴 자신의 고향인데 여자가 더 많이 아는 구나 싶은 생각이 들었다.

버섯전골과 동동주를 시켜놓으니 할 말이 없었다. K는 창밖을 보다가 여자에게 저녁 되겠끔 밥을 주문하라고 했으나 술을 한 잔 하겠다고 했다. 오히려 K에게 저녁이 되게 밥을 주문하라고 했다. 그러고 나니 또 할 말이 없었다. 하지만 불편하거나 그런 것은 아니었다.

"아까 대웅전에서 기웃거리던데요? 영가(靈駕)를 모신 곳에서요."

여자가 K를 보며 말했다. K는 20여 년 전에 그 절에서 어머니의 49재를 지냈고 혹 흔적이라도 있을까 싶어서 보았는데 아무런 흔적을 못 찾았다고 말했다. 여자는 고개를 끄덕이더니 다시 고개를 창밖으로 돌렸다. K는 매일 절에 가서 108배를 하느냐고 물으려는데 여자가 고개를 돌리며 말을 했다.

"티베트에서는요 천장(天葬) 혹은 조장(鳥葬)이라고 있는데요."

"조장이요?"

K는 눈을 크게 뜨고 여자를 바라보았다.

"예. 새 조자 써서 조장이라고……, 장례절차인데요. 사람이 죽으면 넓은 고원지대로 데리고 간데요. 그러면 그곳 사람들이 신성하게 여기는 독수리 떼들이 모여드는데요. 그러면 죽은 사람을 그곳에 그냥 둔데요. 그러면 독수리 떼들이 죽은 사람을 뜯어먹고. 나중에 뼈만 남으면 그 옆에 있는 돌에 그 뼈를 빻아서 독수리들에게 준데요. 물론 일반 사람이 하는 것은 아니고 우리로 말하면 장의사인 돔덴이라고 부르는 천장사들이 장례를 치르지요."

여자는 잔잔한 미소를 띠며 앞으로 흘러내린 머리카락을 귀 뒤로 넘겼다. 왠지 그 미소가 좀 쓸쓸한 느낌이 든다고 K는 생각했다.

"곰곰이 생각해 봤는데 저도 죽으면 그렇게 조장이라는 것을 했으면 좋겠다는 생각을 했어요."

여자는 고개를 숙이곤 쓸쓸히 웃었다. 그때 동동주가 나오고 곧이어 휴대용가스레인지와 버섯전골 냄비가 나왔다.

"죄송해요. 음식 앞에서 그런 얘기를."

"아뇨. 괜찮습니다. 근데 왜 그런 생각을……. 죽음에 대해 많이 생각하시나 봐요."

여자는 가스레인지의 불의 세기를 조절하고는 고개를 저었다.

"아뇨. 어차피 죽는 인생. 티베트의 그런 얘기를 들었을 때 나도 죽으면 그렇게 되면 좋겠구나 하는 생각이 들었어요. 흔적도 없이 사라지잖아요. 구차스럽게 봉분이나 납골당도 그렇고."

"흔적도 없이 사라지는 것은 괜찮다는 생각은 드는데 왠지 독수리가 내 살을 쪼아 먹는다고 생각하니 오싹한데요?"

K는 어깨를 으쓱, 하곤 웃었다. 여자도 희미하게 따라 웃었다. K는 여자의 잔에 동동주를 따르고 자신의 잔에도 따랐다. 아직 버섯전골이 익기 전이었지만 목이 마른 참이었다. K는 단숨에 잔을 비웠다. 여자는 술을 좋아하지 않는지 한 모금만 마셨다.

"근데, 어떻게 모델을 하게 되었어요?"

여자가 분위기 전환이라도 하려는 듯 K를 똑바로 보며 말했다. K는 싱긋이 웃었다.

"왜요? 이상해요? 젊은 모델도 많은데?"

"아뇨. 그런 게 아니라 나이 많은 모델은 구하기 어렵거든요. 돈벌이가 제대로 안 되니 전문적으로 하는 사람이 드물지요."

역시 미대를 졸업했다더니 잘 알고 있었다.

"그래서 이 몸이 귀한 몸 아닙니까?"

K의 말에 여자는 소리 내어 웃었다. 처음으로 크게 웃는 것 같았다. K는 3여 년 전 우연히 친구의 소개로 시작한 것부터 고향에 와서 하기까지 자세히 얘기해 주었다. 여자는 말 잘 듣는 사람처럼 귀를 쫑긋하고 고개를 끄덕이며 들었다. 아주 진지한 표정이었다.

"부럽습니다."

술을 몇 잔 마신 여자는 가스레인지의 화력을 조절하며 말했다. 상대에 대한 배려가 몸에 배인 것 같았다.

"아뇨. 부끄럽지요, 이 몸에."

K는 손을 저으며 말했다. 취기가 올랐다. 빈속에 마셔서 그런지 금방 술이 오르는 느낌이었다. 게다가 기분이 좋으니 술이 잘 넘어갔다. 어느새 홀에 불이 들어왔고 몇 테이블에 사람들이 저녁을 들거나 술을 마시는 모습이 보였다. 여자와 얘기하느라 미처 보지 못했다.

"부끄럽다니요. 몸에 대한 자부심이 대단한 것 같은데요."

여자는 부럽다는 듯 입술을 오므렸다가 폈다.

"그건 맞습니다. 제가 처음 알았습니다. 제 몸이 소중하다는 걸요. 그 전에 하찮게 여겼거든요. 돈 벌어오는 기계밖에 안 되는."

K는 말을 마치고 술잔을 비웠다. 동이에 술이 비었다. 여자는 벨을 눌렀고 주인이 왔다. 여자는 술을 시키면서 기본으로 나오는 반찬도 더 갖다 달라고 했다. K는 그런 여자의 모습을 보며 편안한 느낌이 들었다.

"하여튼 존경스럽습니다."

여자는 말을 하곤 술잔을 입으로 가져갔다. 여자도 편안한 마음이 들었다. 오랜만의 편안함이었다.

"아이고 무슨. 하여튼 모델을 하고 그림을 그리면서 생의 활력소를 찾은 건 분명합니다."

K의 음성이 자신도 모르게 올라갔다. 여자가 고개를 끄덕였다.

"혹 자기홀극이라고 들어보셨어요?"

"예? 자기홀극이라고요?"

여자는 고개를 저었다. 술이 취하는 모양이었다. 그런 모습이 K는 귀엽다는 느낌이 들었다.

"자석은 암수동체잖아요. 남극과 북극을 한 몸에 지니고 있잖아요. 계속 쪼개어 원자가 돼도 절반은 에스극, 절반은 엔극이잖아요."

진지하게 듣는 여자의 모습을 보자 K의 목소리가 커졌다.

"그러니까 암수동체가 아니라 홀로 극을 가진 물체를 말하는 거예요. 에스극이면 에스극 엔극이면 엔극 하나만 가지고 있는 거지요."

"근데 그런 게 있어요?"

여자는 진지하게 물었다. K는 신이 났다. 말 잘 듣는 제자를 둔 느낌이었다.

"이런 말이 있어요. 저도 어디서 본 건데, 태초에 하나로 묶여 있던 힘이 대폭발로 중력, 전자기력, 약력, 강력 등 4

가지로 나눠질 때 자기홀극이 있었을 것이라 추측했데요. 그래서 연구가들이 우주로 혹은 땅속으로 찾아 나섰지만 결국 못 찾았죠. 왜냐하면 우주가 기하급수적으로 팽창했던 시기가 있었는데 그때 먼 우주로 날아갔을 것이라고 합니다."

"후, 그럼 결국은 뭐예요? 자기홀극이 없다는 말이잖아요."

여자는 실망스럽다는 듯 입술을 잘근 씹었다. K는 그런 여자를 보며 술을 한 모금 마시고 나서 말했다.

"아까 제가 모델을 서고 그림을 그리면서 생의 활력소를 찾았다고 말했잖아요. 그런 의미예요. 과학에서는 자기홀극이 없지만 인생에서는 자기홀극이 있다는 말이지요."

K의 진지한 말에 여자는 미간을 모으며 K를 바라보았다.

"그러니까, 제 말은 이제 제 인생의 삶을 제대로 살고 있는 게 아닌가 하는 생각이 들어요. 모델을 설 때나 그림을 그릴 때나. 그 전에는 내 삶이 아니라 남을 위한 삶, 내 생이 끌려가고 있다는 느낌을 받았거든요. 내가 나 아니고 여러 사람들하고 얽히면서 내 고유한 삶, 즉 자기홀극이라고 없어진 게 아닌가, 뭐 그런 생각이요."

K는 말을 해 놓고 쑥스러운 듯 미소를 지었다.

"가족도 포함되겠죠?"

여자의 말에 K는 눈을 동그랗게 떴다. 여자가 고개를 똑바로 들고 K를 바라보았다.

"그러니까 자기홀극, 즉 자신의 고유한 삶을 방해하는데 가족도 포함되는 거 아니냐, 이거지요."

여자는 말을 마치고 술잔을 입으로 가져갔다. K는 여자가 잔을 내려놓자 표주박으로 술을 떠서 술잔을 채웠다. K도 한 모금 마셨다.

"음. 저와 말이 통하는군요. 어쩌면 가족이 가장 방해하고 있는 게 아닌가, 솔직히 그런 생각 많이 했어요."

K의 말에 여자는 고개를 끄덕였다. 순간, 호텔로 가고 있는 여자의 모습이 K의 눈앞에서 휙 지나갔다. 남편의 불륜녀의 남편을 만나러 가는 여자. K는 한동안 고개를 숙이고 있었다. 여자가 말을 꺼냈다.

"담배 안 피우세요?"

"어쩌죠? 안 피우는데."

K의 말에 한 대 피우려고 했더니, 여자는 중얼거렸다. 예? 하며 K가 반문하자 아녜요. 여자는 고개를 좌우로 저었다. 화실에서의 행동과 전혀 다르게 행동하는 여자를 보며 한편으론 불안한 생각이 들었지만 한편으론 여자가 편안했다. 이렇게 편안하게 말이 통하는 사람과 술 마신 지가 언젠가 하는 생각을 K는 했다.

"나도 해 봤으면."

여자는 고개를 숙이고 중얼거렸다. 꼭 누구에게 하는 말이 아니었다. K는 머뭇거리다 물었다. 뭘요?

"그림이요? 그림 그리시잖아요."

여자는 고개를 들더니 좌우로 저었다.

"그림 말고 모델 말이에요."

"모델을요?"

K는 잘못 들었나 싶어 앞으로 고개를 내밀면서 물었다.

"예. 모델이요."

여자가 또렷하게 말했다.

"하시면 되잖아요."

K는 저번에 저한테 선 것처럼, 하고 말하려다 입을 다물었다. K의 말에 여자는 풋, 하고 웃었다. 그러더니 이 몸에

무슨 모델은. 혼잣말로 중얼거렸다.

"몸이 어때서요? 모든 몸은 아름답답니다."

"아뇨, 더러운 몸도 있답니다."

여자는 완강하게 부인했다. 과장된 태도에 K는 흠칫 놀랬다.

"그렇게 생각지 마시고 해 보셔요."

K는 한 번 더 용기를 내어 말했다. 여자는 여전히 고개를 숙인 채 희미한 웃음을 지었다. K는 더 말을 하려다 입을 다물었다. 대신 술잔을 입으로 가져갔다.

"그럼 저한테라도 서 주시면……."

역시 술기운이었다. 그러면 안 된다고 하면서 말은 의지를 배반하고 자꾸 나왔다. 그러고 보니 처음 봤을 때부터 여자를 그리고 싶은 욕구가 있었다는 생각이 떠올랐다. 풋, 여자가 웃었다. 비웃거나 그런 웃음이 아니었다. 어쩌면 자조적인 웃음인지도 모른다는 생각을 K는 했다. 여자는 창밖으로 고개를 돌리곤 한참동안 바라보았다. 옆얼굴이 참 쓸쓸하다는 생각이 들었다. K는 자신도 모르게 술잔을 들어 단숨에 비웠다. 얘기를 하는 도중에는 여자에 대해 조금이나마 안다는 느낌이었는데 옆얼굴을 보니 전혀 모르는 사람 같았다. 그러고 보니 여자에 대해 아는 게 없었다.

화제를 바꾸어 그림이야기를 했지만 여전히 어두운 여자의 표정은 밝아지지 않았다. 조금 뒤 K는 주인에게 대리운전을 불러달라고 부탁했고 여자는 집에 올 때까지 별 말이 없이 조용히 있었다.

다음 날 원룸으로 돌아 온 K는 꿈을 꾸었다. 어느 고지대였다. 멀리 하얀 눈이 덮여 있는 산이 보였다. 넓은 평지에 여자는 알몸으로 누워 있었다. 하늘에는 독수리들이 원을 그리며 날고 있었다. 주위에는 아무도 없었다. 여자는 꼼짝도 하지 않았다. 원을 그리며 하늘 날고 있던 독수리 떼가 갑자기 아래로 내려왔다. 열 마리가 족히 넘어 보였다. 독수리들은 여자를 뜯어먹기 시작했다. 살이 뜯겨나가는데도 여자는 꼼짝도 하지 않았다. 자신은 그런 여자를 바라보기만 하고 있었다. 참담하거나 무섭다거나 하는 느낌은 들지 않았다. 마침내 살이 다 뜯겨 나가고 하얀 뼈만 남았다. 그때 한 남자가 나타나서 주위에 있는 넓적한 바위에다 여자의 뼈를 돌로 빻았다.

아니.

K는 놀라서 그 남자를 바라보았다. 어디선가 많이 보았다는 생각이 들었다. 자세히 보았다. 자신이었다. 자신이 여자의 뼈를 빻고 있는 것이었다. 또다시 독수리떼가 자신 곁으로 몰려들었다. 그러자 뼈를 독수리 떼에게 던져주었다. 독수리들은 뼛조각도 남김없이 다 먹어치웠다. 순식간에 여자의 흔적은 하나도 없이 사라졌다. 어느새 자신도 어디로 갔는지 보이지 않았다. 그런데도 희한하게도 하나도 무섭지 않았다. 오히려 쾌감 비슷한 것이 느껴질 정도였다. 아랫도리가 뻐근했다.

아침에 눈을 떴을 때 여자가 말한 천장(天葬) 혹은 조장(鳥葬)이라는 티베트의 장례가 생각났다. 어쨌든 여자가 죽었고 자신이 여자의 장례를 치렀다는 것에 K는 유쾌한 기분이 아니었다. K는 시계를 보고는 서둘러 출근 준비를 하였다.

*

다음 주에 K는 뒤풀이에 가지 않았다. 급한 볼 일이 있다며 핑계를 대었다. 물론 여자도 집에 볼일이 있다며 먼저 집으로 간 참이었다. K는 집으로 곧장 왔다. 여자는 역시 작업실에 있었다. 문은 열려 있었고 K가 들어서자 여자는 일어섰다. K는 목례를 했다. 여자가 미소를 짓자 K도 미소를 지었다. 회원들을 교묘히 속이고 왔다는 공범의 속마음이 있었다. 둘은 마주보며 또다시 미소를 지었다. K는 어디에 앉을까 망설이는데 여자가 일어서더니 옷을 벗기 시작했다. 금방 브래지어를 착용한 상체가 드러났다. K는 여자를 일별하고는 이젤 앞으로 갔다. 스케치북을 꺼내 이젤에 걸었다. 어느새 여자는 팬티를 다 벗었다. 두 손을 긴 머리카락 밑으로 넣더니 머리를 흔들었다. 머리카락이 출렁이며 자연스럽게 여자의 양어깨로 펼쳐졌다. 여자는 양 팔을 내리고 다리를 약간 벌린 채 비스듬하게 섰다. 갑자기 팽팽한 긴장감이 흘렀다. 모델도 크로키하는 사람도 부담 없는 포즈인데도 불구하고 이상하게 K는 긴장되는 걸 느꼈다. 뭔가 새로운 세상으로 들어가는 길목에 서 있는 양 가벼운 떨림이 온몸에 전해졌다. K는 여자를 바라보고는 심호흡을 했다. 가슴이 약간 떨렸다. 4B연필 대신 콘테를 꺼냈다. 콘테는 선을 굵고 진하게 그을 수 있어 모델의 감정을 잘 표현할 수 있었다. K가 평소에 애용하는 것이었다. 천천히 여자의 얼굴을 그리고 곧장 선을 가슴과 배를 거쳐 중심을 잡고 있는 오른쪽 다리로 힘을 주어 쭉 그었다. 굵고 진한 선이 그어졌다. 안정감을 느끼게 하는 선인데도 어딘가 모르게 불안정해 보였다. 등과 왼쪽 다리를 그리고 팔을 그렸다. 예전과 달리 여자의 몸이 많이 탄력이 있는 것 같았지만 여전히 아직도 텅 빈 것 같은 느낌이 들었다.

여자는 K와 비스듬한 각도로 서더니 양 팔을 허리에 두고 오른쪽 다리를 앞으로 내밀더니 상체를 뒤로 젖혔다. 무언가에 대한 몸부림 같았다. 여자의 몸이 팽팽하게 긴장되는 것 같은 걸 느끼며 K는 재빨리 종이를 한 장 넘긴 후 얼굴의 형체를 그리고 선을 목으로 내려왔다. 이런 자세는 단숨에 선을 그어 몸의 생동감을 느끼게 하는 게 중요했다. 목에서 내려온 선을 가슴으로 이어져 음모로 완만하게 그었다. 다시 선을 중심을 잡고 선 왼쪽 다리를 따라 죽 내렸다. 양 유방을 그리고 허리에 대고 있는 팔을 그렸다. 다시 앞으로 내민 오른쪽 다리를 그렸다. 확실히 여자의 몸에서 변화를 느꼈다. 물론 어떤 포즈를 취하느냐에 따라 모델의 이미지가 달라지지만 처음에 그릴 때의 몸보다 지금의 몸이 훨씬 더 생기 있고 탄력 있었다. 하지만 오늘의 몸은 무언가 많은 얘기를 담고 있는 것 같았다. K는 여자의 몸에서 무언가 읽으려다 포기했다. 스스로 느끼자 싶었다. 그리다 보면 자신도 모르게 여자와 동일시 될 것이고 그러면 여자의 몸짓을 이해할 수 있을 것 같았다. 여자는 뒤돌아서서 팔을 옆구리에 올려놓고 왼쪽 다리를 중심으로 섰다. 그러자 자연히 엉덩이가 오른쪽으로 튀어나왔다. 여전히 한 쪽 다리로만 중심을 잡는 포즈. 양 다리를 굳건히 딛지 못 하는 불안정한 포즈. K는 어깻죽지까지 내려온 머리카락을 그리고 볼록하게 살이 오른 왼쪽 옆구리를 가늘게 선을 그었다. 다시 엉덩이로 내려오는 선은 손에 힘을 주어 진하게 그어 풍만한 엉덩이를 받치게 했다. 넓적다리 역시 살이 오른 것을 강조하기 위해 진하고 굵게 그었다. 전체적으로 살이 많이 오른 뒷모습에서 여전히 안타까운 것이 느껴졌다.

여자는 두 팔을 뒷머리에 대고 허리를 비튼 자세에서 왼쪽 다리를 소파에 올려놓고 상체를 K를 향해 비튼 자세를 취했다. 점점 더 역동적인 자세로 들어갔다. 서서히, 약에서 강으로. 정적인 포즈에서 동적인 포즈로. 여자는 아직 초반이라 역동적인 자세로 들어갔다가 다시 정적인 포즈를 취했다. 마치 K를 잡아당겼다가 풀어놓았다가 하는 것 같았다. K 또한 여자에게 한 발 다가갔는가 싶으면 언제 또다시 멀찍이 떨어져 있었다.

여자의 얼굴이 상기되었다. 힘든 모양이었다. 하지만 여자는 힘든 줄 모를 것이었다. 몰입해 있으면 몸이 알아서 포즈를 취하기 때문에 막상 휴식을 취할 때 피로가 몰려왔다. 얼굴에 나타나는 상기된 표정을 보며 K가 콘테를 놓았다.

"쉬었다 하시지요."

쉬는 것은 모델이 정하는데 아무래도 무리하는 것 같아 K가 말했다. 여자는 소파에 앉았다.

휴.

여자는 그제야 길게 숨을 내쉬었다. 역시 힘든 모양이었다. K는 주방으로 가서 커피를 끓여 왔다. 여자는 여전히 상체를 약간 숙인 자세로 앉아 있었다. 가운을 준비하지 못한 것 같았다. 하지만 여자는 전혀 개의치 않는 표정이었다. K는 커피 잔을 여자 앞에 놓고 자신은 이젤 앞에 있는 의자에 앉았다. 아무래도 가운을 입지 않았는데 함께 소파에 앉는 것이 여자에게 부담스러울 것 같았다.

여자는 허공을 바라보며 커피를 조금씩 마셨다. 볼은 아직도 상기되어 불그스름했다. K는 가능하면 여자를 정면으로 보지 않으려 하며 커피를 마셨다. 뜨거운 것이 몸에 들어가니 긴장이 조금 누그러지는 것 같았다. 그러면서 가슴 한편에 있는 이상한 기운의 정체에 대해 생각했다. 뭔가 홀린 듯한, 현실 세계가 아닌 다른 세상에 와 있는 듯한 느낌. 누드크로키하면서 내내 느낌 감정이었다. 무엇인가, 이 감정은.

여자는 커피 잔을 탁자 밑에 내려놓았다. K는 남은 커피를 후루룩 마셨다. 여자는 뒤돌아서서 상체를 숙이고 소파의 윗부분을 두 손으로 잡았다. K는 콘테를 잡은 채 여자를 바라보았다. 살이 풍만한 엉덩이 사이로 여자의 생식기가 보였다. 이제는 새끼들도 다 떠나고 왠지 허허롭게 느껴지는 생식기였다. K는 스케치북 정면에 커다랗게 엉덩이를 그렸다. 엉덩이 너머로 보이는 상체는 그리지 않았다. 대신 엉덩이 사이로 보이는 생식기를 희미하게 그려 넣었다. 그러자 가슴 한쪽에 구멍이 뻥 뚫리는 것 같았다.

여자는 바닥에 무릎을 꿇고 팔을 든 채 상체를 앞으로 숙였다. 그러자 머리카락이 바닥에 닿은 머리를 덮었다. 양 팔은 앞으로 쭉 뻗었다. 마치 고행을 하는 포즈 같았다. K는 콘테를 눕혀 머리에서 엉덩이까지 둥글고 넓적하게 그렸다. 순간 가슴 한 쪽에서 징징징징 징소리가 나는 것 같았다. 이건 무슨 소리인가.

여자는 상체를 들더니 두 팔을 번쩍 들었다. 다리는 여전히 꿇어앉은 자세였다. 고개를 뒤로 젖혔다. 하늘을 향해 무언가 몸짓을 하는 포즈였다. 그림을 그리는데 가슴에서 둥둥둥둥 북소리가 났다. 이건 또 무슨 소리인가.

여자는 두 팔로 다리를 감싸 안았다. 이마를 무릎에 대었다. 그림을 그리는데 가슴에서 징징징징 둥둥둥둥 징소리와 북소리가 계속해서 났다. 손은 자신의 손이 아닌 듯 의지와 관계없이 움직이는 것 같았다. 어쩌면 자신이 그림 그리는 모습을 자신이 보는 것 같았다.

여자가 옆으로 누워서 몸을 웅크렸다. 마치 태아 같다는 생각이 들었다. K는 콘테로 여자의 모습을 그리다 뭔가 뇌리에 번쩍 떠올랐다.

아.

K는 그제야 여자가 어떤 제의를 지내고 있는지 모른다는 생각을 했다. 몸에 대한 제의. 일종의 씻김굿이 아닌가 하는 생각이 들었다. 그러니까 30여 년 동안 대접받지 못하고 저주 받아온 몸에 대한 원한을 풀어주는 게 아닌가 하는 생각이 들었다. 이제는 해방이다, 몸이여. 어느 누구의 저주도 받지 마라. 몸 자체로서 소중한 것이다. K는 어디서 들려오는 소리에 귀를 기울였다. 환청인가. 여자의 외침인가.

K는 얼굴로 흐르는 땀을 닦을 생각도 않고 그림 그리는데 열중했다. 그것이 여자의 몸에 대한 예의라고 생각했다.

여자의 몸도 빛에 번들거렸다. 땀이 나는 모양이었다. 하지만 여자는 포즈를 멈추지 않고 계속했다.

한 쪽 팔을 베고 누웠다.

두 팔을 앞으로 뻗고 엎드렸다.

엉덩이를 치켜들고 얼굴을 바닥에 대었다.

무릎을 세우고 천장을 향해 누웠다.

K는 여자와 한 몸이 된 것 같은 느낌이 들었다. 포즈를 취하고 있는 여자가 또한 자신처럼 느껴졌다. 마치 자신이 포즈를 취하고 있는 것 같았다. 여자는 표정도 없이 한동안 포즈를 취하다가 바닥에 엎드렸다. 가끔 등이 들썩거렸다. 거친 숨을 진정시키는 것 같았다.

휴.

K는 자신도 모르게 길게 숨을 내쉬었다. 어떤 격정에 휘

말렸다가 빠져나온 느낌이었다. 얼굴에서 열이 확확 났다. 여자는 여전히 꼼짝도 않고 엎드려 있었고 K는 그런 여자를 지켜보기만 했다. 이제 제의는 끝났는가. 원한을 가진 몸을 풀어주었는가. 이제 새로운 몸으로 태어났는가. 여자의 몸을 바라보는 K는 서서히 몸이 평온해지는 걸 느꼈다. 불안하고 안타까웠던 마음이 눈 녹듯 사라지고 여자의 몸이 참 아름답다는 생각이 들었다. 살이 오른 옆구리와 엉덩이 허벅지에 여유가 느껴졌다. 50세가 넘은 여자의 몸이 이렇게 아름답다니. 이게 진정 아름다운 것이구나. K는 꼼짝도 않고 여자를 바라보며 속으로 중얼거렸다.

이윽고 여자는 천천히 일어섰다. 입은 다물고 있었지만 평온한 기색이 느껴졌다. 여자는 일어서더니 소파에 앉았다. 그러더니 허공을 바라보았다. 어떤 큰일을 해 낸 것 같은 표정이 얼굴에 묻어 있었다. K는 일어나 밖으로 나갔다. 허공을 딛는 듯 다리가 휘청거렸다. 어느새 밖은 어두워졌다. 개구리 울음소리가 요란하게 울려 퍼졌다. 공기 속에서 밤나무꽃 향기도 났다. 과부가 바람난다는 밤나무꽃향기. K는 심호흡을 했다. 정신이 맑아지는 느낌이 들었다. 주방으로 들어가 물을 끓이고 커피를 탔다. 피로가 몰려왔다. 자신 또한 큰일을 해 낸 것 같았다.

K가 작업실로 들어왔을 때 여자는 옷을 모두 입고 조금은 여유로운 표정으로 앉아 있었다. K는 마음이 놓였다. 커피잔을 여자 탁자에 놓고 맞은 편 의자에 앉았다.

"고마워요."

여자는 커피를 한 모금 마시고 말했다. K는 무슨 말이냐는 듯 고개를 들어 여자를 보았다. 여자는 커피를 한 모금 마시더니 말을 했다.

"포즈를 취하면서 내내 조장(鳥葬)에 대해 생각했어요. 물론 예전에 생각할 때와는 다르지만요."

여자의 입에서 미소가 나타났다. K도 따라서 미소를 지었다.

"며칠 전 제가 꿈에서 조장당하는 꿈을 꾸었거든요."

"꿈에서 죽었어요?"

K는 눈을 크게 뜨고 물었다.

"예. 그래서 조장을 했는데 신기하게도 제가 조장을 당하면서도 제가 다 보고 있었지요. 꿈이니까요. 독수리들이 제 살을 쪼아 먹는데도 전 그렇게 편안할 수가 없었어요. 무섭거나 그런 감정은 전혀 들지 않는 거예요. 이제 내 몸이 흔적도 없이 사라지는구나, 하며 어떤 안도감 같은 게 드는 거 있죠?"

여자는 어이가 없다는 듯 표정을 지었다. K는 여자를 정면으로 바라보기만 했다.

"참, 마음이 편안했어요. 나중에 천장사가 뼈까지 빻아서 독수리를 주는데도 전 편안하게 그 광경을 지켜보고만 있었지 뭐예요. 근데 그 천장사가 누구였는지 아세요?"

여자는 K를 바라보며 빙긋이 웃었다.

"저란 말이지요?"

K는 놀라서 물었다. 여자는 빙그레 웃었고 K가 다시 물었다.

"그게 혹시 여기 왔다가 간 날 아닙니까?"

이번엔 여자가 놀랬다.

"저도 같은 꿈을 꾸었거든요. 똑 같은 꿈을."

K는 여자의 몸을 독수리들이 쪼아 먹는 광경을 떠올리며 말했다.

"신기하네요. 같은 내용의 꿈을 똑같이 꾸다니요."

여자는 뭔가 생각하는 듯 허공을 바라보며 고개를 끄덕였다.

"제가 예전의 몸은 독수리들에게 다 먹히고 새로운 몸으로 태어난다는 느낌을 받았어요."

K는 자신도 제의를 지내는 것 같은 느낌을 받았노라고 애기하려다 그만두었다.

"그럼 이제 절에는 안 가시겠네요?"

K는 진지하게 물었고 여자는 작게 소리 내어 웃었다.

"이제 갈 필요가 없겠지요. 거의 30년을 다녔는데."

"30년을요?"

K는 놀랍다는 표정을 지었다. 그러면서 땀을 뻘뻘 흘리면서도 쉬지도 않고 산으로 올라가던 장면이 떠올랐다.

"이 도시로 이사 오면서 매일 갔으니까요. 뭐 아는 사람도 없고. 물론 있었다 해도 만나지 않았을 테지만. 하여튼 매일 갔어요. 가서 백팔 배를 하다가 점점 늘려 천팔십 배도 했으니까요."

여자의 표정에는 예전의 고통스러웠던 흔적이 보이지 않았다. K는 다행이라는 생각이 들었다.

"하여튼 고마워요. 제 몸을 소중하게 여겨주셔서요."

K는 고개를 흔들었다.

"무슨 말씀을요. 당신 몸은 아름다워요. 정말이요."

K의 말에 여자는 또다시 작게 소리 내어 웃었다.

"듣기 좋네요. 제 몸이 아름답다는 소리를 다 듣고요. 가요. 제가 한 턱 쏠게요."

여자는 일어서며 저녁 먹으러 가자고 했다. K는 고개를 끄덕이며 따라 일어섰다. 여자의 뒤를 따라 마당으로 나오며

K는 여자에게 말했다.

"언제든지 작업실에 오셔도 됩니다."

K의 말에 여자는 빙긋이 웃었다.

*

여자와 K는 정열적으로 누드화를 그렸다. 토요일과 일요일엔 K와 여자가 번갈아 모델을 서면서 누드화를 그렸고 평일엔 여자가 작업실에 와서 자신의 누드화를 그리든지 아니면 K의 누드화를 그렸다. 평일엔 직접 모델을 보고 그릴 수 없었기에 사진을 찍어 누드화를 그렸다. 하지만 사진은 그렇게 만족스럽지가 못 했다. 카메라가 좋은 것이 아니어서 그런지 작업실에서 사진을 찍으면 인체의 음영이 잘 지지 않았다. 그래서 자연광이 잘 비치는 마당에 자리를 깔고 서로 사진을 찍어주기도 했다. 둘 다 벌거벗은 몸이라 혹시라도 남들이 볼까봐 조마조마하면서 사진을 찍으니 그 또한 새로운 쾌감이 있었다. 혹 옆집의 발바리가 짖기라도 하면 얼른 작업실로 들어와 문을 닫은 채 조용히 있었다. 그러면 둘만의 은밀한 비밀 같은 게 느껴져 서로 마주보며 미소를 짓기도 했다.

여자의 변화는 컸다. 이제는 포즈를 취해도 절규하거나 고통스러운 포즈가 아니라 한결 여유 있는 포즈였다. 자연히 K의 마음도 편해졌다.

그렇게 누드화에 몰두한 지가 2개여 월이 지났고 여름은 막바지에 이르렀다. 마당에 있는 감나무에서 우는 매미 소리를 들으며 서로의 몸을 그렸다. 누드화를 그리거나 포즈를 취할 때는 시간이 흐르는 줄도 모르고 있다가 어느새 밤이

- 144 -

되면 놀라서 서로 마주 보며 웃음을 터뜨렸다. 여자는 자주 웃음을 터뜨려 K는 가끔 딴 사람을 보는 듯한 느낌을 받기도 했다.

여자는 아무래도 미대 출신이어서 그런지 그림이 금방 변했다. 이제 몇 개월이 지나지 않았는데도 자신의 독특한 구도와 색이 나왔다. 누드화를 그릴 땐 인체의 사실적인 면보다는 과장과 축소를 통해 인체를 형상화시켰다. 어떨 땐 K의 몸이 아주 뚱뚱한 몸이 되었다가 어떨 땐 마치 기아에 허덕이는 사람처럼 갈비뼈가 앙상하게 드러나도록 그리기도 했다. 그것보다 K가 더 놀란 것은 성기의 과감한 표현이었다. 아주 크게 그리면서 붉은 색의 원색을 사용해 폭력 같은 것이 느껴지게 그리기도 했다. K는 사실적인 그림을 그렸다. 아직은 응용해서 추상 쪽으로 그리기에는 자신이 없었다. 그러면서 K는 자책했다. 사고의 한계라고 생각했기 때문이었다. 결국은 표현한다는 게 사고의 결과물일진데 하루 종일 은행에서 돈과 생활하는 환경이 인간의 속마음을 읽는데 방해된다는 생각이었다. 그러면 당장이라도 직장을 그만두고 싶었지만 그럴 수는 없었다. 어쨌든 가족을 먹여 살려야했다. 자식들이 유학이라도 가면 더 경제적으로 쪼들릴 것이었다.

작업실에 에어컨을 설치했다. 아무래도 누드화다 보니 문을 열어놓고 모델을 서다가 동네 사람이라도 불쑥 나타나면 곤란할 것 같았다. 시골이라 더욱 이해하지 못 할 것이었다. 꼭 그런 것만 아니라 매일 작업실에 와서 그림을 그리는 여자에 대한 배려가 더 큰 것인지도 몰랐다. 작업대도 K가 쓰는 것 보다 좀 낮게 만들어주고 이젤도 전문가용으로 샀다. K가 쓰던 이젤과 나란히 놓아 여자가 부담 없이 사용하도록 했다. 마음 같아서는 원룸 생활을 청산하고 집으로 이사하고 싶었지만 그럴 수는 없었다. 매일 밤 10시 넘어서 퇴근하는 지라 그때 와서 그림을 그리는 것도 무리였다. 그래서 되도록 토요일과 일요일엔 아무 약속도 잡지 않았고 설사 약속이 있다하더라도 볼 일이 끝나면 곧장 집으로 오곤 했다. 그러면 여자는 혼자 그림을 그리고 있었고 K는 세상을 다 얻은 듯 했다.

*

좋은 것은 오래 못 가는 법이었다. 계속 좋은 일만 일어난다면 얼마나 좋겠는가.

여자는 8월 중순쯤 되었을 때 2주 동안 작업실에 나오지 않았다. 물론 화실에도 나오지 않았다. 이런 일은 처음이었다. 속을 모르는 남들이야 이제 화실에 두 번밖에 안 나왔는데 뭘 그래, 하겠지만 K에겐 1번이 천 번이 넘는 것 같았다. 1번이야 가정의 경조사로 빠질 수 있지만 2주 연속은 뭔가 문제가 있다고 생각했다. 원장이 화실에서 전화를 했지만 전화를 받지 않았다. K가 작업실에서 전화를 해도 전화기가 꺼져 있다는 멘트만 나왔다. 2주 동안 K도 누드화를 그리지 못 했다. 이상하게도 여자가 없으니 그림 그릴 마음이 도통 생기지 않았다. 밤에는 2층집 주위를 어슬렁거렸지만 여자는 보이지 않았다. 여자가 쓰던 작업대는 방금 쓰다간 것처럼 팔레트가 펼쳐져 있고 물감이 뒹굴었다. K는 토요일 밤과 일요일 하루 종일 작업실에서 가만히 있다가 원룸으로 돌아가곤 했다. 뭔 일이 생긴 게 분명한데 영 종잡을 수가 없었다.

3주째 토요일에는 초등학교 총동창회가 있었다. 세상엔 비밀은 없는 모양이었다. K는 고향에 와서도 옛 친구들을 일체 만나지 않았지만 어느새 소문은 다 퍼져 있었다. 옆 시인 D시 지점에 근무하고 토요일마다 집으로 온단다, 하는 소문이 퍼진 것을 K만 모르고 있었다.

K는 근무 중에 은행으로 걸려온 초등학교 동기회의 총무라는 친구로부터 토요일 오후 3시에 모교에서 열리는 총동창회에 꼭 참석해 달라는 전갈을 받았다. 자신의 근황에 대해 다 알고 오라는데 안 간다고 할 수는 없었다. 다행히 그 주는 자신이 모델을 서지 않고 서울에서 오는 여자가 모델을 서기 때문에 시간은 되었다. 하지만 2주째나 여자를 보지 않았기에 화실에 꼭 가고 싶은 마음 또한 굴뚝같았다.

K는 일단은 참석했다가 일찍 나와야겠다며 3시에 맞춰 초등학교 모교로 갔다. 모교는 많이 달라져 있었다. 예전에 2층 본관 건물에 한 쪽으로 단층 건물이 길게 이어져 있었는데 지금은 3층 건물 2동이 나란히 세워져 있었다. 하지만 기상대 옆에 있던 긴 칼을 찬 이순신 동상은 여전히 늠름하게 서 있었다.

본관 앞 조회대를 중심으로 돌아가며 기수별로 천막이 쳐져 있었다. 천막 지붕에는 00회 동기회라고 검은 글씨가 쓰여 있어 동기들이 있는 곳을 찾기는 어렵지 않았다. 하지만 화실에 가야 한다는 생각에 옛 친구들을 만난다는 설레는 마음은 없었다.

"야, 너 K 아냐?"

천막의 지붕만 보고 걷고 있는데 한 무리 속에서 어떤 여자가 K를 아는 체 했다. 여자 주위를 둘러보니 낯익은 얼굴들이 보였다. 35여 년이 지나 머리가 벗겨지고 주름이 생겼다해도 어릴 때의 얼굴 형체는 남아있었다.

"야, K야!"

동기들은 일어나 서로 손을 내밀었고 K도 반가운 마음이 울컥 들었다. 생각보다 반가움은 컸다. 초등학교 동기는 특별했다. 어릴 때 함께 불알을 내놓고 냇가에서 멱을 감았던 친구들이니 마음속에 정이 깊이 박혀 있던 모양이었다. K는 두 손으로 반갑게 일일이 악수를 하고 자리에 앉았다. 운동장 중앙엔 햇빛이 내려쬐는데도 음악소리에 맞춰 몇몇 사람들이 춤을 추고 있었다. 이미 술에 취했는지 몸을 제대로 가누지 못하는 사람도 있었다.

"그럼 기춘이한테 먼저 가봐야 하는 거 아냐?"

K와 근황을 서로 물으며 술을 한잔씩 하던 동기들이 총무의 말에 모두들 말문을 닫았다. K가 오기 전에 하던 얘기 같았다.

"지금 어떻게 가나. 걔도 형제들이 있겠지. 요즘이야 다 상조회사서 다 해 주는데 우리가 간다고 해서 크게 할 일이 있겠어?"

누군가 나서서 얘기를 했다. K는 그냥 듣기만 했다. 아마도 동기 누군가 상을 당한 것 같았다.

"그래도 인마, 우리가 친구 아니가. 당연히 가서 자리를 지키고 있어야지. 친구 좋다는 게 뭐냐. 가족과 한 가지 아냐."

동기 하나가 나섰다. 이미 술에 취해 얼굴이 붉었다.

"그래도 오늘 총동창횐데 빠질 수는 없고. 그럼 저녁에 끝나는 대로 가서 오늘 밤 새는 걸로 하자."

동기회장의 말에 몇몇을 빼고는 수긍을 했다. 누가 상 당했는데? K는 옆에 있는 동기에게 조용히 물었다.

"기춘이가 죽었다 아니가."

동기는 침울한 표정을 지었다. 그래, 기춘이. K는 기억난다는 듯 눈을 동그랗게 떴다.

"죽다니, 왜? 무슨 사고 났냐?"

K의 말에 다른 동기가 말했다.

"토마토 하우스 하다가 빚만 잔뜩 졌잖아. 마누라는 집 나가고. 짜식, 만날 술만 처먹더니. 결국엔 간암으로."

동기의 부모가 돌아가셨나 싶었다가 동기가 죽었다는 말을 듣고는 참담한 마음이 들었다. 시골에 내려와 느낀 것은 온전치 못 한 가정이 많다는 것이었다. 은행에서 홍보차 어려운 가정에 지원금을 주는데 홀아버지와 자식과 살든지 아니면 어머니와 자식과 사는 집이 많았다. 아니면 둘 다 없어 할아버지나 할머니와 사는 애들도 많았다. 가정이 무너진 집은 그만큼 비참하게 지내야했다. 기댈 언덕이 없기 때문이었다. 가정이란 안락한 보금자리 차원이 아니라 최소한의 생활기반이었다. 국가에서 해주는 건 거의 없었다. 그러니 사람들이 자신들의 가정을 지키기 위해 발버둥을 칠 수밖에 없었다.

"그러니까 너들도 마누라한테 잘 해. 마누라 없어봐. 죽은 목숨 아냐?"

"그러니까 가족한테 잘 해. 만날 술만 마시지 말고. 어디 아프면 가족밖에 더 있나?"

여자 동기들의 말에 남자 동기들은 히죽, 웃었다. K도 웃으면서 오늘 밤 어떡하나 하는 생각이 들었다. 내내 여자 생각뿐이었다.

운동장에는 여자들이 나와 훌라후프를 돌리고 있었다. 아마도 상품을 걸어놓고 오래 돌리기 하는 것 같았다.

"야, 고무신 던지기 누가 할래?"

동기회장이 둘러보며 물었다. 여자 동창들 홀라후프 돌리기가 끝나면 이번엔 남자 동창들의 고무신 멀리 던지기 시합을 한다는 것이었다.

"K 해라. 오랜만에 왔는데."

"그래. K 네가 해라."

동기들의 말에 거절할 틈도 없이 K로 결정되었다. K는 난감했지만 어쩔 수 없었다. 고무신 멀리 던지기는 어릴 때 많이 해 본 놀이였다. 아마도 옛날 추억을 생각해 그런 게임을 하는 것 같았다. K는 예전에 멀리 던져 친구들을 많이 이겼다는 생각을 하며 어느 정도 자신 있다는 생각이 들었다.

각 기수별로 1명씩 나왔다. 5명씩 던지고 난 뒤 1등끼리 다시 결승을 하는 방식인 것 같았다. 1등은 42인치 LED 텔레비전이라고 했다. 사람들은 생각보다 멀리 던지지 못 했다. 예전 초등학교 다닐 때의 반도 던지지 못 했다. 어떤 사람은 다리에 너무 힘을 주어 바로 앞에 고무신이 떨어지는 사람도 있었다.

K는 자신의 차례가 왔을 때 긴장되었다. 햇볕은 따가웠고 땀이 줄줄 흘러내렸다. 초등학교 때는 아무리 더워도 점심 먹고 나면 운동장에 나와 축구를 한 추억이 떠올랐다. K가 흰 줄 앞에 서자 동기들이 이름을 부르며 응원을 했다. 호루라기 소리와 함께 K는 발끝에 고무신을 걸고 힘껏 날렸다. 어? 하지만 너무 힘을 주었는지 고무신은 앞으로 날아가지 않고 머리 위로 올랐다. 어? K는 당황하여 머리위로 날아오른 고무신을 보았다. 순간 고무신은 K 뒤로 떨어졌다. 이런, K는 난감해 하고 있는데 K의 동기들을 비롯해 다른 동창들

은 폭소를 터뜨렸다. 아마도 고무신이 앞으로가 아니라 뒤로 간 사람은 K밖에 없는 것 같았다.

"자, 한 잔 해라. 이렇게 웃는 거지. 우리가 언제 웃을 일이 있냐."

K가 동기들이 있는 천막으로 들어가자 동기 하나가 캔맥주를 꺼내 내밀었다. 누구도 탓하지 않았다. 캔맥주는 아이스박스에 있던 거라 손이 차가울 지경이었다. 한 모금 마시니 식도로 차가운 것이 넘어가는 것이 느껴졌다. 순식간에 한 캔을 비우니 이번엔 여자 동기가 새 캔을 꺼내주며 물었다.

"나 기억하냐?"

"글쎄."

K는 여자 동기를 보며 미안한 표정을 지었다.

"4학 땐가 너하고 짝했는데. 명숙이라고. 왜 샛마에 살던."

"응. 그래 생각이 나는 것도 같고."

남자들에 비해 여자동기들은 많이 변해 알아보기 힘들었다.

"잘 사는갑다. 얼굴이 뿌옇네."

동기의 말에 K는 씩, 웃었다. 시골에 와서 느낀 것은 남자들이 참 건강하고 순하게 느껴진다는 것이었다. 다들 얼굴이 시커멓게 탔는데 하얀 얼굴을 한 서울 사람들하고는 차원이 달랐다. 비록 술을 많이 마시고 행패를 부린다거나 예의 없이 굴 때도 있어도 순박한 심성을 가진 지라 대체로 자신의 조그마한 이익도 차리지 않았다.

다른 게임이 계속 이어졌고 동기들이 자전거를 비롯해 상품을 타 왔다. 남자 동기 몇몇이 식당으로 가 국밥을 쟁반에

담아왔다. 이런 데서는 남자들이 원래 다 하는 거야. 남자 동기들이 국밥을 탁자에 놓으며 말했다. K는 이쯤에서 일어서야겠다는 생각이 들었다. 더 있다간 일어설 시간을 놓치기 십상이었다. 동기회장에게 살짝 얘기하고 동기가 안치된 장례식장을 물었다. 혹 못 갈 지도 모르니 부의금을 회장한테 주고는 가능하면 나중에 밤에 가겠다고 약속하고는 자리를 떴다.

모교를 나오니 어느새 6시가 넘어가고 있었다. 원장한테 전화를 거니 뒤풀이는 끝났다고 했다. 뒤풀이가 궁금한 게 아니라 여자가 궁금해서 전화했던 것이기에 빠진 사람은 없냐고 물었더니 여자와 K만 빠지고 다들 나왔다고 했다. 오늘도 안 나왔구나. K는 전화를 끊고 서둘러 집으로 갔다.

2층집은 여전히 고요했다. 털이 검은 색과 흰색이 반반씩 섞인 큰 개 두 마리가 있었지만 낯선 사람이 집 주위를 어슬렁거려도 짖지 않았다. K는 초인종을 누르고 싶은 충동을 가까스로 이기고 집으로 왔다. 작업실로 들어가니 황량한 느낌이 들었다. K는 소파에 쓰러지듯 앉았다.

무슨 일일까.

K는 자신이 할 수 있는 게 아무 것도 없다는 사실에 화가 났다. 겨우 3주째 못 봤다고 이러는가, 하고 위로를 했지만 마음이 안정되지 못 했다. 벽에 걸린 여자의 그림을 보았다. K 자신이 그린 것도 있었고 여자가 그린 것도 있었다.

어느새 작업실 안이 어두워지기 시작했다. 하지만 K는 불을 켤 생각은 않고 그대로 앉아있었다. 꼼짝도 하기 싫었다. 총동창회에 가서 마신 낮술 때문인지 K는 자신도 모르게 잠이 들었다. 더 늦기 전에 동기의 장례식장에 가야하나, 하며 망설이다 잠이 든 것이었다. 일어나서 불을 켜야 하는데. 불이 꺼져 있으면 여자가 왔다가도 되돌아 갈 텐데. K는 무수히 떠오르는 생각을 하며 깜박 잠이 들었다.

K는 누군가 자신을 쏘아보고 있다는 느낌에 눈을 번쩍 떴다. 날카로운 시선이었다. 역시나 문 앞에 시커먼 게 보였다. K는 그 물체가 여자라는 것을 금방 알아차렸다. 하지만 웬일인지 몸은 말을 듣지 않고 가만히 있었다. K는 여자를 바라보기만 했다.

휴.

여자는 길게 숨을 내쉬었다. 마침내 K가 말을 꺼냈다.

"개가 짖지 않네요."

이게 무슨 뚱딴지같은 소리인가. 화를 낸다는 생각이었는데 개가 짖지 않는다니. 여자가 매일 작업실에 왔기에 개가 안 짖었을 수도 있었고 개가 짖었는데 자신이 잠이 들어 못 들었을 수도 있었다. 그러나 그게 중요한 것이 아니었다. 왜 이제야 오느냐고. 왜 그렇게 연락이 없었느냐고. 화를 낼 참이었다. 여자는 여전히 서서 K를 바라보기만 했다. K는 그래 왔으면 됐다, 라는 생각이 들었다. 얼굴이라도 봤으니 됐다. 그런 생각이 들었다. K는 일어섰다. 여자가 앉도록 옆으로 나왔다. 그러나 여자는 역시나 움직이지 않고 있었다. K는 문 쪽으로 다가가 불을 켰다. 여자는 창백한 얼굴로 떨고 있었다. 신발을 신지 않은 상태였다. 발에는 흙이 묻어 있었다.

"왜 그래요. 무슨 일 있어요?"

K가 황급히 물었지만 여전히 여자는 아무 말도 못 하고 가만히 있었다. 뭔가 불안한 표정이 얼굴에 서렸다.

"……."

K는 무슨 말인가 하려다 여자를 바라보았다. 여자는 K를

외면하고 천천히 소파 쪽으로 가더니 윗옷을 벗었다. 브래지 어를 풀고 치마를 벗었다. 바라보기만 하던 K는 이젤 앞으로 왔다. 여자는 팬티마저 벗었다. 그러더니 두 팔을 번쩍 들고 고개를 뒤로 젖혔다. 역시나 몸이 굳어 있었다. 자연스럽지가 못 했다. 하지만 뭔가 갈구하는 듯한 느낌은 이전보다 훨씬 강했다. K는 안타까운 마음으로 재빨리 스케치북을 꺼내 이젤에 걸고 콘테로 여자를 그렸다. 얼굴과 상체를 그리고 미처 하체를 다 그리기 전에 여자는 포즈를 바꾸었다. 전에 없던 일이었다. 비록 서로 시간을 얘기하지는 않았지만 여자가 포즈를 바꿀 즈음이면 K도 그림을 다 그린 상태였다. 뭔가 여자와 소통이 안 된다는 느낌이 들었다.

여자는 상체를 숙이더니 오른손으로 유방을 움켜쥐고 왼손은 늘어뜨렸다. 부드러운 포즈는 아니었다. K는 머리에서 등으로 완만하게 곡선을 그렸다. 그리곤 엉덩이에서 약간 멈추었다가 다시 다리로 쭉 내리 그렸다. 풍만한 엉덩이와 살이 오른 허벅지 쪽에 진하고 굵은 선이 들어갔다. 밑으로 처진 유방과 뱃살을 부드럽게 그렸다. K는 그림을 그리면서 힘이 든다는 생각이 들었다. 여자의 포즈가 자연스럽지 못한 만큼 그리는 자신도 힘들었다.

여자는 오른 쪽 다리를 꿇어앉고 왼 다리를 세웠다. 새운 다리 위에 왼 쪽의 팔꿈치를 대고 손에 얼굴을 묻었다. 오른 팔은 꿇어앉은 허벅지에 놓여졌다. K와 정면으로 마주한 포즈였는데 여전히 불안정한 포즈였다.

여자는 두 무릎을 꿇은 상태에서 상체를 일으켜 왼쪽으로 비틀었다. 얼굴은 숙였고 오른 팔은 왼쪽 허리에 놓았다.

여자는 왼쪽 무릎을 꿇어앉고 오른쪽 다리를 세웠다. 상체를 세우고 왼쪽 팔을 들어 머리위로 들었다. 상체를 오른

쪽으로 활처럼 휘어지게 기울였다.

K는 여자의 포즈에 따라가기에 급급했다. 크로키는 포즈도 중요하지만 그림 그리는 사람의 재해석도 중요했다. 과장할 곳은 과장하고 축소할 곳은 축소해 그림 그리는 사람이 표현하고자 하는 것을 선으로 그었다. 하지만 여자의 포즈에서는 K가 재해석할 여지를 주지 않았다. 따라오지 않으려면 따라오지 않아도 된다는 듯한 포즈. 그림 그리는 사람을 배려하지 않는 포즈. K는 숨이 가빠오는 걸 느꼈다.

여자는 끓어 앉은 자세에서 상체를 비틀면서 여러 포즈를 취했다. K는 지쳐간다는 느낌을 받았을 때 여자가 바닥에 드러누웠다. 천장을 향해 누운 자세로 팔과 다리를 자연스럽게 놓은 상태였다. 순간 여자가 평안해 보였다. K는 가는 선으로 여자의 몸의 굴곡을 그렸다. 부드럽게. 안정감 있게.

여자는 누운 자세에서 팔을 머리 뒤로 넣고 무릎을 세운 자세와 옆으로 누워 다리를 오므린 자세 등 여럿 취했다. 다 편안한 포즈였다. K는 자신도 모르게 안도의 숨을 내쉬었다. 그러니까 여자는 역동적인 포즈에서 정적인 포즈로 취했다. 이런 포즈는 일반적으로 취하는 포즈 행태와는 반대였다. 처음에는 조용하고 정적인 포즈에서 점점 역동적인 포즈를 취하는 게 일반적이었다. 어쩌면 격정적인 여자의 감정을 그대로 나타낸 것이라는 느낌이 K는 들었다. 점점 포즈를 취할수록 여자는 마음의 안정을 되찾는 것 같았다.

여자가 천천히 일어섰다. K는 콘테를 놓았다. K와 여자가 눈이 마주쳤다. K는 고개를 끄덕였고 여자는 뒤로 돌아 소파에 앉았다. K는 일어나 주방으로 갔다.

"술 한 잔 주실래요?"

K가 커피를 끓여오자 여자는 술을 요구했다. 여자는 옷을

입지 않고 소파에 앉은 채였다. K는 말없이 고개를 끄덕이곤 주방으로 가서 냉장고에 든 캔맥주를 가져왔다. 한 캔을 따서 여자에게 내밀었다, 여자는 단숨에 반쯤을 마시곤 탁자 위에 내려놓았다. K는 머뭇거리다 여자 맞은 편 의자에 앉았다. 여자가 옷을 벗고 있어 시선을 여자 뒤에 두었다.

"진작 술을 배웠으면."

여자는 다시 캔맥주를 들면서 말했다. 아마도 2시간여를 한 번도 안 쉬고 포즈를 취했으니 목이 마를 만도 했다. 여자는 캔에 든 맥주를 다 마셨다. K는 자기 몫으로 가져온 캔을 따서 여자 앞에 놓았다. 어쨌든 여자의 표정이 밝아져 K 또한 기분이 좋았다. 하고 싶은 말이 많았지만 입을 다물고 있었다.

"미안해요."

여자가 다시 K가 준 캔맥주를 한 모금 마시곤 말했다.

"괜찮아요?"

K가 물었다. 여자가 미소를 지으며 캔맥주를 마셨다.

"정말 아무 일 없는 거죠?"

K가 다시 묻자 여자는 아무 말도 안 하고 캔맥주를 비웠다. K는 주방에 가서 캔맥주 2개를 들고 왔다. 한 캔을 따서 여자 앞에 두고 한 캔을 따서 마셨다. 시원한 맥주가 식도를 거쳐 뱃속으로 들어가는 게 느껴졌다.

"남편이 알았어요."

여자는 말을 하고나서 희미한 미소를 지었다. K는 말없이 여자의 얼굴을 바라보았다. 여자는 K의 몸 너머로 시선을 두었다.

"아이들도 알았고요. 다들 도저히 이해할 수 없다고 했어요."

여자의 표정은 어둡지가 않았다. 담담한 표정이었다. 그래서요? K는 어서 말해보라는 듯 여자의 눈을 바라보았다.

"그러니까 그게 언제였지. 여기서 그림을 그리고, 그러니까 밤 12시가 넘었을 거예요. 그때쯤 그림을 다 그리고 집에 가니 아이들이 와 있었어요. 큰며느리도 오고. 큰애는 2년 전에 결혼했거든요. 전 깜박 잊어버렸어요. 아이들이 온다는 것을요. 그리고 보니 그 날이 남편 생일이었어요. 남편은 어디 갔다 온 거냐고 화를 냈고 아이들은 이상한 눈으로 나를 쳐다보았죠. 아마 낮에부터 계속 전화했나봐요. 점심 먹고부터 그랬는데 자꾸 전화가 와서 전원을 꺼 놓고 그랬거든요. 저녁은 굶었구요. 하긴 이상한 사람이 된 건 당연하겠죠. 남편 생일이라고 자식들과 며느리가 왔는데 그걸 잊고 그림이나 그리고 있었으니."

여자는 캔맥주를 마시고 나서 시원하다는 표정을 지었다.

"제 방에서 그림을 보았나봐요. 제 그림이랑 선생님 그림이요. 남편은 그림을 거실에 갖다 놓고 제가 들어가자마자 마치 범인 취조하듯이 저에게 물었어요. 저게 뭐냐고. 전 사실대로 말했죠. 그림 배우러 다니는데 내가 그린 것이다. 그러자 큰애가 그러더군요. 하필이면 저런 그림을 그리느냐고. 작은애가 묻더군요. 진짜 모델을 보고 그렸느냐고. 아마 선생님을 그린 그림을 말하는 것이었지요. 큰애는 유학 다녀와서 교수로 있고 작은애 역시 유학 갔다 와 연구소에 있는 애들인데. 난 당연한 거 아니냐는 투로 맞다고, 했지요. 그 때 일그러지는 남편의 얼굴이란. 어쨌든 저와는 말이 안 통한다고 평소에도 말하던 남편과 애들인지라 전 무시하고 방으로 들어갔죠. 피곤하니까 먼저 자겠다고 했어요. 그런데."

여자는 캔맥주를 들어 마시곤 빈 캔을 탁자에 놓았다. K

는 자신이 마시던 캔맥주를 여자 앞에 놓았다.

"남편이 뒤따라 들어오더니 이제는 그림을 그리러 나가지 말라고 하더군요. 그래서 제가 당신이 무슨 자격으로 그런 말을 하느냐고 되물었죠. 그때 놀라는 남편의 표정이란. 다른 사람들도 봤어야 했는데. 그래요. 남편은 당혹스러웠겠죠. 30여 년 동안 한 번도 자신의 말에 거역한 적이 없던 아내가 하루아침에 자신의 말을 전혀 들으려하지 않으려 하니까요. 저도 분명히 할 필요가 있다는 생각이 들었어요. 이젠 예전의 내가 아니다. 가족? 흥. 이제는 가족에 희생하지 않고 내 갈 길을 가겠다. 가족을 위해 다른 남자와 잠자리를 하러 가는 그런 여자가 아니다. 당신과 애들은 예전의 나를 칭송하기는커녕 오히려 나를 무시하지 않느냐. 뭐, 그런 생각으로 남편을 쳐다보았죠. 물론 말은 못 했어요. 그렇게 말했다간 아마도 남편은 충격으로 그 자리에서 쓰러졌을 거예요."

여자는 K를 바라보며 빙긋이 웃었다. K는 여자를 마주보며 빙긋이 웃어주었다.

"근데, 남편이 모델이 누구냐, 어떤 관계냐. 그걸 자꾸 묻는 거예요. 그러면서 한 번만 더 그림 그리러 나가면 가만히 안 있겠다고 그러더군요. 애들도 당연히 아빠의 말을 들어야 한다고 거들고요. 그러니까 저의 알몸 그림이 불편한 거예요. 그리고 제가 다른 남자의 알몸을 그리는 것이 불쾌하고요. 그들은 그런 거예요. 그래서 남편이 계속 감시하는 바람에 그림 그리러 못 나왔어요. 아니, 저도 조금은 그런 마음이 있었고요. 가정이 불화하면서까지 그림을 그려야 하나 고민도 했고요. 저 아직 멀었죠?"

여자는 K를 바라보며 생긋 웃었다. 하지만 K는 여자의 웃음이 무척이나 슬퍼 보인다는 생각을 했다.

"그래서 계속 그림을 못 그리고 집에만 있었는데 답답해서 미칠 지경이었어요. 오늘은 창 너머로 선생님 집을 보는데 도저히 참을 수 없어 창문을 타 넘고 이리로 온 거예요. 남편이 거실에서 절 지키고 있거든요."

여자는 K를 보고는 싱긋, 웃었다. 나 잘 했죠? 하는 표정이었다.

"잘 했어요. 그럼요."

K는 고개를 끄떡이며 말 잘 듣는 학동에게 말하듯 했다. 여자는 캔맥주를 마셨고 K는 주방에 가서 캔맥주 2개를 더 가져왔다. 한 개를 따서 한 모금 마셨다.

"제가 어릴 때 우리 집에 토끼를 키웠어요. 저기 있죠. 저쪽 쯤에 토끼장이 있었는데 일곱 여덟 마리 키웠죠. 물론 제가 풀을 뜯어 키웠어요. 예전에 집이 가난하다 보니까 고기를 사 먹을 돈이 없었지요. 그래서 부모님이 자식들 영양 보충시킨다고 사다 놓으신 거예요. 어릴 때 밤에 오줌을 자주 눈다거나 하면 아버지가 토끼를 잡아 푹 고아 주셨지요. 그때는 아무도 못 먹게 하고 저만 먹게 하셨는데 토끼 고기를 먹고 싶으면 일부러 밤에 오줌을 자주 누는 것처럼 꾸미기도 했어요. 그러니 부모님은 토끼 고기를 먹지 못하셨지요."

여자는 재미있다는 듯 K를 올려다보았다. K는 신이 나서 말을 했다.

"제가 대학 다닐 때까지 잡아주셨어요. 방학 때나 집에 오면 한 마리 잡아 푹 고아 주셨지요. 그때야 부모님도 좀 드시라고 배가 부른 척하기도 했지만요. 아, 이 얘기하려고 한 게 아닌데."

K는 쑥스러운 듯 웃었고 여자는 어서 말을 하라는 듯 K

를 바라보았다.

"토끼를 키우다 보면 꼭 망을 뚫고 나오는 놈이 있어요. 망이 아니면 어디 구멍이라도 있으면 밖으로 나오는 놈이 있는데 이런 놈은 잡아넣어도 금방 나옵니다. 못 견디는 것이지요. 한번 자유를 맛보아서 그런지 땅을 일 미터나 파고 밖으로 나온 놈도 봤어요."

K의 말에 여자는 고개를 끄덕였다. 자유를 맛본 놈은 안에서 못 견딘다. 여자는 K의 말을 따라 중얼거렸다.

"제 말이네요. 그죠?"

여자는 K를 향해 웃으며 말했고 K는 고개를 끄덕였다.

"그래서 앞으로 어쩔 거예요?"

K가 진지하게 물었고 여자는 들고 있는 캔맥주를 탁자에 놓았다.

"아직 모르겠어요. 저도 토끼처럼 옛날로 돌아가는 것은 불가능하다는 생각이에요. 그렇다고 가정을 깨트릴 만큼 용기도 없고요."

"그럼 남편이 또다시 가정의 화목을 핑계로 모델을 못 서게 하거나 누드화를 못 그리게 하면 또다시 가정 속에 숨어 버릴 건가요?"

K의 얼굴 표정이 일그러졌다.

"모르겠어요. 한번 자유를 맛본 토끼는 계속 토끼집을 탈출한다면서요."

여자는 중얼거렸다. K는 일어서서 여자에게 걸어갔다. 여자는 캔맥주를 들어 한 모금 마셨다.

"진작 술을 배웠더라면. 30여 년 동안 그렇게 안 살았을 텐데."

여자는 캔맥주를 탁자에 놓으며 말했다. K는 여자 옆에 앉았다. 그리곤 여자를 바라보다가 여자를 안았다. 여자는 순순히 K의 품속으로 들어왔다. K는 가슴이 방망이질 치는 걸 느꼈다.

"우리 도망갑시다."

K의 말에 여자가 품속에서 움찔했다.

"도망이요?"

"예. 도망이요. 가족으로부터 도망치자고요. 우리 함께."

K는 가슴이 떨리는 것을 느끼며 겨우 말을 했다.

"……."

여자는 가만히 있었다. 숨소리만이 K에게 전해졌다.

"제가 도와 드릴게요. J씨의 새인생을 살도록 도와드릴게요."

K는 여자를 힘껏 안았다.

*

K는 오전에 여자를 찍은 사진을 보며 누드화를 그렸다. 언젠가 마당에서 찍은 사진이었다. 역시나 자연광은 음영이 뚜렷해서 좋았다. 한 작품을 초벌칠 하고 다시 다른 사진을 그려볼까 하던 참에 여자가 작업실로 왔다. 유화는 물감이 잘 안 마르기 때문에 K는 보통 두 작품을 동시에 그렸다. 한 작품이 마르기를 기다렸다가 그리기에는 토요일과 일요일만 그리는 K에는 시간이 너무 없었다. 역시나 마당에서 찍은 사진을 이젤에 걸어 두고 목탄으로 형체를 그리는데 여자가 마당에 불쑥 나타난 것이었다. K는 반가운 마음과 불안한 마음이 동시에 가슴에서 이는 것을 느꼈다. 하지만 여자는 K를 보며 밝게 웃었다. 하늘색 줄무늬 남방에 청바

지를 입고 있었다.

"들어와요."

K가 말을 끝내기도 전에 여자가 작업실로 들어와 K가 그리는 그림을 들여다보았다.

"역시 자연광을 받으니 훨씬 좋네요."

K의 말에 여자는 사진을 유심히 바라보았다. 마치 타인의 사진을 보는 듯했다.

"그럼 우리 오후에 야외에서 그려볼까요?"

여자는 눈을 동그랗게 뜨며 약간은 짓궂은 표정으로 말했다. K는 그 표정이 좋아 손으로 여자의 뺨을 쓰다듬었다.

"좋아요. 갑시다. 점심 전이지요? 점심도 사먹고요."

K의 말에 여자는 자신의 뺨을 쓰다듬고 있는 K의 손을 잡았다.

"가까운데 가서 그림도 그리고요."

K의 억양을 흉내 내며 말했다. K는 하하 웃더니 여자의 청바지를 가리켰다.

"잘 어울려요. 좋아요."

K는 엄지손가락을 위로 추켜올렸다. 여자는 얼굴을 붉혔다.

"놀리지 마세요. 몇 개월 전에, 그러니까 선생님한테 모델 처음 서고 다음날 산 거에요. 근데 자신이 없어 그동안 못 입었어요."

여자는 고개를 숙여 청바지의 앞과 옆을 돌아보며 말했다.

"잘 했어요. 그러니까 자유스럽고 얼마나 좋아요. 이젠 남 눈치 보지 말고 입고 싶은 것 입으세요."

K의 말에 여자는 고개를 끄덕였다.

"자 빨리 준비해요."

여자가 재촉했다. 그제야 K는 아하, 하며 휴대용 이젤과 의자를 구석에서 꺼냈다. 캔버스는 10호 두 개를 꺼냈다. 큰 것은 야외에서 그리기에는 시간이 많지 않을 것이었다.

"참 어디로 갈까요?"

K는 목탄과 아크릴 물감을 가방에 넣다 여자를 보았다.

"선생님이 정하세요. 전 아직 이 곳 지리 잘 몰라요. 집 뒷산에 있는 절밖에 몰라요."

여자 역시 캔버스와 아크릴 물감을 가방에 넣으며 말했다.

"그럼 계속 집에만 계신 거예요?"

"예. 애들이 고등학교 다닐 때까지는 학교와 학원에 태워다 주고 데려와야 했고요. 사실 그것보다 밖으로 돌아다니는 걸 좋아하지 않았어요. 수선이도 마트에서 어쩌다 만나게 되어 화실에 나간 거예요. 하도 나오라 해서 나갔는데."

여자는 허리를 펴며 말했다.

"원장님께 평생 고마워 하셔야겠네요."

K의 말에 둘은 소리 내어 웃었다. 화구들을 K의 차에 싣고 곧장 무천대공원으로 향했다. S시의 유일한 공원이었다. 에어컨을 틀었는데도 여자는 창문을 열었다. 아, 좋아요. 여자의 말과 함께 긴 머리카락이 차 안쪽으로 휘날렸다. 마치 여자는 처음 차를 타보는 것처럼 연신 감탄사를 남발했다. K는 그런 여자의 모습을 보며 빙긋이 웃었다.

날씨도 더운데 이름 있는 곳으로 멀리 가는 것보다 가깝고 조용한 곳이 좋을 듯싶었다. 무천대는 강도 보이고 낮은 산도 있었다. 가다가 길 옆에 있는 식당에서 냉면을 먹고 무천대로 향하다 S보로 방향을 틀었다. 여자가 4대강 사업으로 만든 S보 얘기를 했고 K 또한 S보를 한 번도 본 적이 없었다.

S보에는 거대한 강물만 흐를 뿐 사람들은 아무도 보이지 않았다. 더운 날씨에다 그늘조차 없었다. K와 여자는 차를 강가에 세웠다. 내리고 싶은 생각이 없었다.

"갑시다. 4대강 공사하기 전에는 강에서 물놀이도 할 수 있다고 홍보하더니만, 쩝."

K는 입맛을 다셨고 여자는 무연히 강만 바라보았다.

"왜요? 더 있다 갈까요?"

K의 말에 여자는 고개를 흔들었다.

"아뇨. 가요. 그냥 강을 보니 홀라당 벗고 뛰어들고 싶네요."

여전히 강을 바라보며 여자는 말했다.

"언제 바다나 계곡으로 놀러가요."

K의 말에 여자는 생긋, 웃었다.

무천대에도 사람들이 거의 보이지 않았다. 아무래도 여름 막바지이니 계곡이나 바다로 갔을 터였다. K와 여자는 강가에 있는 무휴정이란 정자에 앉았다. 가까이 보이는 곳에는 깎아지른 절벽이 보였다.

"저기가 경상도 팔경중 최고라고 하던데요. 이제는 물에 잠겨 볼품이 없네요. 예전에 이 앞으로 모래사장이 넓게 있었는데요."

K는 안타깝다는 듯이 강을 가리키며 말했다.

"남편도 4대강 사업에 참여했어요. 환경쪽으로요. 남편은 4대강을 개발해야한다는 쪽이었죠."

여자는 강을 바라보며 말했다. 바람에 여자의 긴 머리카락이 물결치듯 휘날렸다.

"식물을 보면요. 진화에 성공한 놈만 살아남고 진화하지 못한 식물은 멸종된 데요. 국가와 사람도 마찬가지라나요. 그래서 개발을 해야 선진국으로 진입한다는 거죠."

여자는 날리는 머리카락을 손바닥으로 쓸며 말했다.

"근데 큰 나무들이 나란히 있는 것 보면요. 마치 한 나무처럼 크잖아요. 나무가 있는 쪽으로는 가지가 뻗지 않고요. 그렇게 우리 사람들도 서로 배려하면서 살면 좋을 텐데요."

K는 강을 보며 말했다. 그러게요. 여자는 중얼거리듯 말했다.

"전망대로 올라가요."

K가 일어서며 말하자 여자도 일어섰다.

가게에서 캔맥주와 생수를 사고 차에서 화구류를 챙겨 전망대로 올라갔다. 올라가는 길 옆으로 돌을 담처럼 쌓았고 돌탑도 여럿 보였다. 하지만 사람들은 아무도 보이지 않았다. 조용하니 좋았다.

"물소리가 나지 않나요?"

여자가 발걸음을 멈추었다. K도 멈춰서 귀를 기울였다.

"글쎄요. 한번 찾아보지요. 요 근방에 작은 도랑 같은 게 있을 거예요. 전망대 갔다가 찾아보지요."

K의 말에 여자는 고개를 끄덕였다. 전망대로 올라가는 길은 가팔라 조금만 올랐는데도 땀이 줄줄 흘러내렸다. 그래도 여자는 잘 올라갔다. 예전에 절에 올라갈 때의 모습을 보는 것 같아 K는 안타까운 마음이 들었다. 여자는 올라가다 멈춰서더니 운동화와 양말을 벗었다. 그리곤 화구류를 들지 않은 손에 들었다.

"선생님도 해봐요. 몸에 좋대요. 발에 지압이 되어서요."

K는 여자의 말에 역시 운동화와 양말을 벗었다. 여자가

보면서 미소를 지었다. 여자가 먼저 걸어갔고 K가 뒤를 따랐다. 하지만 아무리 흙길이라고 해도 발바닥이 따끔거렸다. 돌멩이 때문인 것 같았다. 하지만 여자는 아랑곳 않고 잘 올라갔다.

역시나 전망대에 오르니 사방이 툭 터여 속이 후련한 기분이 들었다. 넓은 들과 뱀처럼 꾸불거리며 길게 이어진 강이 보였다. 주위에 사람들은 보이지 않았다.

"아. 좋다."

여자는 강을 향하며 감탄을 했다. K도 여자 옆에 서서 강을 바라보았다. 땀은 줄줄 흘러내렸지만 정신이 맑아왔다. 잠시 불어오는 바람에 얼굴을 맡기고 있던 여자가 K를 돌아보았다. K도 여자를 보았다. 순간 둘이는 누가 먼저랄 것도 없이 미소를 지었다. 곧이어 K는 주위를 두리번거렸고 여자는 옷을 벗었다. K는 아무도 오지 않는 것을 확인하고는 카메라를 꺼냈다. 어차피 사람이 없다 해도 이런 곳에서는 그림 그리기에는 적당하지 않았다.

여자는 처음처럼 강을 향해 서며 아, 하고 소리를 냈다. K는 뒤로 갔다. 뒤에서 강을 배경으로 여자의 뒷모습을 찍었다. 여자가 돌아서서 두 손을 머리 뒤로 가져갔다. 그리곤 상체를 오른쪽으로 비틀었다. K는 사진을 찍었다. 강과 숲을 배경으로 몇 번 더 누드를 찍고 난 뒤 이번엔 K가 옷을 벗었고 여자가 사진을 찍었다. 다행히 날씨가 더워서인지 올라오는 사람은 없었다.

"우리 이대로 계속 있을까요?"

여자가 K를 돌아보며 짓궂게 웃었다. K도 웃으며 고개를 끄덕였다. 하지만 오래 있지는 못 했다. 50대인 듯한 남자와 여자가 손을 잡고 올라오는 게 보였다. K와 여자는 서둘러

옷을 입고는 마치 큰일이라도 한 듯 소리 내어 웃었다. 전망대까지 올라온 50대의 남녀는 K와 여자를 흘끔거리곤 강을 돌아보았다.

전망대 주위엔 계곡이 없었다. 산이 높지 않으니 당연했다. K는 여자를 데리고 전망대를 내려왔다. 여자가 계곡에 가고 싶어 하는 것 같아 아무래도 다른 곳으로 가야할 것 같았다.

가까운 곳에 있으면서 높이가 해발 1000미터쯤 되는 갑산으로 차를 몰았다. 인근에서는 제일 높은 산이었고 산 정상과 중턱에 절이 있기도 했다. 하지만 K도 고등학교 다닐 때 가 본 기억밖에 없었다. 고등학교 다닐 때 친구들과 계곡에 놀러 간 적이 있었는데 그때는 시내버스를 타고 가서 한참동안 걸었기에 지금 생각해보면 얼마 정도 가야하는지 짐작이 되지 않았다.

"이 쪽이 맞을 텐데."

산으로 가는 길에 접어들면서 속력을 낮추고 주위를 두리번거렸는데 그 때 간 곳이 도통 어디가 어딘지 몰랐다. 하지만 여자는 아랑곳없이 창문을 열고 바람을 쐬며 아, 탄성을 지었다. 차에서 내려 보니 계곡이 인공적으로 만들어 진 곳이 많았다. 아마도 홍수 때문에 대대적인 공사를 한 것 같았다. 길도 예전의 기억과 달랐다. 할 수 없이 차를 주차장에 세우고 계곡을 따라 올라갔다. 물가에서 고기 구워먹는 사람들이 제법 있었는데 위로 올라갈수록 사람들이 없었다.

한 손에 화구류를 들고 계곡을 올라가자니 여간 힘든 게 아니었다. 신발과 바짓가랑이는 이미 물에 젖혀 질퍽했다. 하지만 여자는 연신 생글생글 웃으며 K를 따라왔다. 얼마쯤 올라갔을까. 이런 데는 사람들이 오지 않을 것 같은 곳이라 어디 대충 자리를 잡고 그림을 그리면 어떨까 하는데 거짓말처럼 작은 웅덩이가 나타났다. 4미터가 넘을 것 같은 바위벽이 있고 그 위에서 물이 떨어지고 있었다. 작은 폭포였다. 물이 떨어지니 웅덩이가 만들어진 것 같았고 물이 제법 많이 고여 있었다. 대충 보아도 사람 양팔 길이보다도 더 넓은 것 같았다.

"야호."

여자는 화구류를 집어 던지고 첨벙 물에 뛰어 들었다. K는 그런 여자를 보며 빙긋이 웃었다.

"들어와요. 물이 차가워요."

여자는 아예 물에 드러누워 K에게 손짓을 했다. K는 웅덩이로 들어가 여자 옆에 털썩 앉았다. 앉으니 물이 가슴까지 차올랐다.

"아, 시원해."

한기를 느끼며 K가 말하자 여자가 깔깔깔 웃었다. 그때 K가 여자의 얼굴에 물을 끼얹었고 여자는 뒤로 돌아 K에게 물을 끼얹었다. 그렇게 한참동안 물싸움을 하던 K는 갑자기 멈추었다.

"왜요?"

여자가 놀라서 물었다. K는 두 손으로 바지 주머니를 만졌다.

"어마. 휴대폰."

여자가 주머니에서 휴대폰을 꺼냈고 K도 지갑과 휴대폰을 양 손에 꺼내 들고 난감한 표정을 지었다.

"이얏!"

그때 여자는 휴대폰을 화구류가 있는 곳에 던지고는 다시 K의 얼굴에 물을 끼얹었다. K는 잠시 멈칫거리더니 역시 지갑과 휴대폰을 화구류가 있는 곳에 던지고 여자에게 다가갔다. 얼굴에 물을 맞으며 다가간 K는 순식간에 여자를 안았다.

"어마."

여자는 벗어나려고 발버둥쳤고 K는 더 세게 안았다.

"아."

여자는 마침내 K의 가슴에 얼굴을 묻었다. K는 여자를 안은 채 물속으로 들어가 앉았다.

"천국에 온 기분이에요."

여자가 떨리는 목소리로 말했다.

"저도요."

K는 여자를 안고 있다가 남방의 단추를 풀기 시작했다. 여자는 가만히 있었다. 남방이 벗겨지고 청바지의 후크를 내렸다. 하지만 청바지가 물에 젖어 잘 벗겨지지 않았다. 여자는 일어서서 K가 청바지를 내리는 것을 도왔다. 청바지가 벗겨지자 여자는 다시 물속에 들어갔다. K가 브래지어와 팬티를 벗기자 여자는 아, 하며 물속에서 누웠다. K가 여자를 안았다. 여자는 파르르 몸을 떨었다. 이번엔 여자가 K의 옷을 벗겼다. 역시나 옷이 물에 젖어 잘 벗겨지지 않았다.

아.

여자는 K의 옷이 다 벗겨지자 K를 안고 물속에 드러누웠다.

"저기 봐요."

여자가 하늘을 손으로 가리켰다. K는 드러누워 하늘을 보았다. 나뭇가지 사이로 짙푸른 하늘이 마치 천막처럼 드리워 있었다. K는 하늘을 보다가 몸을 돌려 여자를 안았다. 여자는 순순히 K의 품에 안겼다.

아.

K가 여자를 안아 무릎에 앉히자 K의 가슴에 얼굴을 묻으며 신음소리를 냈다. K는 서서히 여자의 몸을 어루만지다 여자의 몸속으로 들어갔다.

아.

여자는 몸을 움찔거렸다. 마치 첫 경험을 하는 듯 몸을 움츠렸다. K는 여자의 몸속에 깊숙이 들어갔다.

아.

여자는 몸을 비틀며 신음소리를 냈다. K는 한없이 여자의 몸속으로 빨려들어가는 것 같은 느낌에 정신이 아찔했다. 여자는 K의 몸을 타고 몸을 흔들었다. 마치 말을 타고 달리는 것처럼 몸이 출렁거렸다.

아.

여자는 눈을 감고 얼굴을 하늘로 향해 치켜들었다.

음.

K가 신음소리를 냈다. 여자가 남자의 가슴에 엎드렸다. 한참동안 그대로 있던 여자가 천천히 옆으로 내려와 누웠다.

"예전에요."

여자는 K와 물속에서 나란히 누워 하늘을 보며 말했다. K는 계속 하늘을 보았다. 저기, 저 곳은 끝도 없단 말이지. K가 중얼거릴 때 여자가 말했다.

"텔레비전에서 보았는데요. 원시인 부족이었는데, 부부가 아이들과 강에서 헤엄치며 놀다가 애들을 먼저 집으로 보내요."

K는 돌아누워 여자의 젖가슴에 물을 끼얹었다.

"아이들이 집으로 가고나자 아내가 남편에게 안겨요. 그리고 물속에서 사랑을 나눠요. 그 장면이 참 인상적이었어요. 물속에서 사랑을 나누는 부부의 모습이요."

"우리하고 같군요."

K가 여자의 유두를 만지작거리며 말했다. 여자는 아무 말 없이 K쪽으로 돌아누웠다.

"저도 그렇게 살면 좋겠단 생각을 했어요. 옷 같은 건 하나도 걸치지 않은 그 원시인 여자가 부러웠어요."

K가 여자를 꼭 안았다.

"이제 그렇게 살아요. 누구에게도 간섭받지 말고 하고 싶은 대로 하며 살아요."

휴.

여자는 K의 가슴속에서 숨을 길게 내쉬었다.

"사자 얘기해 드릴게요."

K의 말에 여자가 고개를 들었다.

"사자는 일부다처제이잖아요. 근데 어느 과학자가 사자 새끼들의 디엔에이를 조사해보니까 사십 프로 이상이 1위 사자 새끼가 아니래요?"

"왜요?"

여자는 눈을 동그랗게 뜨고 K를 보았다. K는 여자의 입술에 키스를 하고 나서 말을 이었다.

"암사자들이 바람피운 거죠."

K의 말에 여자는 어떻게요? 하더니 다시 물었다.

"사자도 바람 피워요?"

"그럼요. 멋있잖아요. 수사자 한 놈한테 암사자 여러 마리가 목매달고 있지 않고 몰래 바람피운다는 사실이요."

여자가 고개를 끄덕였다.

"물론 새끼들을 위해서 그렇다치더라도 어쨌든 철저한 일부다처제에서 수사자한테 저항한다는 게 중요하죠."

여자는 고개를 끄덕이며 맞아요, 했다. 그런데, 하면서 말을 이었다.

"인간이나 동물이나 새끼한테는 자유롭지 못 한 거 같아요. 모성애가 뭔지."

이번엔 K가 고개를 끄덕였다.

"여자들이 결혼을 망설이는 이유가 육아지요. 힘든 것도 그렇지만 돈도 엄청나게 들잖아요. 그렇게 키워놓으면 군대에 데려가고 재벌들이 데려가서 일시키면서."

"맞아요. 부모는 오직 희생만 강요하는 것 같아요."

여자는 다시 하늘을 향해 똑바로 누웠다. 무언가 골똘히 생각하는 눈치였다.

"뭔 생각을 그렇게 하셔요?"

K가 손가락으로 여자의 유두를 만지작거리며 물었다.

"그냥요. 자식을 위해 다 했는데 무시당하면……."

여자는 말을 하다가 입을 다물었다.

"엄마는 계속 잔소리하잖아요. 성적관리 등 모든 걸 엄마가 하니 아이들 입장으로선 엄마가 호랑이지요. 그래서 엄마하고는 얘기가 안 통한다고 하잖아요. 나중에 잘 되고 나면 저들이 노력해서 되었다. 이러면서 엄마의 공도 모르고. 근데요."

K의 말에 여자가 고개를 돌렸다.

"사실 엄마가 문제라고 봐요. 왜 애들을 위해 희생해요? 희생한 엄마는 꼭 자식들에게 대우를 못 받더라고요. 그동안 자신의 생활이 없었으니까 밥하고 빨래하는 것 외에는 아무것도 모르지요. 아는 게 없으니 자식들과 얘기가 안 통할 수밖에요. 그리고."

K는 잠시 말을 끊고 여자를 바라보았다. 여자도 K를 바라보

았다.

"더 중요한 것은 엄마가 자신의 삶이 있어야 한다고 봐요. 자식 삶의 보상으로 살아가니 나중에 늙으면 껍데기만 남는 거죠. 물론 엄마만 그런 거는 아니지만요."

"근데 그게 어디 쉽나요. 학원 보내고 과외 시키고 안 시키고에 따라 가는 대학이 달라지는데요. 회사에서는 또 대학 보고 사원들 뽑고."

음. K는 이해한다는 듯 고개를 끄덕였다.

"어디선가 봤는데요. 옛날 원시인들은 공동 육아했대요. 그러니까 남녀가 함께 생활하니까 아기를 낳으면 아빠가 누군지 모른데요. 또 구태여 내 자식 네 자식 알려고 하지 않고요. 그래서 아이들은 남자 어른은 모두 아버지라 부르고 여자 어른은 모두 엄마라 부른대요. 그러니까 모두가 한 가족이 되어 공동 육아하니까 아이들에게 경쟁을 가르칠 필요가 없고 엄마도 아이로부터 자유롭다고 해요."

"아하, 그렇군요. 우리나라도 그러면 여자들이 자신이 하고 싶은 거 맘껏 할 건데요."

여자는 남자의 무릎에 배를 갖다 대고 엎드리며 말했다. K는 여자의 살찐 옆구리와 엉덩이를 손으로 쓰다듬었다.

"남자들도 마찬가지지요. 가족을 다른 가족보다 더 잘 먹여 살리고 공부시키기 위해 모든 걸 바칠 필요가 없는 거지요."

K의 말에 여자는 그러면 남자 여자 둘 다 피해자네요, 하며 혼자서 중얼거렸다.

"그러니까 가족이 원수지요. 어느 영화감독은 인터뷰에서 자기 인생에서 자식 낳은 게 가장 실수고 후회된다고 하더군요."

"하하. 이해가 가네요. 나도 진작 알았더라면. 가족이란 게 뭔지."

여자는 한숨을 크게 쉬었다. K는 여자 옆에 나란히 엎드렸다. 그리곤 팔로 여자의 어깨를 감쌌다.

"이제 우리는 우리의 삶을 살아갑시다. 누구의 눈치도 보지 말고."

"그게……."

여자가 돌아누우며 말을 하려는데 K가 여자의 입을 자신의 입술로 막았다. 여자가 혀를 내밀었고 K는 힘껏 빨았다. 여자가 K의 품속으로 파고들었다. K는 여자의 몸을 안고 더 깊은 물속으로 들어갔다. K가 여자의 젖가슴을 물자 여자는 아, 하며 신음소리를 냈다. K는 여자의 몸을 번쩍 들어 안고는 여자의 몸속으로 들어갔다.

아.

여자는 신음소리를 내며 몸을 비틀었다. 고대 원시인의 시대로 돌아간 듯했다. K는 더 깊숙이 여자의 몸속으로 들어가자 몸이 하늘로 붕 떠오르는 듯 했다. 여자는 K를 안고 있던 팔을 풀고 하늘을 향해 쭉 뻗으며 아, 하며 신음소리를 크게 냈다.

오랫동안 K와 여자는 그렇게 있었다. 어느새 계곡은 어둠이 몰려와 두 사람을 감싸 안았다.

"참, 잠깐만요. 이렇게 가만히 계셔요."

여자는 일어서더니 물 밖으로 나갔다. 가방에서 카메라를 꺼내 상체만 물 밖으로 나온 K를 찍었다. 그리곤 가방을 바위 위에 올려놓고 카메라를 놓았다. 이리저리 카메라를 맞추더니 카메라를 놓고 재빨리 물속으로 들어왔다.

"팔 벌려요."

여자는 K의 무릎 위에 정면으로 앉았다. 그리곤 K를 꼭 안았다. K는 여자의 몸속으로 들어갔다.

음.

여자가 신음소리를 냈다. 그때였다.

찰칵.

카메라가 찍히는 소리가 들렸다. 여자는 다시 물 밖으로 나가 카메라를 들고 왔다.

"엎드려보세요."

여자는 마치 명령하듯 K에게 말했고 K는 순순히 따랐다. 물속에서 엎드린 모습, 누운 모습, 바위에 걸터앉은 모습, 헤엄치는 모습 등을 찍은 후 카메라를 K에게 건네주었다.

"자, 찍으세요."

여자는 K가 했던 포즈를 취했고 K는 사진을 찍었다.

"그림을 못 그려 아쉽지만 이렇게 사진으로 가져가서 틈 날 때마다 그려야지."

여자는 만족스러운 듯 생긋, 웃었다. K는 그런 여자가 귀여운 듯 볼을 꼬집었다. 두 사람은 옷을 입었다. 그제야 한기가 느껴져 온 몸에 소름이 돋았다.

주차장 근처에서 오리백숙을 사 먹고 집으로 왔을 때는 완전히 밤이 깊어가고 있었다. K는 집 뒤에 차를 세웠다.

"따끈한 차 한 잔 하고 가실래요?"

K의 말에 여자는 고개를 저었다.

"그만 들어가 쉬세요."

K의 말에 여자는 인사를 하고는 차에서 내려 곧장 집으로 갔다. K는 아쉬운 마음에 여자가 집으로 걸어가는 뒷모습을 보이지 않을 때까지 보다가 차에서 내렸다. 트렁크에서 화구 류를 내리는데 뒤에서 인기척이 났다.

"어디 갔다 오시는가 봐요?"

돌아보니 통장이었다. 그리고 보니 여자가 서둘러 집으로 간 이유를 알 것 같았다. 한 동네에서 같이 차에서 내리는 모습을 누가 볼까 서둘렀던 것 같았다.

"아, 예."

K는 고개를 숙여 인사를 했다. 며칠 전에 마을회관 준공식을 했는데 안 오셔서 수건 하나 집에 갖다 놓고 나오던 길이라고 했다. 괜찮은데 뭘 그리 수고하시느냐는 K의 말에 통장은 그래도 동네일에 찬조금도 주시고 협조를 많이 해 고맙다는 인사를 했다.

"근데 S초등학교 23회라면서요?"

통장은 빙긋이 웃으며 말했다. 다 알아봤다는 표정이었다.

"예."

K의 짤막한 말에 통장은 어깨를 으쓱했다.

"난 15회요."

통장의 말에 선배님이시군요, 하고 K는 다시 인사를 했다. 뭘, 또 인사까지야, 하던 통장은 갑자기 정색을 했다.

"근데 요새 동네 소문이 이상하다는 걸 아시오?"

"소문이요?"

순간 K는 불길한 예감이 온 몸을 감쌌다. 나 참, 이런 얘기해야 하나, 혼자서 중얼거리더니 말을 꺼냈다.

"저기 이층집 사모님이 이 집을 들락거린다는 소문이 돕디다. 어떨 땐 새벽에 나온 모습을 본 사람도 있고요. 어디까지나 소문이겠지만 한 가족처럼 지내는 우리 마을에 안 좋은 소문이 도니 원."

통장은 혀를 쯧쯧, 찼다. 순간 K는 화가 치밀어 올랐지만 꾹 참았다.

"볼 일이 있어 몇 번 왔다 갔습니다. 그게 뭐 잘못됐습니까?"

K의 음성이 올라가자 통장은 손을 내저었다.

"그게 아니고, 워낙 말이 재바른 사람들이 있어서 말이지. 하여튼 소문 안 나게 조심하슈."

통장은 K의 얼굴을 보며 미소를 짓더니 어둠 속으로 사라졌다. K는 온 몸에 오물을 뒤집어 쓴 것 같은 느낌이 들었다.

계곡에서 찍어온 사진으로 여자는 매일 누드화를 그렸다. K는 평일에 퇴근하고 작업실에 오면 그리다만 여자의 누드화가 있었다. 주로 자신의 몸을 그렸다. 그렇게 조급한 것 같지 않았다. 작업도 두 작품을 동시에 하는 게 아니라 한 작품을 끈질기게 그리는 것 같았다. 마음이 편안해졌다는 의미일 것이라고 K는 짐작했다. K도 그리고 싶었지만 평일에는 시간이 나지 않았다. 그래서 여자가 메일로 보내준 계곡에서의 사진을 스케치북에 드로잉하는 것으로 만족했다. 대신에 토요일과 일요일에 집중적으로 그렸다.

계곡을 다녀온 몇 주 후였다. 토요일 오후 모델을 선 후 뒤풀이에도 가지 않고 곧장 작업실로 와서 여자의 몸을 그리고 난 뒤 서울로 갈 참이었다. 그냥 서울로 바로 올라가기에는 아쉬운 구석이 있었다. 잠깐이라도 붓을 잡고 싶었다. 아니 여자와 잠시라도 같이 있고 싶은 마음이 더 한 지도 몰랐다. 여자 또한 뒤풀이에 가지 않고 곧장 작업실로 와서 옆에서 K의 몸을 그렸다. 그런데 이상하게 붓질이 잘 되지 않았다. 색도 잘 나오지 않았다. 또한 색이 부드럽지가 않고 거칠었다. K는 붓을 놓았다. 이런 마음으로 그리다가는 그림을 망칠 것 같았다.

"웬일이세요?"

여자가 흘끔, 돌아보며 말했다.

"그러게 말입니다. 이거 참."

K는 자신도 영문을 모르겠다는 표정을 지었다. 하지만 K
는 대충 알 수 있었다. 서울로 가야한다는 것. 아니, 아내에
게 중요한 것을 고백해야한다는 것. 어차피 한 번은 넘어야
할 산이었다.

K는 여자의 뒤로 가서 여자를 안았다. 여자는 붓질을 멈
추고 가만히 있었다.

"선생님 오늘 이상하세요."

"음. 저 오늘 서울집에 다녀와야 할 것 같습니다."

K는 여자의 머리에 얼굴을 대며 말했다.

"무슨 일 있어요?"

여자의 말에 아내에게 할 말이 있습니다, 라고 말하려다
가 입을 다물었다. K가 말이 없자 여자가 입을 열었다.

"내일 오후에 오실 건가요?"

"가능하면 내일 아침에 올 생각입니다."

K의 말에 여자는 고개를 끄덕끄덕 했다. K는 여자의 이
마에 키스를 한 후 작업실 밖으로 나왔다. 왠지 도살장에 끌
려가는 소가 된 기분이 들었다.

평소처럼 아이들은 없고 아내 혼자 거실에서 드라마를 보
고 있었다. 서울로 오면서 아내에게 전화를 걸어 밖에서 만
나자는 말을 했다. 술이나 한 잔 하자는 말에 아내는 이 양
반이 술은 갑자기 웬 술, 했다. K는 아내와 집이 아닌 술집
에서 만났으면 했다. 집에서 얘기하기에는 장소가 적절치 않

은 것 같았다.

"무슨 일 있어요?"

K는 매 번 저녁 식사를 하고 오는 줄 알면서도 아내가 한 번쯤은 저녁 식사했느냐는 말을 했으면 하는 마음이 들었다. K는 거실에 들어서서 아내를 바라보았다.

"일은 무슨. 밖에 나가서 한 잔 합시다. 할 얘기도 있고."

K는 다시 한 번 애원하는 눈빛으로 아내에게 말했다.

"당신 오늘따라 왜 그래요? 안 하던 짓을 다 하고. 직장에 무슨 일 있어요?"

아내는 K의 눈치를 보며 말했다.

"할 얘기가 있다고 했잖아."

K의 말에 아내는 손사래를 쳤다.

"제가 어디 술 마시나요. 술 마시고 싶으면 차려드릴 테니 집에서 한 잔 해요."

아내는 주방으로 가며 말했다. K는 아내의 뒷모습을 보면서 숨이 턱 막히는 것 같은 느낌을 받았다. K는 소파에 앉았다. 집을 둘러보았다. 정리정돈이 잘 되었다. 아내의 성격 탓이었다. 뭐든지 제자리에 있어야 아내의 직성이 풀렸다. 집 또한 아내가 마련한 것이나 다름없었다. 처음 결혼 생활을 시작한 일산에서 강남으로 온 것은 순전히 아내의 수완 때문이었다. 은행에 있는 자신보다도 돈을 더 잘 굴렸다. 서울의 아파트 시세와 개발 예정지는 눈에 죄다 꿰고 있었다. 하기야 샐러리맨의 봉급으로 강남에 입성한다는 것은 누가 봐도 불가능한 일이었다. 아내는 어떨 땐 1 년에 두 번씩 집을 팔고 사기도 했다. 자신의 명의로 사기도 하고 K의 명의로 사기도 했다. 사정에 따라선 친척 명의를 빌리기도 했다. 사실 그때는 참 신기하기도 했고 대견스럽기도 했다. 서울에서 자리를 잡는다는 것은 하늘의 별 따기였다.

"자, 한 잔해요."

K가 방에 들어가 평상복으로 갈아입고 나오자 아내가 찻상에 소주 한 병과 잔 하나 그리고 오징어 한 마리를 구워 가지고 왔다.

"당신도 한 잔 하지 그래."

"술은 무슨."

아내는 상에서 떨어져 텔레비전을 보았다. K는 잔에 술을 따라 한 모금 마셨다. 빈속이라 그런지 명치께가 싸, 했다. 하지만 안주는 먹지 않았다. 텔레비전에는 드라마를 하고 있었다. K는 잔을 비우고 다시 잔을 채웠다. 그때 아내는 텔레비전을 보며 깔깔깔, 웃었다. K는 잔을 연거푸 세 잔을 비웠다.

"할 말이 있는데 말이야."

"말하세요."

K의 말에 아내는 텔레비전에서 눈을 떼지 않고 말했다. K는 다시 잔을 비우고 채웠다. 역시 안주는 먹지 않았다. 안주를 먹지 않고 술을 마시니 금방 취기가 오르는 것 같았다. 그러자 과수원에서 만난 친구가 생각났다. 맥주잔에 소주를 가득 채워서 단숨에 마시던 모습이 눈에 선했다.

"우리…… 이혼합시다."

K는 고개를 숙여 빈 잔을 바라보며 말했다.

"뭐라고요? 잘 안 들려요. 좀 더 크게 얘기해 봐요."

아내의 말에 K는 아내를 돌아보았다. 여전히 텔레비전에서 눈을 떼지 않은 채 입에는 미소를 가득 물고 있었다.

"이혼, 하자고."

그때서야 아내는 돌아보았다.

"이혼이요?"

아내는 생뚱맞게 무슨 말이냐는 투로 물었다.

"말 그대로야. 이혼합시다. 더는 못 견디겠어."

그제야 아내의 입에 걸려 있던 미소가 사라졌다. 잠시 K를 빤히 쳐다보았다.

"당신 저한테 무슨 죄 지었어요? 아님, 애인 생겼어요?"

K는 아내의 시선을 외면했다.

"못 견디겠다고."

K는 빈 잔에 술을 채워 단숨에 마셨다.

"왜요. 회사에 무슨 일 있었어요? 왜 안 하던 말을 하고 그래요."

아내는 틈틈이 텔레비전으로 눈을 돌리며 말했다.

"이대로는 못 살겠어. 이제 내가 하고 싶은 대로 살고 싶어."

풋, 아내는 웃었다. 텔레비전을 보고 웃었는지 아니면 자신의 말에 웃었는지 K는 아리송했다.

"세상에 어디 자기가 하고 싶은 대로 하고 사는 사람이 어디 있나요. 다 그냥 사는 거지."

아내는 여전히 텔레비전과 K를 번갈아 보며 말했다.

"직장도 사표낼 거야."

K의 말에 그제야 아내의 얼굴에 웃음기가 사라졌다. 아내는 K쪽으로 돌아앉았다.

"당신 뭐라 그랬어요. 사표요? 우리 가족 길바닥에 나앉게 사표 낸다고요? 어째 그런 말이 그렇게 쉽게 나와요?"

아내는 화가 난 표정으로 말했다.

"쉽게 한 말이 아니야. 오래 고민한 거야."

K는 일어서서 냉장고에 가서 소주 한 병을 가져왔다. 뚜

껑을 따고 빈 잔에 소주를 채웠다.

"당신 직장에서 사고쳤어요? 예? 좀 알아듣게 말해 봐요."

아내는 상 옆으로 다가왔다.

"그런 거 없어. 이제 그만 두고 싶어. 하고 싶은 거 좀 하고 살고 싶어. 지금 못 하면 영영 못 할 거 같아."

K의 말에 아내는 미간을 찌푸렸다.

"이 세상에 누가 하고 싶은 거 하고 살아요. 다 할 수 없이 사는 거지. 애들 좀 있으면 유학 간다는데 그건 어찌하려고요?"

어디 말해보라는 듯 아내는 다그쳤다.

"유학 안 가면 돼. 안 가는 사람이 더 많아. 아르바이트하며 대학 다니는 애들도 많아."

"당신 그게 말이라고 해요?"

아내는 어이가 없다는 듯 K를 쳐다보았다.

"어쨌든 난 사표낼 거야. 그리고 이혼 해."

K는 잔을 비우고 나서 다시 잔을 채웠다.

"사표를 내든 이혼을 하든 애들 유학 끝나면 해요."

아내는 단호하게 말했다. K는 아내를 보다가 잔을 들어 입으로 가져갔다.

"이제 당신도 애들한테 너무 뒷바라지하지 말고 당신 삶을 살아봐. 이게 어디 당신 삶이야? 애들 삶이지."

K의 말에 아내는 어이없다는 듯 K를 바라보았다.

"제 삶이 어때서요. 아들들 잘 키워놨겠다, 집 이만큼 늘렸겠다, 뭘 어떻게 살아야한단 말이에요. 전 지금까지 최선을 다해 살았어요. 취미요? 전 그딴 거 없어요."

"애들이 당신의 삶을 대신 살아줄 수 없어. 애들한테 집

착하면 나중에 애들도 힘들 거야. 당신은 부정하겠지만 당신 마음속에 보상 심리가 있으니까."

아내는 손을 저었다.

"어려운 얘기 그만해요. 당신 오늘따라 왜 이래요."

아내는 결국은 텔레비전 쪽으로 고개를 돌렸다. 이제 그만 얘기해요. 드라마 좀 보게, 하며 아내는 텔레비전에 시선을 박고 말했다. K는 아내를 물끄러미 바라보다가 오징어 다리를 뜯어 입으로 가져갔다. 취기가 올랐다. 빈속이지만 저녁을 먹고 싶은 마음이 없었다.

"우리 인생에 가족이 전부가 아냐. 가족이 한 인간이 살아가는데 방해가 되면 안 돼."

K는 술을 입에 털어 넣고 혼자 말하듯 중얼거렸다. 순간 아내가 돌아보았다.

"가족이 방해된다고요? 당신 이제 미쳤어요? 이 세상에 가족 없이 어떻게 살아가요. 아프기라도 하면 누가 병원에 데려가요. 치료는 공짜로 해 준답니까?"

K는 대답 대신 술잔을 입으로 가져갔다. 그때 아내가 다시 말을 이었다.

"제가 우리 친정아버지 얘기했던가요? 결혼하기 전이니까 안 했을 수도 있겠네요. 우리 아버지가 왜 돌아가셨는지 아세요?"

"위암에 걸려 돌아가셨다지 않았어? 암은 돈으로도 안 되는 병이야."

K는 숙였던 고개를 들며 말했다.

"초기였으면 고쳤다고요. 근데 병원 갈 돈이 없어서 소화제만 사 먹다가 결국은 못 참아서 갔는데 이미 말기가 되었더라고요. 일찍 병원에 갔더라면 돌아가시지 않았어요."

아내는 잠시 말을 멈추었다가 다시 이었다.

"돈이 없으면 죽는 세상이에요. 믿을 사람 아무도 없어요. 가족뿐이에요. 돈이 있어야 되고 사회적 지위가 있어야 돼요. 그래야 아파도 죽지 않고 남한테 멸시 안 받고 살아요."

알겠어요? 하는 표정으로 아내는 K를 바라보았다.

"그건 맞는 말이야. 하지만 정도가 지나쳐. 적당히 돈 벌고 나머지 시간에 자기가 하고 싶은 거 하고. 애들도 특목고 나오고, 이 나라 최고 대학 갔으면 됐지, 유학은 무슨 유학이야."

"참 나. 저번에도 그러더니. 요즘에 국내 대학 누가 알아준다고요. 그리고 당신 예전에 노후 걱정하던데 애들 잘 키워놔야 우리 노후도 편할 거 아녜요?"

아내의 말에 K는 할 말을 잊었다. 어떻게 들으면 다 맞는 말인 거 같았다. 하지만 K는 아내의 말에 동의할 수 없었다. 그건 누군가의 희생이 있어야 했다. 가장의 희생. 죽자 살자 돈을 벌어와야 가능한 생활이었다. 가장의 삶은 없어야 아내의 말이 맞았다. 결국은 자신보고 희생하라는 말이었다. 애들 유학 갔다 올 때까지 죽은 듯 직장만 다니라는 말이었다. K는 고개를 흔들었다.

이놈의 세상.

K는 중얼거리자 아내가 뭐라 그랬어요? 하며 텔레비전에서 시선을 떼고 물었다.

"꼭 대기업에 취직해야 행복한 건 아냐. 자기의 삶을 살아야지 행복하지. 자아실현 말이야."

아내는 또다시 콧방귀를 뀌었다.

"자아실현요? 그게 밥 먹여줘요? 요즘은 국내 대학만 나오면 결국은 당신 같은 삶을 산다고요. 애들도 당신처럼 살게 하고 싶어요?"

아내의 말에 K는 아내 쪽으로 고개를 돌렸다.

"그러니까 하는 소리야. 제발 나처럼 살지 말라고."

K는 짜증스럽게 말했다.

"그러니까 유학을 가야한다잖아요. 당신처럼 안 살려면."

아내는 다시 텔레비전 쪽으로 눈길을 돌렸다. K는 아내를 바라보다 일어서서 주방으로 가는데 아내가 뒤따라왔다.

"이제 그만 마셔요. 술 취했어요."

아내는 K를 제지하고 상을 주방으로 가져갔다.

"어쨌든 직장을 그만 둘 거야. 그렇게 알아. 나도 할 만큼 했어."

K는 아내의 등에 대고 말하곤 화장실로 갔다. 아무래도 아내를 설득시킬 자신이 없었다. 말이 나온 김에 결론을 내 야하는데. 초조한 마음만 생겼다. 오줌을 누며 거울에 비친 자신의 모습을 바라보았다. 이제는 검은 머리카락보다 흰 머리카락이 더 많아 보였다. 이마도 많이 벗겨졌다. 여자가 떠올랐다. 지금쯤 뭘 하고 있을까. 작업실에서 그림 그리고 있을까. 그러면 전화를 하면 받을 텐데. K는 주머니에 든 스마트폰을 만지작거렸다. 한 번 여자 생각을 하니 보고 싶은 마음이 간절했다. K는 바지를 올린 후 스마트폰을 꺼냈다. 이름을 검색하여 여자 이름을 찾아 통화 버튼을 눌렀다. 스마트폰을 귀에 대고 한 손으로 얼굴을 쓸어내렸다. 이젠 완연히 중늙이 모습이었다. 전화는 받지 않았다. 무슨 일이 있는가. 와락 불안이 치밀었다. 전화를 안 받을 리가 없는데. 전화를 끊었다가 다시 걸어보았지만 고객이 통화를 할 수 없다는 안내만 나왔다. K는 내일 아침 일찍 시골로 내려가 봐야겠다는 생각을 하며 화장실을 나왔다. 텔레비전을 보고 있

던 아내가 K를 바라보았다.

"당신…… 정말 여자 생겼어요?"

아내는 의심스런 눈으로 물었다.

"생겼어."

K는 소파에 앉으며 말했다. 아내는 무릎걸음으로 K에게 다가왔다.

"당신 그래서 직장 사표 낸다고 했어요? 네?"

아내는 뭔가를 알아내려고 K의 표정을 살피며 말했다.

"그런 게 아냐."

"그럼 뭐예요. 사랑해요?"

"응."

K는 소파에 등을 깊숙이 묻고 말했다.

"저를 똑바로 보고 말해요."

아내의 음성이 올라갔다. K는 상체를 세웠다.

"얼마나 됐어요? 잤어요? 그 여자가 사표 내래요?"

아내는 숨을 색색거리며 말했다.

"아냐, 그런 게 아냐. 그냥 내가 하고 싶은 거 하며 살고 싶은 거, 그런 거야."

아내는 고개를 저었다.

"뭐 하는 사람이에요? 돈 잘 버는가 보죠? 직장까지 그만두려는 걸 보니."

K는 아내의 얼굴을 똑바로 쳐다보았다.

"같이 그림 그리는 사람이야. 사표는 그 사람과 상관없어."

"그림이요? 당신도 그림 그려요?"

아내의 말에 K는 어이없다는 표정으로 아내를 바라보았다.

"거 봐. 당신은 내게 관심이 전혀 없잖아. 돈 벌어오는 거 외에는. 3년이나 됐는데."

"3년이나 됐다고요?"

아내는 K가 여자를 사귄지 3년이 된 줄 알고 물었다.

"그림 그린지가 3년 됐다고."

K는 짜증스러운 말투로 말했다. 아내는 뭔가 곰곰이 생각하더니 다시 물었다.

"그 여자하고는 얼마나 됐어요?"

"몇 개월 안 됐어."

"헤어져요. 잤는지 안 잤는지 상관 안 할게요. 헤어져요."

아내는 K를 똑바로 보며 단호하게 말했다. K도 아내를 똑바로 보았다.

"헤어지고 안 헤어지고 없어. 그냥 함께 그림 그리는 사이야."

K의 말에 아내는 말도 안 된다는 투로 고개를 저었다.

"남녀 관계가 그냥인 게 어디 있어요. 그 여자 어디가 그렇게 좋아요?"

"통하는 사이야. 마음이 통해."

"마음이 통해요?"

아내는 마치 웃음을 억지로 참는다는 듯 말했다.

"그래. 마음이 통해. 회생(回生)한 여자야."

"회생한 여자요? 무슨 말인지 통 모르겠네. 하여튼 좋은 말로 할 때 깨끗이 정리해요."

아내의 말에 K는 다시 소파에 등을 기대었다. 목이 말랐다. 시원한 물이라도 한 잔 했으면 좋겠는데 꼼짝하기가 싫었다. 그때 주머니에서 스마트폰이 울렸다. K는 스마트폰을 꺼내 액정화면을 보았다. 여자였다. K는 스마트폰을 든 채

방으로 들어갔다.

"전화했어요?"

여자가 대뜸 물었다.

"예. 어디에요?"

"집이요. 무슨 일이에요?"

여자의 말에 K는 잠시 머뭇거렸다가 말을 꺼냈다.

"그림 그리시나 해서요."

"다 그리고 왔어요. 개구리 울음소리가 얼마나 좋든지."

여자의 음성은 마치 물방울이 튀는 것처럼 맑고 경쾌했다.

"좋지요. 근데,"

K가 말을 멈추자 여자가 말을 하라고 재촉했다. K는 머뭇거리다 입을 열었다.

"오늘…… 아내에게 말 했어요."

"뭘요?"

여자의 말에 K는 숨을 깊게 들이마셨다가 길게 내쉬었다.

"당신을 사랑한다고요."

"……."

여자는 말이 없고 길게 내쉬는 숨소리만 들렸다. K도 여자의 숨소리를 들으며 가만히 있었다. 왠지 K는 자신이 외롭다는 생각이 들었다.

"듣고 있어요?"

K가 말했다.

"예."

여자는 짧게 말했다. K가 다시 숨을 깊게 들이마셨다가 길게 내쉬었다. 여자도 길게 숨을 내쉬었다.

"내일 아침에 갈게요."

여자는 한참동안 말이 없다가 예, 했다. 잘 자요. K는 인사를 했다.

"예."

여자가 나지막이 말했다. K는 전화를 끊었다. 갑자기 쓸쓸한 기분이 들었다. 침대에 앉았다. 여자와 뭘 어쩌자고 하는 건 아닌데 자꾸만 여자에게 다가가고 있는 느낌이었다. 아내 말대로 여자 때문에 사표 내려는 걸까. K는 고개를 저었다. 아니다. 이젠 지쳤다. K는 중얼거렸다. 그때 밖에서 남자의 목소리가 들렸다.

"뭐라고요?"

목소리가 올라갔다. 큰아들의 목소리였다. K는 밖으로 나왔다. 작은아들까지 이미 집으로 와 있었다. 큰아들과 함께 들어온 모양이었다.

"아빠, 그게 무슨 소리에요?"

큰아들은 K에게 따지듯 물었다. 몸에서 술 냄새가 났다. 친구들이라도 만난 모양이었다. K는 큰아들을 바라보다 아내 쪽으로 눈길을 돌렸다. 인사도 하지 않고 말하는 녀석이 마음에 안 들었다.

"다 얘기했어요. 이젠 전 몰라요."

아내는 소파에 털썩 앉았다.

"한 잔 할래?"

K가 큰아들과 작은아들을 번갈아 보며 말했다. 에이씨. 작은아들은 인상을 찌푸리며 방으로 들어갔다.

"먼저 말씀해 보세요. 왜 사표 내려고 하시는지요."

큰아들은 여전히 위압적으로 말했다.

"그래. 안 그래도 얘기하려고 했다. 우선 술이나 한 잔 하자."

K는 아내를 돌아보았다. 아내는 머뭇거리다 일어서서 주방으로 갔다. K는 바닥에 앉았다. 목이 바싹 말랐다. 큰아들은 소파에 앉았다. 아내가 상에 맥주랑 복숭아를 가지고 왔다. K는 병뚜껑 따서 컵에 따라 단숨에 다 들이켰다. 정신이 좀 돌아오는 것 같았다. 다시 빈 잔에 맥주를 따랐다. 큰아들이 소파에서 내려와 상 앞에 앉았다.

"인수야."

K는 작은아들을 불렀다. 작은아들은 대답은 않고 굳은 얼굴로 밖으로 나왔다. K는 작은아들의 잔에도 술을 따랐다.

"당신도 한 잔 하지 그래."

술은 무슨. 아내는 중얼거리며 복숭아를 깎아 쟁반에 놓았다. K는 잔을 들어 쭉 들이켰다. 작은아들도 잔을 들어 단숨에 마셨다. 큰아들은 고개를 숙인 채 뭔가 생각하는 듯했다.

"그래. 얘기하마."

K는 자세를 바로 잡으며 말했다. 큰아들이 고개를 들었다.

"아빠가 사표 내려고 한다. 이젠 지쳤고, 또한 더 늙기 전에 하고 싶은 거 하며 살고 싶어서 그렇다."

K는 말을 하고 나서 큰아들과 작은아들을 돌아보았다. 이번엔 작은아들이 고개를 숙이고 있었고 큰아들은 K를 똑바로 보고 있었다.

"그래서요?"

큰아들은 빨리 말해보라는 듯 재촉했다.

"네 엄마와도 이혼할 계획이다."

작은아들이 고개를 들었다. 아내가 칼질을 멈추고 큰아들을 보았다.

"이 집하고 일산에 있는 땅은 네 엄마한테 다 줄 거다."

"그 봐라. 갑자기 네 아빠가 왜 그러는지 이해가 안 간 다."

아내가 말했다. K는 큰아들을 돌아보았다.

"그럼 우리 유학은 어떻게 하고요."

작은아들이 인상을 쓰며 큰아들과 아내를 번갈아 보았다.

"그건 맘대로 해라. 내가 너희들에게 줄 수 있는 건 그것 밖에 없다. 그 돈으로 알아서 해. 다만 네 엄마 생각도 해라. 네 엄마 노후를 말이다."

K의 말에 여전히 고개를 숙이고 뭔가 생각을 하는 듯하던 큰아들이 고개를 들었다.

"여자 때문이에요?"

"그게 무슨 말버릇이냐."

큰아들의 말에 K는 음성을 높였다.

"죄송해요. 근데 꼭 그렇게 하셔야겠어요?"

큰아들은 K를 똑바로 보았다. K도 마주 보았다. 아이들이 이렇게 낯설게 느껴지다니. 그동안 애지중지 키운 애들이 맞나 싶었다.

"그래. 나도 생각 많이 했다."

"뭘 하실 건데요?"

"그림 그릴 거다."

"그림이요?"

K의 말에 큰아들은 고개를 끄덕거렸다. 그림 그린다는 얘기는 아내에게 들은 듯 했다.

"그럼 그렇게 하세요. 직장도 맘대로 하시고, 이혼은 어머니와 상의하세요."

큰아들은 아무 표정도 없이 말했다.

"애야, 그게 무슨 소리냐. 지금 네 아빠가 제 정신으로 말하는 것 같으냐."

아내가 칼과 복숭아를 놓으며 말했다.

"어쩔 수 없잖아요. 그게 불합리하더라도 아빠가 그걸 원하시면 그렇게 하셔야지요."

"고맙구나."

K는 숨을 크게 내쉬었다. 작은아들은 벌떡 일어서더니 제 방으로 들어가 소리 나게 문을 닫았다.

"하여튼 전 안 돼요. 절대 이혼 못 해요."

아내는 고개를 저으며 말했다. K는 술잔을 들려다 그만두었다.

"너는 이 애비가 이기주의라고 생각하냐?"

K는 큰아들을 돌아보며 물었다.

"아뇨. 그럴 수 있다고 봐요. 다만 하필이면 우리한테 제일 중요한 시기에 그런 결정을 내리시니."

큰아들은 여전히 표정이 없었다. 어릴 때부터 녀석은 그랬다. 도대체 좋고 나쁘고의 감정을 겉으로 잘 드러내지 않았다. 뭐든 시키면 묵묵히 하던 애였다.

"너희들에게도 중요한 시기지만 나에게도 중요한 시기다. 너희들과 네 엄마가 미국으로 가면 언제 정리할 시간이 있겠니. 그래서 서둘러 얘기하는 거야."

"예. 알겠어요. 전 이만 들어갈게요."

큰아들은 일어나 방으로 들어갔다. 아내는 큰아들의 뒷모습을 바라보기만 했다.

"미안해요."

K는 아내를 돌아보며 말했다.

"이런 법이 어디 있어요. 애들 유학은 제대로 되겠어요?

그리고 애들 결혼할 때 애비 없는 자식으로 만들고 싶어요?"

"그건 중요한 게 아니야."

K는 여전히 아내를 보며 말했다.

"하여튼 전 죽어도 이혼 못 해요. 그리고 직장도 안 돼요. 계속 다니셔요."

아내는 상을 들고 주방으로 갔다. K는 등을 소파에 기댔다. 무기력한 몸이 아래로 축 늘어졌다. 마치 전혀 낯선 곳에 와 있다는 느낌이 들었다.

*

밤새 잠을 하나도 못 자서 그런지 눈알이 안으로 쏙 들어가는 느낌이었다. 룸미러로 얼굴을 보니 푸석푸석했다. 아침에 거실로 나오니 애들은 벌써 학원에 갔거나 볼 일 보러 가고 없었다. 아내가 밥을 차려주었지만 모래알을 씹는 것처럼 입안이 메말랐다. 몇 술 뜨지 않고 숟가락을 놓았다. 아내는 그런 K를 보고도 아무 말도 하지 않았다. 씻고 나서 집을 나설 때까지 아내는 방 안에 있었다. 간다고 말해도 문을 열지 않았다. 미안한 마음이 들었지만 이제는 어쩔 수 없는 일이라고 생각했다. 나중에 시간 되면 자신의 짐을 부쳐달라고 문 밖에서 말했지만 여전히 아내는 말이 없었다. 양복이랑 속옷은 이미 원룸에 있기에 짐은 별로 없었다.

K는 스마트폰에 연결된 이어폰을 귀에 꽂고 최근 통화 목록을 검색했다. 여자의 이름이 맨 위 떴다. K는 통화 버튼을 눌렀다. 신호음이 들렸다. K는 운적석의 창문을 활짝 열었다. 벌써 초가을이라고 야단법석을 떨지만 낮에는 무더웠다.

그렇다고 에어컨을 틀 만큼 덥지는 않았다. 일요일 오전이라 그런지 고속도로는 한산했다. 다시 한 번 시계를 보았다. 10시 23분을 가리켰다. 신호가 계속 가는데도 여자는 전화를 받지 않았다. 끊었다가 다시 걸 생각으로 종료 버튼을 누르려는데 여보세요, 하는 여자의 목소리가 들렸다.

"저요. 바쁘신가 봐요."

K의 말에 여자는 잠시 시간을 두었다가 예, 했다. 작은 목소리였다.

"저 지금 내려가는 중인데 점심 같이 할 수 있을까 해서요."

K의 말에 여자는 또다시 작은 목소리로 예, 했다. 남편과 같이 있다는 생각이 들었다. K는 듣기만 들어요, 하고는 1시간 30분 뒤에 문경새재 주차장으로 나오라고 말했다. 여자는 잠시 머뭇거리는 듯 하더니 또다시 작은 목소리로 예, 했다. K는 통화종료 버튼을 눌렀다. 여자 집에서 문경새재까지는 1시간도 안 걸릴 터였다. K는 콧노래가 나왔다. 차를 타고 고속도로로 진입할 때만 해도 몸이 아프고 무겁더니 이제는 한결 몸이 가뿐했다. 라디오를 켰다. 조용필의 '창밖의 여자'란 노래가 흘러나오고 있었다. 누가 사랑을 아름답다 했는가. 누가 사랑을 아름답다 했는가. 조용필 특유의 고음이 가슴에 와 닿았다.

문경새재 주차장에 도착해서 차를 주차시켜놓고 가게에 들어가 커피를 사 마시고 있는데 여자의 흰색 승용차가 들어오는 게 보였다. K는 한 손에 커피를 들고 여자가 주차하는 곳으로 갔다. 여자는 주차를 하다 K가 두드리는 창문 쪽으로 고개를 돌리곤 활짝 웃었다. 하얀색 바탕에 보라색 꽃무늬가 있는 원피스를 입고 있었다. 화사한 느낌을 주는 옷이었다. K는 문을 열고 조수석에 올라타자 여자가 상체를 K 쪽으로 돌렸다. K는 두 팔로 여자를 꼭 안았다. 여자도 K의 등에 댄 손에 힘을 주었다.

"보고 싶었어요."

K의 말에 여자는 얼굴을 돌렸다.

"저도요."

K는 여자의 말이 끝나자마자 여자의 입술에 자신의 입술을 가져갔다. 여자의 입에서 달콤한 맛이 났다. 혀가 혀를 쓰다듬었다. 정신이 몽롱해지는 느낌이었다.

"점심 먹으러 갑시다."

K는 여자의 얼굴을 두 손으로 감싸고 말했다. 여자는 또다시 K를 바라보며 활짝 웃었다.

차에서 내려 식당이 줄지어 선 곳을 지나는데 '토끼 전문집'이라는 나무로 세워진 간판이 보였다. 글자 밑에는 화살표가 그려져 있었다.

"토끼 요리하나봐요."

여자가 말했고 K는 한 번 가 볼까요, 했다. 식당은 번잡한 곳을 지나 산 쪽으로 나 있었다. 초가가 보이고 원두막도 몇 채 보였다. 장승도 여럿 서 있었다. 식당 안으로 들어서니 오른쪽으로 철망이 된 토끼집이 보였다.

"저기 봐요."

K가 여자를 이끌고 토끼집으로 갔다. 회색 토끼와 흰색 토끼 여러 마리가 있었다. 앞다리를 쭉 뻗어 누워 있거나 앞발에 침을 묻혀 세수를 하는 녀석도 있었다.

"바닥 봐요. 시멘트지요? 토끼는 일 미터 이상 땅을 파고 도망친대요."

K의 말에 뒤에서 굵은 남자 목소리가 들렸다.

"토끼를 키워보셨군요."

수염이 텁수룩한 50대의 사내가 뒷짐을 지고 바라보고 있었다.

"예, 어릴 때 많이 키워봤어요. 도망쳐서 잡아넣은 기억도 많구요."

K의 말에 주인인 듯한 사내가 말했다.

"예전에야 토끼를 한두 번 안 잃어버린 사람이 있을까요. 밤에 서리를 하기도 했지요."

"근데 토끼는 가두고 키워도 야생성이 잘 사라지지 않는 가요?"

K는 한 번 도망친 놈은 계속 도망친 경험을 말했다. 주인 은 고개를 끄덕였다.

"잡은 곳에 혹시 간이 있는가 안 봤나요?"

주인의 말에 K와 여자는 예? 하고 반문했다.

"아마도 밖에 간을 놔두고 잡힌 모양이 아닌가, 해서요."

그제야 농을 알아차린 K와 여자는 깔깔거리며 웃었다.

"동물들 중에서 토끼가 유난히 그래요. 다른 동물들은 도 망쳤다가 잡히면 그냥 사는데 토끼는 기어코 도망치려고 그 러지요."

주인의 말에 K는 여자를 보며 거 보라는 듯 눈짓을 보냈 다. 여자가 깔깔 웃었다.

"저기 원두막으로 올라가시지요."

주인의 말에 K는 메뉴를 물었다. 백숙부터 전골, 양념구 이까지 다 된다고 했다. K는 백숙을 먹고 싶었다. 어릴 때 먹은 게 전부 백숙이었다. 여자도 좋다고 하여 백숙을 시켰 다.

"얼마나 걸려요?"

여자가 물었다.

"한 삼사십 분 걸립니다. 주위에 산책을 하시다 오시든지요."

주인의 말에 K가 저 산 쪽에 뭐가 있느냐고 물었다. 산책길이 있다고 했다. 그 쪽으로 가면 뒤에 있는 높은 산으로 간다고 했다. 또한 주위에 장승도 서 있으니 한 번 둘러보고 오라고 했다. 여자가 K에게 가보자고 했다.

"그럼 사십 분 뒤에 오겠습니다."

K는 말을 하고는 여자의 손을 잡고 식당 뒤의 산으로 걸어갔다. 산 밑에는 조그만 도랑이 있어 물이 흘러내렸는데 비가 안 와서 그런지 물이 많지 않았다. 좀 더 산 속으로 들어가니 밖에서 보는 것보다 큰 나무들이 빽빽이 서 있었다. 군데군데 3미터 가량 되는 장승들도 여럿 서 있었다. 개중에는 남자의 성기를 본 뜬 성기 장승도 여럿 있었다. 여자가 그걸 보고는 깔깔 웃었다.

장승을 보며 숲 속으로 들어가다 K는 여자를 와락 안았다. 기습을 당한 여자는 벗어나려고 발버둥쳤다. 그럴수록 K는 일부러 더 세게 여자를 안았다. 여자는 체념한 듯 두 팔로 K의 허리를 안았다. K는 여자의 입에 입을 맞추었다. 여자도 적극적으로 응했다. 한동안 키스를 하던 K가 여자의 등 뒤에 있는 후크를 내렸다. 여자도 K의 남방 단추를 풀었다. 금방 여자의 상체가 드러났다. K의 상체도 드러났다. K는 원피스를 아래로 내렸다. 여자는 한 쪽 다리를 들어 발을 빼냈다. 또 다른 발도 빼내자 흰색 팬티가 드러났다. K는 여자의 유두를 이로 깨물자 아, 하며 여자는 신음소리를 냈다. 입을 밑으로 내려 배꼽을 빨자 여자는 몸을 비틀었다. 두 손으로 팬티를 잡고 밑으로 내렸다. 여자의 몸에서 향긋한 냄새가 났다. 여자가 K의 바지 벨트를 풀고 바지를 벗겼다. 팬티까지 내리자 K는 여자를 꼭 안았다.

"잠시만요. 사진 좀 찍고요."

여자는 K의 품에서 빠져나오려 했다. K는 한 번 더 꼭 안았다가 여자를 놓아주었다.

"저기 나무에 기대어 서 보세요."

여자가 큰 나무를 가리켰다. 한 아름이 넘을 것 같은 참나무였다. K가 나무로 다가가 등을 기대고 섰다. 여자가 사진을 찍었다. 바닥에 눕고, 혹은 바위에 앉아서 여럿 포즈를 취했다. 여자도 비슷한 포즈를 취했고 K가 사진을 찍었다.

"우리 같이 찍어요."

숲을 배경으로 K를 세우곤 바위 위에 카메라를 올려놓았다. 그리고 초점을 맞추곤 자동으로 찍히게 해 놓고 재빨리 K의 옆에 와서 섰다. K는 여자의 어깨에 팔을 둘렀다. 여자는 자연스럽게 팔을 떨어뜨리고 서 있었다. 찰칵. 사진이 찍혔다. K는 여자를 와락 안았다.

"잠깐만요."

여자는 K의 가슴을 밀쳐냈다. 저기요, 하면서 성기장승 쪽으로 걸어갔다. K는 카메라를 들고 따라갔다.

"찍어주세요."

여자는 성기장승을 왼 팔로 두르고 깔깔깔 웃었다. K도 따라 웃었다. 나중에 그림을 그려도 좋을 포즈였다. 여자는 다시 성기장승 앞 풀 위에 옆으로 누웠다. 팔로 머리를 받치고 다리를 약간 오므린 자세였다. K는 앞과 옆에서 사진을 찍었다. 장승과 전라의 여인의 모습이 뭔가 제의와 관련된 것 같은 느낌을 받았다. 사진을 다 찍었는데도 여자는 가만히 누워 있었다. 여전히 눈을 감은 채였다. K는 머뭇거리다 카메라를 옷이 있는 곳에 두고 왔다. 여전히 여자는 자세를 바꾸지 않은 채 그대로 있었다. K는 여자에게 다가가 옆에 누웠다. 여자는 가만히 K를 올려다보았다. K는 두 팔로 여자를 안았다. 여자는 꼼짝도 하지 않았지만 미세한 떨림이 전해왔다. K도 한동안 여자를 안은 채 가만히 있었다. 이대로 영원히 있어도 좋을 듯싶었다.

얼마가 지났을까 여자가 K를 향해 돌아누웠다. K는 여자의 입에 입을 맞추었다. 달콤한 맛이 혀를 휘감았다. 입을 떼어 목으로 내려와 가슴에 머물렀다. 아, 여자가 짧은 신음소리를 냈다. 다음엔 배꼽에 입을 맞추자 여자는 몸을 비틀며 팔로 K의 목덜미를 잡았다. K는 여자의 다리를 들고 여자의 몸속으로 들어갔다. 아, 여자는 K의 목덜미를 잡은 두 팔에 힘을 주며 신음소리를 냈다. K는 더 깊이 여자의 몸속으로 들어갔다. 여자의 신음소리가 메아리 되어 울렸다.

"좀 늦었네요."

K와 여자가 식당으로 가자 주인 사내가 상을 들고 원두막으로 왔다. 산책길이 좋다고 말하며 K와 여자는 원두막으로 올라갔다. 2미터 가까이 높게 지어지고 지붕은 원목 나무와 짚으로 엮어져 운치가 있었다. 자리에 앉으니 시원한 바람이 불어왔다. 옆을 보니 원두막이 6개가 있는데 사람들이 다 차 있었다. 사람들은 고기와 술을 열심히 먹고 있었다. K는 시장기를 느꼈다.

"먼저 고기부터 드시고 죽은 나중에 드셔요."

주인의 말에 여자가 죽도 지금 달라고 했다. 고기를 별로 안 좋아해요. 여자는 미안하다는 투로 말했다. 아닙니다. 주인은 웃으며 말하곤 식당 안으로 들어갔다. K는 큰 접시에 있는 토끼의 뒷다리를 뜯어 여자에게 내밀었다. 여자가 고개를 저었다.

"많이 드세요. 전 죽 먹을게요."

여자의 말에 K는 몇 번 더 권했지만 여자는 원래 고기는 안 좋아한다고 했다. 그러면서 사실 이곳에 온 것은 번잡한 식당가보다 산 밑에 있고 한적해서 이리로 오자고 했다고 웃으며 말했다. K는 함께 웃어 주곤 여자에게 내밀었던 뒷다리를 뜯었다. 고기가 쫄깃쫄깃하고 약간 쓴 맛이 돌았다. 국물도 약간 검은 빛을 띠고 있었다. 국물 역시 쓴 맛이 돌았다.

"약초를 많이 넣었나 봐요."

여자가 국물에 소금을 넣고 간을 보며 말했다.

"그러게요. 맛있네요."

K는 금방 뒷다리를 다 뜯고 나서 말했다.

주인이 죽을 가져올 동안 여자는 먼 산만 바라보았다. 얼굴이 편안해 보였다. K는 여자에게 개의치 않고 열심히 고기를 먹었다.

"아침을 안 먹어서요."

K는 혼자 먹는 게 미안하다는 투로 말했다. 여자가 웃었다.

"아니에요. 많이 드세요."

여자가 말을 하는데 죽이 나왔고 그제야 여자는 숟가락을 들고 먹기 시작했다.

"예전에요."

K가 고기를 뜯으며 말했다.

"식구는 많고 토끼는 한 마리밖에 없으니 죽을 많이 끓여요. 그러니까 고기를 푹 고아서 건져내고 그 물에 죽을 끓이고 죽에 고기 살을 발라 다시 죽과 섞지요. 그래야 온 식구들이 골고루 먹게 되고요."

K의 말에 여자는 고개를 끄덕였다.

"근데 그거 알아요. 제가 아무도 몰래 다리 하나 먹었다는 거요."

K의 웃음 띤 얼굴에 여자도 따라 웃으며 어서 말해보라는 듯 바라보았다.

"고기를 잡고 한창 놀다 보면 어머니가 살짝 불러요. 아무도 모르게요. 그래서 부엌으로 가면 어머니가 건져 놓은 토끼고기에서 다리를 하나 떼서 주지요. 어서 먹으라고. 아무한테도 말하지 말라고 말씀하시면서. 저 또한 맛있게 먹고 난 뒤엔 안 먹은 것처럼 시치미를 뚝 떼지요."

K는 말하고 나서 하하하, 웃었다. 여자도 덩달아 소리 내어 웃었다.

"장남인가요?"

여자가 물었다. K가 예, 하자 여자는 그럴 줄 알았다는 듯 고개를 끄덕였다.

"우리 친정 큰오빠도 장남이어서 집에서 특별대우 받았어요. 어릴 때부터 청소는 아예 제외됐고 맛있는 건 먼저 주고. 나중엔 학원도 좋은 데는 큰오빠만 다니고. 근데 나이가 드니까 큰오빠가 완전히 아버지가 되어가는 거 있죠. 명절이나 어떨 때 만나면 용모뿐만 아니라 말투까지도 뚝 같아요. 내 참."

"그러게요. 저도 자꾸 아버지 닮아가는 거 같아요."

K는 벗겨진 이마를 쓸며 말했다. 고기는 보기보다 양이 많았다. K는 어릴 때의 추억도 있어 많이 먹는다고 먹었지만 반 조금 더 먹었을 뿐이었다. 간과 콩팥은 그대로 두었

다.

"예전에는 토끼를 잡으면 아버지가 간하고 콩팥을 생것으로 먹었는데."

K가 뒤로 물러앉으며 말하자 여자가 눈을 동그랗게 떴다.

"어떻게 간과 콩팥을 생것으로 먹어요?"

여자의 말에 K는 소리 내어 웃었다.

"그게요. 토끼를 잡으면 아버지께서는 제사 때 쓰다 남은 정종을 한 잔 드시고 간을 작게 썰어 소금을 찍어 드셨어요. 우리한테도 주셨는데 그땐 먹을 게 없으니까 받아먹긴 먹었는데. 피가 뚝뚝 떨어지는 것을요. 하하하."

놀라는 여자의 표정을 보며 K는 또다시 웃음을 터뜨렸다.

"그러니까 토끼는 집에 간을 두고 다니나봐요."

K의 말에 그제야 여자도 웃음을 터뜨렸다. 웃고 나자 K는 정색을 했다.

"저 근데, 우리 2인전 열까요?"

K가 여자를 보며 말했다.

"2인전이요?"

여자가 되물었다. 무슨 말이냐는 뜻이었다.

"그러니까 그냥 그림 그리는 것보다 목표를 정해두고 그리면 더 낫잖아요."

K는 오랫동안 생각해 왔다고 말했다. 그냥 이렇게 재미로 그리는 것보다는 내년 봄에 전시회를 목표로 주제를 정해 그리면 더 낫지 않겠냐고 여자에게 말했다. 여자는 고개를 숙인 채 곰곰이 생각하는 듯했다.

"좋은 생각이긴 한데."

여자는 그것도 괜찮겠다고 말하면서도 주저했다.

"제목은 중년의 몸, 뭐 이런 거요."

K는 자신이 생각해도 너무 앞서간다고 생각하는데 말이 술술 나왔다. 여자는 여전히 고개를 숙이고 있었다. K는 여자를 보며 빙긋이 웃었다.

"왜요? 부끄러워요?"

K의 말에 여자는 가만히 있었다. 그럴 것이었다. 자신의 알몸을 직접 보여주지는 않지만 그림이라도 알몸을 남에게 보여준다는 것은 전문 모델이 아닌 이상 굉장한 용기가 필요할 것이었다.

"그림에 완성도도 문제고 아직……."

여자는 말을 끊었다가 남 앞에 나선다는 게, 작은 소리로 말했다.

"그건 그렇지만. 어쨌든 목표로 한 번 잡아 봅시다."

K의 거듭된 말에 여자는 고개만 끄덕였다.

"더 열심히 그려봅시다. 누구 눈치보지 말고요."

"예."

작은 목소리로 여자가 말했다. K는 고개를 들어 먼 산을 바라보다 방금 생각났다는 듯이 말했다.

"참 그리고, 오늘 우리 둘이 함께 찍은 거요."

K가 여자 앞에 있는 카메라를 당겨 숲에서 여자와 함께 찍은 사진을 보여 주었다.

"그거 제가 그려도 될까요. 사진이 참 마음에 들어요. 중년의 몸이 자연과 잘 어울리는 거 같아요."

그제야 여자가 고개를 들고 K를 쳐다보았다.

"저도 좋았는데. 그러시면 선생님이 그리세요."

여자가 웃음 띤 얼굴로 말했다.

"아뇨. 마음에 들면 그리세요. 전 다른 거 그리죠, 뭐."

K의 말에 여자가 고개를 저었다.

"아뇨. 그리세요. 제가 메일로 보내드릴게요."

여자의 말에 K는 하하하 소리 내어 웃었다.

"내려가서 좀 걸을까요."

여자가 말을 하자 K가 일어섰다. 원두막을 내려와 K가 계산을 하고 다시 산으로 가는 산책길로 접어들었다. 등산복에 배낭을 멘 무리들이 스틱을 짚고 산에서 내려왔다. 아침 일찍 산에 올랐다가 점심시간에 맞춰 내려오는 것 같았다.

"여기 좀 앉을까요?"

K는 장승 옆에 있는 큰 바위를 가리켰다. 여자가 앞서가다 되돌아와 바위에 앉았다. K는 망설이다 말을 꺼냈다.

"어젯밤에도 전화로 말씀드렸지만."

K는 앞을 보며 말했다. 여자도 앞만 바라보았다. 산 쪽에서 시원한 바람이 불어왔다. 여자가 앞으로 흘러내린 머리카락을 귀 뒤로 넘겼다.

"아내에게 모두 말했습니다. 사랑하는 사람이 생겼다고요. 그리고 직장도 곧 사표 낸다고요."

"……."

여자는 묵묵히 있었다.

"재산은 모두 아내에게 주고 몸만 나오기로 했습니다. 물론 아내는 안 된다고 했지만요. 하지만 제가 지금 이 나이에서 선택할 수 있는 가장 현명한 판단 같습니다."

여자는 말없이 고개만 끄덕였다.

"생활이야 어떻게 안 되겠습니까. 퇴직금으로 땅을 조금 사서 과수원을 할까 싶고요. 어쨌든 본격적으로 그림을 그릴 생각입니다. 이제는 돈 버는 기계에서 벗어나서 말이지요."

여전히 여자는 고개만 끄덕였다. K는 여자에게로 고개를 돌렸다. 한동안 여자를 바라보더니 말을 이었다.

"함께 하고 싶습니다. 같이 길을 가고 싶어요."

K는 여자의 얼굴에 미세하게 나타나는 표정이라도 잡을 듯 여자를 뚫어지게 바라보았다.

"전…… 아직, 잘 모르겠어요."

여자는 고개를 들어 숲을 바라보며 말했다.

"마음이 통하는 사람끼리 함께 가는 길은 아름답지 않을까요?"

K의 말에 여자는 하지만, 하고 나지막이 말했다. K는 심호흡을 하며 여자의 다음 말을 기다렸다. 여자는 한동안 가만히 있더니 말을 꺼냈다.

"전, 뭐가 뭔지 잘 모르겠어요. 솔직히 지금 하고 있는 것도 옳은 일인가 싶고요."

"절 믿지 않으세요?"

K는 여자의 말을 낚아챘다.

"그런 게 아니라……."

K는 여자를 애타는 표정으로 바라보았다.

"남편 때문에요?"

여자는 가만히 있었다.

"아들 때문에요?"

여전히 여자는 아무 말도 하지 않았다.

K는 입을 다물었다. 더 묻는 건 여자에게 고문일 수도 있다는 생각이 들었다. 저만 따라 오세요, 저만. K는 여자에게 몸을 돌려 꼭 안았다. 여자는 순순히 K의 품속으로 들어왔다.

*

K는 일주일 뒤 원룸에서 시골집으로 이사를 했다. 적은 시간이나마 평일에도 그림을 그리고 싶었을 뿐만 아니라 경제적인 문제도 고려했다. 이제는 돈을 아껴야 했다. 이제 곧 직장까지 사표내면 궁핍한 생활을 하지 않을 수 없었다. 집은 수리하지 않고 지내기로 했다. 부모님이 생활하던 안방은 생각보다 훨씬 작았다. 이렇게 작은 방이었나 싶을 정도였다. 3평정도 될까 싶었다. 이런 방에서 농도 있었고 부모님과 동생들과 함께 생활한 적도 있었다니. 작은 방은 그보다 더 적었다. 고등학교 때까지 자신이 쓰던 방이었다. 안방 쪽으로 시렁이 있고 그 곳에 이불이랑 잡다한 것을 올려놓았다. 그 밑에 앉은뱅이책상을 두었다. 두 사람이 자면 알맞은 공간이었다. 안방은 자신이 생활하고 작은 방에 옷장을 비롯해 잡다한 것을 넣어두기로 했다. 주방에 있는 냉장고와 세탁기는 쓸 만 했다. 식기 도구도 아버지가 요양원으로 가기 전에 사용하던 것이 있어 그대로 사용하기로 했다.

K는 이제 평생 여기서 살지도 모른다고 생각하니 감회가 새로웠다. 자신이 태어나서 자란 집이었다. 이제 나이 50세가 넘어서 살려고 들어오다니. 어쨌든 어릴 때의 자취가 남아 있는 곳이라 마음은 편했다.

시골집으로 이사했다고는 했지만 그림 그릴 시간은 많지 않았다. 평일에는 여전히 늦게 퇴근했고 토요일과 일요일만 시간이 났다. 여자는 열심히 그림을 그렸다. 그 전보다 더 열정적으로 그림을 그리는 것 같았다. 퇴근해서 보면 그림이 많이 그려져 있었다. 또한 경향도 반추상이었다. 인물의 굵은 선과 원색으로 사람의 불안한 심리를 잘 표현하는 것 같았다. 하지만 매 번 그런 것만 그리는 것이 아니었다. 극히 사실적인 그림을 그리기도 해 그때그때 기분에 따라 그림을 그리는 것 같았다. 또한 자신에게 맞는 경향을 실험하는 것도 같았다.

K는 밤에 여자를 만나지 못 해 아쉬운 마음이 들었다. 퇴근해서 골목을 들어서면 작업실의 창문에 불이 켜져 있기를 간절히 바랐지만 그런 일은 좀처럼 없었다. 다만 곧장 작업실로 들어가 그 날 여자가 그린 그림을 보는 것만으로도 K는 기분이 좋았다. 항상 여자와 함께 있다는 생각이 들었다.

토요일 밤이나 일요일에 함께 그리는 일은 여전히 계속되었다. 함께 그릴 때는 교대로 모델을 서 직접 사람을 보며 누드화를 그렸다. 사진을 보며 그리는 것과 직접 사람을 보며 그리는 것과는 차이가 컸다. 직접 사람을 보며 그림을 그리는 것은 시간이 많지 않아 빨리 그려야 한다는 단점이 있지만 사진과 달리 사람의 작은 주름이나 상처 혹은 근육의 미세한 떨림뿐만 아니라 그 이면까지 느낄 수 있었다. 같은 사람이 같은 포즈를 취해도 어제 다르고 오늘 달랐다. 기울어진 어깨며 굽은 등뿐만 아니라 하물며 샴푸나 비누 냄새까지도 그림에 영향을 미쳤다. 또한 빛이 크게 영향을 주었다. 창문을 열어 놓고 자연광으로 그림을 그리면 빛이 비치는 각도와 양에 따라 느낌이 확연히 달랐다. 그래서 같은 장소에서 그림을 그려도 아침에 그렸느냐 저녁에 그렸느냐에 따라 색이 많이 달랐고 따라서 느끼는 감정이 많이 달랐다. 그래서 혼자 그림을 그릴 때는 사진을 보고 그리지만 함께 그릴 때는 한 사람이 꼭 모델을 섰다.

그러던 어느 날이었다. 여자가 모델을 서고 K가 그림을 그리고 있을 때였다. 벌써 가을이 깊어가는 계절이라 작은 전기난로를 여자 옆에 켜놓고 그림을 그릴 때였다. 옆집의 발바리가 맹렬히 짖었다. 그런 일은 자주 일어나는 일은 아니지만 여전히 옆집에 누가 찾아오는구나 싶었다. 그런 일은 몇 번 있었기에 아무 생각도 없이 그림에 열중했다. 여자 또한 소파에 비스듬히 누워 천장을 바라보는 포즈를 취하고 있었다. 저번 주부터 그랬기에 조금만 더 그리면 다 완성될 터였다. 보통 한 번 포즈를 취하면 한 사람이 3-4시간은 섰다. 그리곤 역할을 바꿔 그림을 그리던 사람이 포즈를 취했다. 중간에 휴식 시간을 빼면 일요일을 거의 통째로 집어 먹었다.

발바리는 계속 짖었다. 보통 옆집으로 사람이 들어가면 주인이 나오기 때문에 발바리는 짖기를 멈추는데 이상하게 계속해서 짖었다. 우리 집에 누가 오는가. K는 그런 생각을 무심하게 하며 그림을 그렸다. 발바리가 짖기를 멈추었는가 싶었는데 밖에서 발소리가 나는 것 같았다. K는 못 느꼈는데 여자가 고개를 돌려 K를 바라보았다. 그러나 귀를 기울어보아도 아무 소리가 나지 않았다. 여자는 다시 고개를 돌려 천장을 바라보았고 K는 붓질을 계속 했다. 그때였다. 문이 덜컥, 열렸다. K는 깜짝 놀라 붓질을 멈추고 문 쪽으로 고개를 돌렸다. 처음 보는 남자가 작업실 안을 두리번거렸다. 50대의 중후한 남자였다. K가 일어서는데 음. 하며 남자에게서 한탄하는 소리가 들렸다. 여자는 고개를 돌려 남자를 보고는 놀라 상체를 일으켰다가 곧장 계속 취하던 포즈로 돌아갔다. K는 어리둥절해서 여자를 바라보았다. 평상시 같으면 급하게 옷으로 몸을 가리거나 할 터였다. 남편이구나. K는 그런 생각이 뇌리를 스쳤다. 남자는 작업실로 들어올 생각은 않고 여자와 K와 주위를 두리번거렸다. 일그러진 표정을 굳이 숨기지 않았다. 참담한 표정으로 주위를 둘러보던 남자는 여자에게로 시선을 돌렸다.

이럴 수가.

남자는 혼잣말로 중얼거렸다. K는 어쩌지 못 하고 두 사람을 번갈아 보았다. 어느 정도는 예감하고 있었던 참이었다. 언젠가는 부딪쳐야할 사람이었다. 그러나 막상 부딪치고 보니 정신이 멍했다. 말도 나오지 않았다. 그때였다.

"뭐 하세요. 빨리 그리세요."

여자는 재촉했다. 마치 아무 일도 일어나지 않은 것처럼 태연한 목소리였다. K는 어쩌지 못 하고 남자를 보았다. 남자는 반백의 곱게 빗은 머리카락을 오른손가락으로 빗었다. 자신도 뭘 어떡해야 할지 모르겠다는 표정이었다. 이윽고 남자는 눈길을 여자에게로 돌렸다.

"여보."

남자는 애타게 불렀다. 하지만 여자는 여전히 앞만 바라보며 꼼짝도 하지 않았다. 순간 K는 여자가 여태껏 이런 상황을 바라고 있었던 게 아닌가 하는 생각이 들었다. 그러니까 남편에게 소위, 이런 표현이 맞다면, 이런 상황으로 보복하기를 고대하고 있었던 게 아닌가 말이다. 그렇지 않다면 이런 상황에서 어떻게 저렇게 태연하게 포즈를 계속 취하고 있을 수 있단 말인가.

"여보, 제발."

남자는 회색빛 카디건을 벗더니 여자에게로 다가갔다. 여자는 상관하지 않겠다는 듯 그대로 있었다.

"제발."

남자는 카디건을 여자의 가슴과 음부 위를 덮었다. 순간 여자는 카디건을 들어 뒤로 던졌다. 그리곤 또다시 같은 포즈를 취했다.

"뭐 하세요. 빨리 그리세요."

여자는 K를 보며 독촉했다. K는 자리에 앉아 그림을 보았다. 이제 조금만 손보면 완성될 터였다. 밝은 부분을 앞으로 빼주고 어두운 부분은 조금 눌려주면 완성작이었다. K는 섞어놓은 팔레트 위의 물감에 흰색 물감을 많이 섞었다. 이상하게 손이 떨리지도 않았고 마음이 차분했다. 자신도 이런 상황을 기다리고 있었던가. K는 속으로 생각하며 물감을 여자의 오른쪽 이마와 볼 그리고 오른쪽 어깨와 유두에 부드럽게 칠했다. 입체감이 많이 살아났다. 주름진 허리살에 조금 칠해주고 엉덩이와 허벅지 위를 부드럽게 칠했다.

"이 양반이."

남자는 무슨 일인가 하는 표정으로 K를 바라보다가 다가왔다. K는 아랑곳 않고 밝은 부분을 계속 칠했다.

"뭐 하는 짓이야."

남자는 K의 멱살을 잡았다. K는 순순히 남자에게 끌려갔다. 순간 쿵, 하며 이젤이 넘어지면서 캔버스가 바닥에 쓰러졌다. 여자 그림이 거꾸로 물구나무를 선 형체가 되었다.

"당신 지금 뭐하는 거예요. 지금 뭐 하는지 모르세요?"

여자는 다가와 남자를 밀쳐내고 캔버스를 주워들었다. 쓰러지면서 그림이 어디에 부딪쳤는지 여자의 얼굴 부분의 물감이 뭉개져 있었다. 얼굴이 일그러진 그림이 되었다.

"당신, 제발 이러지마. 그리고 옷부터 입어. 제발."

남자는 여자에게 애원했다.

"지금 모델 서고 있잖아요, 모델. 끝나면 입지 말래도 입을 거예요."

여자는 캔버스를 이젤에 올려놓고 다시 소파로 가서 포즈를 취했다.

"내가 말했잖소. 제발 모델은 서지 말라고. 다른 것은 다 해도 이것만은 제발 하지 말라고. 근데 바로 집 앞 코앞에서 이런 짓을 하고 있다니."

남자의 팔이 부르르 떨렸다. K는 붓을 들어 어두운 부분을 칠하기 시작했다. 실제로 보이는 것보다 더 어둡게 칠하여 50대 여자의 고단한 삶이 느껴지도록 표현하고자 했다.

"제발 그만하시오."

남자는 K의 손에서 붓을 빼앗아 바닥에 내동댕이쳤다. 순간 물감이 K의 얼굴에 튀었다. K는 닦을 생각도 않고 남자를 바라보았다. 남자는 K의 시선을 외면하고 벽에 걸린 그림을 둘러보았다.

음.

남자는 신음소리를 냈다. 여자의 누드화와 K의 누드화가 골고루 걸려 있는 벽을 따라 시선을 옮기는 남자의 표정이 참담하게 일그러졌다.

"어찌 이럴 수가. 앞으로 내가 어찌 얼굴을 들고 다닐 수가 있단 말이요."

남자는 손으로 얼굴을 쓰다듬으며 말했다.

"이건 단지 그림일 뿐이요."

K는 용기를 내어 말했다.

"그럼 당신은, 당신 부인의 알몸 그림을 다른 남자들이 보는 곳에 걸 수 있단 말이요?"

남자의 말에 K는 이해 못 하겠다는 표정을 지었다.

"이건 작품이요. 사진이 아니요. 아니 사진이라도 똑 같지만요."

남자는 고개를 저었다.

"그렇다고 아내의 알몸을 어떻게 남한테 보인단 말이요."

남자의 말에 여자가 다가왔다.

"이러지 말아요."

여자의 말에 남자는 여자의 어깨를 양 손으로 잡았다.

"제발 옷 좀 입어요. 당신 왜 이렇게 변했소. 전에는 안 그랬잖소."

남자는 애원했다.

"모델 선다고 했잖아요. 다만 그림 그리는 것뿐이라고요."

여자는 차분하게 말했다. 그때 남자는 몸을 뒤로 돌렸다. 그러더니 벽을 바라보았다. K와 여자는 불안스레 남자를 지켜보았다. 순간 남자는 벽에 걸린 여자의 누드화를 떼더니 바닥에 내동댕이쳤다. 그러더니 그림을 발로 짓이겼다. 또다시 다른 여자의 누드화를 역시 내동댕이쳤다. 또다시 발로 짓이겼다. 여자의 몸이 찢어지고 갈라졌다.

아.

여자는 바들바들 떨었다. 남자는 계속해서 여자의 누드화만 작살을 냈다. 여자가 그린 누드화도 있고 K가 그린 누드화도 있었다. 남자는 누가 그린 것인지 상관하지 않고 여자 누드화만 짓이겼다. K는 남자의 행동을 바라보다 밖으로 나왔다. 그림이 짓이겨질 때마다 자신의 몸이 짓이겨지는 것 같았다. 밖으로 나오니 옆집 담쪽으로 개망초가 달빛을 받아 하얗게 빛났다. 고개를 들어 하늘을 보았다. 보름달이 구름 속으로 들어가고 있었다.

쾅쾅!

작업실 안에서는 여전히 그림 부수는 소리가 났다.

"제발 그만해요."

여자의 날카로운 소리가 밖으로 새어 나왔다. 그때 옆집의 발바리가 짖었다. 아마도 여자의 목소리 때문인 것 같았다. 얼마나 시간이 흘렀을까. 작업실 안이 조용해졌다. K는 마당에 있는 통나무를 세워 놓은 곳에 앉았다. 벌써 밤이 되니 제법 선선한 바람이 불었다.

"내가 당신을 얼마나 사랑하는지 잘 알지 않소."

"그게 사랑이요? 난 당신 뒷바라지하고 애들 키우는 유모밖에 아니었어요."

"아니요. 난 정말로 당신을 사랑했단 말이요."

K는 작업실에서 새어나오는 말을 들으며 남자를 떠올렸다. 30여 년 전 바람피우다 들켜 아내를 불륜 여자 남편과 자게 했다는 그 사람이 맞는가. 그래서 30여 년 동안 아내와 잠자리조차 하지 않았다는 사내. 오늘 자신의 아내 누드화를 때려 부순 이유는 무엇인가. K가 다시 고개를 들어 하늘을 바라보는데 작업실에서 목소리가 흘러나왔다.

"사랑한다는 사람이 잠도 따로 자고 내 몸에 손도 안 댄단 말이에요?"

여자의 목소리에 남자는 좀 있다가 말을 했다.

"나도 모르겠소. 하여튼 미안하오. 근데…… 나도 노력했소. 계속 병원에 다녔소. 당신을 품고 싶었소. 근데…… 당신을 품을 수 없었소. 그 날 이후, 나도 모르겠소. 병원에 계속 다녔는데 병원서도 원인을 밝혀내지 못 했소. 단지 심리적인 이유 같다고 심리치료까지 받았지만 여전히 여자를 품을 수 있는 사내가 되지 못 했소. 미안하오, 정말."

남자의 말에는 울음기가 섞여 있었다. 잠시 동안 여자는 말이 없었다.

"저도…… 그 남자와 자지 않았어요."

"뭐요?"

남자의 음성이 올라갔다.

"그 남자가 당신에게 복수하려고 날 호텔로 부른 것이었어요. 당신도 자기와 똑같이 아내가 다른 남자 품에 안기는 고통을 겪게 하려고요. 그 뿐이었어요."

여자는 그때 상황을 자세히 말했다. 남자는 고개를 숙이고 침묵을 지키다가 말을 꺼냈다.

"근데 왜 그 말을 인제 하오."

"하려다가 구차한 변명 같아서 하지 않았어요. 당신은 나를 이해해줄 줄 알았어요."

"난, 그때 참 비참했소. 비록 내가 잘못했다고는 하나 아내가 다른 남자랑 자러 간다고 샤워를 하는데 그 물소리가 얼마나 고통스러웠는지 아오? 또 애들이랑 먹으라고 갈비찜인가 해 놓고 갔는데 그걸 먹으려는데 당신이 나갔지요. 근데 어떻게 그게 내 목구멍으로 넘어간단 말이요. 당신이 없는 동안 자꾸만 남자와 뒹구는 상상이 되는데 난 미치는 줄 알았소. 물론 다 내 잘못이었고…… 또 당신이 오직 가정을 위해 희생한다는 것을 알고 있었지만…… 내 아내가 다른 남자의 품에 안겨있다는 상상만으로도 미칠 지경이었소. 그 이후로 당신뿐만 아니라 그 어떤 여자도 품을 수 없는 사내가 되었소."

여자는 말이 없었다. K는 소리가 들리지 않는 곳으로 가야하는데 하면서도 계속 마음과 달리 몸은 움직이지 않았다.

"제발 모델 그만두시오."

남자의 목소리는 간절했다.

"아뇨. 전 그때 제 몸이 참 추하다고 생각했는데 지금은 아니에요. 이 세상에서 가장 아름다운 게 제 몸이에요. 남이 제 몸을 그리고 제가 제 몸을 그리는 게 좋아요."

"부끄럽지 않소? 남자들이 당신 알몸을 본다는 게."

"그게 왜 부끄러운가요?"

"자식들에게도 부끄럽지 않소? 애들이 당신 알몸 그림을 보고 뭐라고 했소?"

남자의 말에 여자는 잠시 있다가 말을 꺼냈다.

"애들은 저를 이해해야 돼요. 제가 잘 키웠다면 걱정 없을 텐데…… 오직 공부만 시키고 돈 많이 벌고 명예만 중시하는 쪽으로 잘못 키웠어요. 돈보다 길가에 있는 이름 없는 풀 한 포기를 사랑하는 마음을 길러줬어야 하는데."

"그렇지 않소. 당신은 애들을 잘 키웠소."

"아니에요. 일류대 나와서 유학 갔다 오고 교수 됐다고 잘 키운 겁니까? 그건 돈만 있으면 누구나 다 할 수 있는 것이지요."

"제발 옛날로 돌아갑시다. 이러면 난 뭐요. 이렇게 그려서 전시회 할 거 아니요. 그럼 내 동료들이 보고 뭐라 하겠소. 제발 그림만 빼고 다 하시오."

남자의 말이 끝나기도 전에 깔깔깔 하며 여자가 웃었다.

"이 방에 있던 사람하고는 어떤 관계요?"

K는 남자의 말에 어깨를 움찔거렸다.

"서로 모델 서 주고 그림 그리는 관계요."

"그게 전부요?"

남자의 말에는 의혹이 가득 담겨 있었다.

"믿겠소. 하지만 모델은 제발 그만두시오."

"당신은 여전히 제 생각보다는 당신의 명예를 더 중요시 여기는군요."

"그렇지 않소. 인간이 누구나 가지고 있는 보편성을 얘기하고 있소."

"아뇨. 계속 할 거예요."

여자의 목소리는 단호했다.

"……."

"……."

한동안 작업실에서 목소리가 나오지 않았다. K는 일어서서 마당을 왔다 갔다 했다. 작업실로 들어갈 수도 없었다. 이제 여자의 누드화는 어떡하나. 여자의 사진은 메일로 보내왔기에 컴퓨터에 저장되어 있지만 실제로 보면서 그리는 것은 이제 어렵지 않을까, 하는 생각이 들었다. 할 수만 있다면 여자와 도망치면 좋겠다는 생각이 들지만 여자가 따라줄지 의문이었다.

잠시 뒤 남자가 작업실을 나왔다. 남자는 마당으로 나와서도 곧장 집으로 가지 않고 마당에 우뚝 서 있었다. 당신은 진정 아내를 사랑하나요? K는 남자에게 묻고 싶은 것을 겨우 참았다. 한참 뒤 여자가 작업실을 나왔다.

"갑시다."

남자가 여자의 팔을 잡았다. 여자가 손을 뿌리치곤 K를 돌아보았다.

"미안해요."

여자의 말에 K는 말은 않고 고개만 저었다. 내 마음 당신도 알고 있지 않소. 가슴속에서 말이 튀어 나오려 했다.

"제발 갑시다."

남자가 대문께로 걸어갔다. 머뭇거리던 여자도 뒤를 따랐다. K는 여자의 등을 향해 목례를 했다. 골목에서 발바리가 맹렬히 짖는 소리가 들렸다. K는 마당에서 한동안 서성이다 작업실로 들어갔다. 벽에는 여자의 누드화가 한 점도 없었다. 철저하게 여자 누드화는 모조리 부수었다. K는 소파에 털썩 앉았다. 자신의 몸이 짓이겨져 바닥에 나뒹구는 것 같았다. 앞으로 어떻게 해야 할 지 생각이 나지 않았다. 누드화를 치울 기운도 없었다. 차라리 이렇게 부수어진 누드화를 전시하면 어떨까, 하는 생각이 들었다. 어느 화가는 짐꾼이 그림을 옮기다가 실수로 전시장에서 깨뜨렸는데 화를 내기는커녕 오히려 잘 했다고 칭찬까지 하고 깨진 작품을 전시했다지 않은가. 우연성을 중요시한 작가이고 역발상을 잘 하는 화가이니 변기를 전시했는지도 몰랐다. 어쨌든 우선 사진이라도 찍어두고 전시 문제는 나중에 결정할 생각이었다.

K가 소파에 반쯤 몸을 드러누워 비몽사몽으로 있을 때 문이 덜컥 열렸다. K는 깜짝 놀라 눈을 떴다. 여자가 서서 K를 바라보고 있었다. 신발은 신지 않은 맨발이었고 잠옷 차림이었다. K는 순간 자신이 꿈을 꾸고 있는 게 아닌가 싶었다.

휘유.

휘파람처럼 길게 숨을 내쉬더니 여자가 안으로 들어왔다. 그러더니 시선을 돌리며 부수어진 누드화를 바라보았다. 여자의 얼굴이 씰룩거렸다. 단단히 화가 난 표정이었다. 자칫 폭발이라도 할 것 같았다. K는 일어나 여자에게 다가갔다.

"진정해요."

K는 여자를 안았다. 여자의 가슴 뛰는 진동이 K의 가슴에도 전해졌다. 몸이 뻣뻣하게 굳어 있었다. K는 여자의 등을 손바닥으로 톡톡, 두드렸다.

흑.

여자는 울음을 터뜨리며 K의 품으로 파고들었다.

"괜찮소. 내일부터 다시 작업합시다."

K는 여자를 안은 팔에 힘을 주며 말했다.

흑흑.

여자는 몸을 들썩이며 울음소리를 토해냈다. K는 계속해서 등을 토닥 두드려주었다. K의 품속에서 한동안 떨리던 여자의 몸이 조용해졌다. 많이 진정된 것 같았다.

"따끈한 차라도 가지고 올게요."

K는 여자의 두 어깨를 잡고 바라보았다. 여자는 눈물이 번들거리는 얼굴로 K를 바라보았다. K는 두 손바닥으로 여자의 얼굴을 닦아주었다. 여자는 아랑곳없이 K를 계속해서 바라보다 와락 두 손으로 K의 얼굴을 잡더니 K의 입에 입을 맞추었다. K의 입에 몸이 들어갈 듯 열정적인 키스를 하던 여자는 K의 남방의 단추를 풀기 시작했다. K도 여자의 잠옷을 벗기기 시작했다. 순식간에 K의 남방이 벗겨지고 바지가 벗겨졌다. 팬티까지 벗겨진 K는 여자의 잠옷을 벗기고 속옷을 벗겼다. 둘 다 순식간에 알몸이 되었다. 여자는 K를 소파 위에 쓰러뜨렸다.

아.

여자는 K의 몸 위에 올라타고 K의 몸을 핥았다. K는 여자가 하는 대로 가만히 두었다. 여자는 K의 몸 구석구석 핥더니 K의 몸을 자신의 몸에 집어넣었다.

아.

여자는 마치 말을 타듯 몸을 격정적으로 움직였다. 긴 머리가 말갈기처럼 출렁거렸다. 소파가 삐거덕거리며 소리를 냈다. 여자는 계속해서 격정적으로 움직였다. K는 여자가 넘어지지 않도록 두 손으로 허리를 잡았다.

아.

여자의 신음소리가 작업실 안에서 메아리처럼 울려 퍼졌다. K는 여자의 몸속에서 헤엄치는 것 같은 몽롱한 느낌으로 여자의 움직임에 따라 흔들렸다.

아.

K가 신음소리를 냈고 곧이어 여자가 아, 하며 K의 가슴에 상체를 엎드렸다. 여자의 몸은 열에 펄펄 끓고 있었다. K는 여자를 두 팔로 꼭 안았다. 여자의 심장 뛰는 소리가 K의 가슴으로 전해졌다.

얼마나 지났을까. 떨림이 잔잔해지던 여자는 서서히 몸을 일으켰다. K의 몸에서 내려와 조용히 속옷을 입고 잠옷을 입었다. K는 여자의 행동을 조용히 지켜보기만 했다. 옷을 다 입은 여자는 아무 말도 없이 문을 열고 밖으로 나갔다. 곧이어 옆집 발바리의 낑낑거리는 소리가 들렸다.

K는 여자가 간 뒤에도 옷을 입을 생각은 않고 한참동안 그대로 있었다.

*

여자는 다음 날부터 그림을 그리러 오지 않았다. 부수어진 여자의 누드화를 창고에 가져다 놓고 작업실을 깨끗이 청소해 놓았지만 퇴근해서 보면 여자가 왔다 간 흔적은 보이지 않았다. 물론 토요일에도 화실에 나오지 않았다. K가 모델 설 때도 서울에서 온 모델을 크로키할 때도 여자는 나타나지 않았다. K는 궁금해서 미칠 지경이었지만 누구에게도 물을 수가 없었다. 원장은 전화를 했는데 휴대폰이 꺼져 있다고 했다. 그건 K도 마찬가지였다. 몇 번 전화를 하고 음성메시지를 남겼는데도 여자에게서 아무런 연락이 없었다.

여자가 그림을 그리지 않는다고 자신까지 그림을 그리지 않을 수 없다고 K는 생각했다. 여자 때문에 그림을 그린 것은 아니라고 자신을 타일렀다. 이럴수록 마음을 다잡아야 한다고 생각했다. 마침 직장에 대한 본사의 정기 감사가 끝났고 K는 사표를 제출했다. 일찍 내려고 했지만 감사 때문에 그동안 미뤄졌던 것이었다. 홀가분했다. 30여 년을 다닌 직장이었다. 서운함도 없었다. 어깨에 날개라도 달린 것처럼 하늘로 날아오를 것 같았다. 이제는 당분간 그림 그리는 일에만 집중할 계획이었다. 생존을 위한 돈벌이는 모델 서는 것으로 해결하고 내년쯤에 과수원이라도 알아볼 요량이었다. 아내에게는 이혼 서류를 우체국에 가서 등기로 보냈다. 쪽지에 직장을 그만두었다고 적어 함께 보냈다.

작업실을 청소했다. 구석구석 먼지를 털어내고 장작 난로도 설치했다. 가까운 산에 가서 장작을 구해와 작업실 옆에 쌓아 놓았다. 겨울 내내 난로를 피워도 남을 것 같았다. 장작더미를 보니 부자가 된 듯했다.

우선 여자의 사진을 출력했다. 여름에 계곡에서 찍은 사진이었다. 마치 개구리처럼 물속을 헤엄치는 모습인데 하얀 팔과 다리가 양 쪽으로 벌려져 있고 하얀 엉덩이가 매력적이었다. 처음부터 다시 여자의 그림을 그릴 작정이었다. 비록 실제로 보면서 그릴 수는 없지만 할 수 없었다. 캔버스를 크기별로 주문해서 창고에 쌓아놓았다. 역시 많은 캔버스를 보니 부자가 된 듯 마음이 뿌듯했다.

이젤에 여자의 사진을 압정으로 꽂아 놓고 캔버스를 놓았다. 목탄으로 여자의 머리를 그리고 팔과 상체를 그렸다. 그리고 오므렸다가 펴기 시작한 양 다리를 그렸다. 인어. K는 여자를 그리며 마치 인어 같다고 생각했다.

배경으로 폭포가 있고 바위가 있는 사진이라 작은 웅덩이라고는 전혀 느껴지지 않았다. 마치 커다란 폭포 아래에서 목욕하는 여인 같았다.

우선 엷은 미색으로 배경을 그렸다. 이제 시간이 많으니 무리해서 빨리 그릴 필요는 없었다. 여자의 삶을 생각하며 그릴 참이었다. 여자의 혼이 들어가는 그림을 그려야 한다고 생각했다. 밤늦게까지 그렸다. 이제 시간에 구애받지 않았다. 다음 날 출근해야한다는 부담이 없기에 조용한 밤 시간에 그림이 잘 되었다. 그러다 작업실을 문 닫고 마당으로 나오면 별들이 하늘에서 환하게 비춰주었다. 마당에서 서성이다 자신도 모르게 몸을 뒤로 돌리고 2층집을 바라보았다. 그러니까 여자가 오지 않은 이후 매일 2층집을 바라봤다는 게 맞는 말인지 몰랐다. 습관처럼 2층집을 바라보았고 순간, 뭔가 휙 하고 몸을 스치고 지나가는 것을 느꼈다. 그건, 그리움이었다. 그러면 어쩔 수 없이 K는 집 뒤로 나와 2층집을 한참동안 바라보았다. 3미터가 넘는 장승의 머리에 있는 등은 창백하게 K를 바라보고는 했다. 1층과 2층은 불이 꺼져 있는 경우가 많았다. 어떨 땐 2층집 주위를 둘러보기도 했다. 집 뒤에 있는 방에는 늦게까지 불이 켜져 있는 경우가 많았다. 하지만 그 방이 여자의 방인지 아니면 남편의 서재인지 알 수 없었다. 하지만 K는 한참동안 그 방을 바라보다가 터덜터덜 집으로 돌아오곤 했다. 그럴 때는 가슴에서 찬바람이 일었다.

늦게까지 그림을 그리고 다음 날은 늦게 일어났다. 습관처럼 아침 6시에 눈을 떴지만 다시 눈을 감고 요 위에서 뒹굴었다. 그러자 정말로 자유인이 됐다는 것이 실감되었다.

체력을 길러야 한다는 생각이 들었다. 2-3시간을 집중해서 그리면 녹초가 되었다. 이제 혼자 사는 몸이라 아파서도 안 되었다. 돈도 많지 않았고 돌봐 줄 사람도 없었다.

늦은 아침을 먹고 자전거를 타고 방천둑길을 달리려고 밖으로 나오는데 갑자기 절에 가보고 싶은 생각이 들었다. 자전거를 다시 집으로 가져가 마당에 세워놓고 나왔다. 2층집으로 가는 길로 갔다. 그러자 혹시 여자가 절에 가지 않았을까 하는 생각이 들었다. 2층집 옆길을 지나는데 자꾸만 시선이 2층집으로 갔다. 마치 줄을 메서 잡아당기는 것 같았다. 2층집을 지나 절로 가는 산 밑에 이르자 이번엔 자꾸 뒤통수가 뒤로 당기는 기분이었다.

절에 갔을까.

절로 가는 산길에 접어들자 소망이 확신으로 바뀌는 것 같았다. 분명 갔을 거야. 그림 그리기 전에는 매일 갔다지 않은가. 108배를 10번씩이나 했다지 않은가. 그런 생각을 하자 처음 만났을 때 땀을 뻘뻘 흘리면서도 한 번도 쉬지 않고 올라가던 모습이 눈에 선했다. K는 발걸음을 빨리 했다. 분명 절에 가는 길이면 따라 잡을 수 있을 것 같고 미리 갔으면 대웅전에서 108배를 하고 있을 것 같았다. 하지만 얼마 가지 못 해 K는 주저앉고 말았다. 조금만 걸었는데도 땀이 비 오듯 쏟아졌고 다리가 후들거렸다. 아무래도 빨리 오르기에는 무리였다. K는 길옆에 있는 바위에 걸-터 앉았다. 숨소리에서 쇳소리가 났다. 가슴이 뻐근한 것도 같았다. 미쳤지. 미쳤어. K는 숨을 몰아쉬며 중얼거렸다.

절에 다 오르자마자 K는 절 주위를 둘러보았다. 하지만 바람과 달리 여자의 흔적은 어디에도 없었다. 대웅전 옆문 쪽으로 가 봤지만 문 앞에 신발은 없었다. 반대쪽으로 갔지만 여전히 신발은 한 켤레도 보이지 않았다. K는 혹시나 하는 마음으로 문을 열고 안을 바라보았다. 반들반들한 나무 바닥이 물끄러미 바라보았다. 다리에 힘이 쏙 빠졌다. 커다란 불상은 묵묵히 아래를 바라보고 있었다. K는 문을 닫고 물러나 마당 구석에 있는 배롱나무 밑으로 갔다. 산 밑에서 찬바람이 불어왔다. 역시나 산의 기온은 달랐다. 또한 땀이 식으니 금방 한기를 느꼈다. 바위에 걸터앉아 주위를 둘러보았다. 스님이라도 보이면 여자에 대해 물어볼 생각이었다. 하지만 스님조차도 보이지 않았다. 요사채로 가 보았다. 역시나 한 켤레의 신발도 보이지 않았다. K는 터벅터벅 걸으며 배롱나무가 있는 곳으로 다시 왔다. 그냥 내려가자니 발걸음 떨어지지 않았다. K는 스마트폰을 꺼냈다. 여자에게 전화를 거니 역시나 꺼져 있으니 음성사서함으로 연결된다는 멘트만 나왔다. K는 끊지 않고 기다렸다. 삐, 소리가 났다.

나, 요. 절에 왔다가, 그냥, 절에 왔다가,

왠지 코끝이 찡했고 눈물이 핑 돌았다. 웬 이 나이에 무슨 추태람. K는 스마트폰을 귀에서 떼고 나서 심호흡을 했다.

그냥, 왔다가, 혹시나 해서, 그냥, 내려갑니다.

K는 통화종료를 누르려다 다시 얼굴로 가져갔다.

보고 싶소.

K는 말을 해 놓고 마치 답을 기다리는 사람처럼 한동안 스마트폰을 귀에 대고 있다가 종료버튼을 눌렀다.

K는 무거운 발걸음을 옮겨 산을 내려왔다. 내려오면서도 혹시나 산으로 올라오지 않나 밑을 주시하며 걷다가 몇 번이나 몸을 휘청거렸다. 산을 다 내려와서 2층집 옆길을 걸으며 흘끔거렸지만 역시나 여자는 보이지 않았다. 발걸음이 잘 떨어지지 않고 눈길은 자꾸만 2층집으로 갔다. 그때였다.

"왜 그렇게 보슈. 집 사실라고요?"

K는 깜짝 놀라 소리나는 쪽을 바라보았다. 통장이었다. 어깨에 삽을 둘러메고 있었다. 어디 밭에라도 다녀오는 길인

것 같았다.

"예?"

K는 무슨 말이냐는 듯 물었다.

"집 사시려고 그런 거 아니오?"

통장은 K에게 다가오며 말했다.

"집 팔려고 내놨어요?"

"그럼요. 근데 비싸서 나갈라나. 이래도 자그마치 대지 오백 평이고 건평이 육십 평이 넘는다오."

통장은 사실 의향이 있으면 자신이 잘 얘기해주겠노라고 말했다. K는 어이가 없다는 표정을 지었다. 집을 팔려고 한다면 이사 간다는 얘기인데. 기가 막혔다. 이럴 수가.

"언제 이사 간답니까?"

K가 다급하게 물었다. 통장은 K의 얼굴을 유심히 보았다.

"그야 뭐, 집이 팔려야 가겠지요. 안 팔려도 갈지도 모르고. 근데 이게 촌에 있어도 제법 비싸단 말이요. 대지만 해도 평당 삼십 만원 잡아도 일억 오천이 아니요. 거기다 건물이 육십 평이 넘는다는데. 마당도 잘 가꿔 놨고."

K는 통장의 말이 귀에 들어오지 않았다. 먼 산을 바라보던 K에게 다시 통장이 말을 꺼냈다.

"집 사시려면 제가 중개해보고요. 제가 얘기하면 좀 깎을 수 있을 겁니다."

"아, 아닙니다."

K는 고개를 저었다.

"그럼 혹,"

통장은 K의 눈치를 보다 말을 이었다.

"혹, 사모님 때문이요? 하도 동네에 말들이 많아서리."

통장의 말에 K는 고개를 돌려 통장을 바라보았다.

"왜 이러세요. 그……"

K는 더 말을 하려다 멈추었다. 어차피 말을 더 해봤자 이익될 게 없을 것 같았다.

"요 근방에서 신동이라고 소문났더만요. 학교 다닐 때 공부도 잘 해서 서울 가서 출세해서 돈도 많이 벌었다고. 고마 집 사소. 내 중개 잘 해드릴팅게."

K는 말도 없이 집 쪽으로 발걸음을 옮겼다. 그럼 이제 여자를 영영 못 만나는가. 다리에 힘이 빠져 허공을 걷는 것 같았다.

K는 집에 와 작업실에 들어갔다. 소파에 앉았지만 도저히 마음이 진정이 되지 않았다. 이러면 안 된다고 몇 번이나 자신에게 타일렀지만 마음은 여자 생각으로 꽉 차 있었다. K는 자전거를 타고 밖으로 나왔다. 이제 제법 낯이 익은 옆집 발바리가 꼬리를 흔들었다. 제법 귀엽게 생긴 치와와 종이었다. 부잣집에 산다면 집안에서 주인에게 귀여움을 받으며 호강할 개처럼 보였다.

K는 자전거를 타고 '초가집'으로 갔다. 술 생각도 간절했지만 예전에 여자랑 저녁도 먹고 술도 마신 곳이라 자전거가 알아서 가는 것이었다. K는 그냥 자전거 안장에 앉아 있는 기분이었다.

'초가집'에는 평일 오후라 그런지 한 무리의 사람만이 술을 마시고 있었다. K는 창가 쪽으로 갔다. 여자와 함께 앉았던 자리였다. 주인이 물병과 컵을 들고 왔다. K는 우선 동동주부터 시켰다. 술이 급했다.

"야 그 할아버지는 대단하더라."

중앙 테이블에 앉은 3-4명의 사내가 술을 마시며 떠들고 있었다.

"나도 '세상에 이런 일이' 봤는데 난 그렇게는 못 하겠더라."

"그러니까 넌 안 되는 거라. 조강지처에게 잘 해야 돼."

K는 듣지 않으려고 창밖을 보고 있었지만 사내들의 말소리가 더욱 또렷이 들려왔다. 주인이 동동주와 밑반찬 몇 개를 내려놓았다. K는 버섯전골을 시켰다. 버섯전골 또한 이 자리에서 여자와 함께 먹은 음식이었다. K는 동동주를 연달아 따라 마셨다. 3잔을 연거푸 마시고 나니 속의 열이 좀 내려가는 것 같았다.

"야 그래도 어떡하냐. 할머니는 중풍에 걸려 하반신 마비지. 그러니 남편이 돌봐줄 수밖에."

"그래도 어떻게 스물네 시간을 붙어 있냐. 나 같으면 죽어도 못 하겠다."

"20년 동안 그랬으니 텔레비전에 나왔지."

K는 다시 동동주를 술잔에 따라 연거푸 마셨다. 그런 경우는 많았다. 가족 누군가 큰 병에 걸리면 온 가족이 파멸한다는 것. 나머지 가족들의 삶도 빼앗긴다는 것. 서로의 목을 조르는 오징어가 아닌가. K는 아내를 떠올렸다. 만약 아내가 중풍이라고 걸렸으면 나는 어땠을까. 물론 사표도 낼 수 없고 아내를 병간호하며 계속 직장생활을 했을 것이다. 아니 어쩌면 평생을 자식들에게 희생하며 사니 차라리 어디라도 아파 자신과 같이 조용한 시골로 내려가 사는 게 더 좋을지도 모른다는 생각을 했다. 빌어먹을. 지금 무슨 생각을 하는 거야. K는 스스로에게 화가 나 또다시 술잔에 동동주를 따라 단숨에 마셨다.

주인이 휴대용 카스레인지와 함께 버섯전골 냄비를 가져왔다. 다 끓였으니 드셔도 된다고 주인은 말했다. K는 숟가락으로 국물을 조금 떠먹고는 술잔에 동동주를 따라 마셨다. 안주는 먹고 싶은 마음이 없었다. 창밖을 보니 추수를 끝낸 논 곳곳에 커다랗게 둥글게 만 흰 것이 보였다. 먼 곳에 있는 논에는 마치 여러 마리의 황새처럼 보였다. 저게 뭔가. 예전에는 타작을 하고난 논에는 짚을 쌓아놓았다. 짚은 여러 용도로 쓰였다. 소를 키우는 집에는 소여물로 쓰였고 소가 없는 집에는 땔감으로 쓰였다. 짓궂은 애들은 학교에 가다 논에 쌓여 있는 짚더미에 불을 놓기도 했다. K도 친구들과 몇 번 남의 논에 불을 놓다 주인에게 들켜 죽어라, 도망 친 적이 있었다.

그래. 이제 잊자. 그림이나 열심히 그리자.

K는 뽀글뽀글 끓고 있는 버섯전골을 바라보며 중얼거렸다.

내가 미친놈이지.

K는 잔에 동동주를 따라 한 모금 마셨다.

이러려고 직장을 그만 둔 게 아닌데.

스스로 책망했다. 또 술잔을 들어 한 모금 마셨다. 하지만 가슴 한편에 찬바람이 휙, 하고 지나가는 느낌은 어쩔 수 없었다.

"그런 경우를 봐라."

사내들의 목소리가 다시 들려왔다.

"애 둘이 불치병에 걸려 혼자 꼼짝달싹도 못 한 상태에서 이십여 년을 보살펴 온 엄마가 자살했다잖아."

"그렇다고 애들을 두고 엄마가 자살하면 어떡하냐."

"야, 그 엄마도 오죽하면 자살했겠냐. 이십여 년 동안 외출 한 번 못 하고 집에서만 지냈다잖아. 애들 돌보면서."

"가족이 원수야 원수."

"야, 그래도 늙으면 가족밖에 없어. 마누라한테 잘 해."

K는 사내들의 말을 들으며 빈 잔에 동동주를 따르려고 하는데 동동주가 나오지 않았다. 한 동이를 마셨는데도 정신이 말짱했다. 버섯전골은 건더기만 남고 물은 없었다. K는 일어섰다. 혼자 앉아 술 마시는 것도 주책을 떠는 것 같아 씁쓸했다. K는 카운터로 가서 계산을 하고 문 쪽으로 나왔다. 그때였다.

"혹시, K 아냐?"

술 마시던 사내들 중 한 명이 K에게 조심스럽게 물었다. K는 뒤를 돌아 사내들을 바라보았다. 낯익은 얼굴이 아니었다.

"맞네."

머리카락이 텁수룩한 사내가 일어서서 K에게 다가왔다. K는 사내를 유심히 바라보았다.

"딴따라?"

K는 자신도 모르게 말했다. 사내가 다가와 K의 손을 덥석 잡았다.

"야, 딴따라가 뭐야. 밴드. 음악."

사내는 K의 손을 잡고 흔들었다. K도 반가운 마음에 잡은 손을 흔들었다. 친구는 고등학교 동기였는데 꽤 친하게 지냈다. 친구는 밴드부를 하고 K는 미술부를 했기에 자주 어울렸다.

"인사해라. 여기 사람들 네 말대로 딴따라 하는 사람들이야."

친구는 일행들을 소개시켰는데 고등학교 밴드부 선후배들이었다. K는 일행들과 일일이 악수를 하고 술 한 잔 하자는 친구의 강권으로 자리에 앉았다. 후배가 소주를 따랐다. 다들 이미 취기가 있었다. 그때 주인이 다가와 K가 먹던 버섯 전골이 그냥 남았는데 데워줄까 물었고 친구가 그러면 고맙지요, 했다.

"근데 요즘 어떻게 지내냐?"

친구는 K의 안부를 물었다. 평일인데 낮부터 혼자 술 마시러 온 것을 이상하게 여기는 눈치였다. K는 그냥 뭐, 하며 대충 얼버무렸다. 구차하게 자세히 얘기하는 것도 이상한 것 같았다. 너는 뭐 하냐고 물으니 친구는 배운 게 도둑질인데, 하며 딴따라 계속 하고 있다고 했다.

"그래. 좋구나. 하고 싶은 음악 계속 하고 말이야."

K의 말에 선배가 끼어들었다.

"죽지 못 해 하는 거지."

"그래도 재능을 계속 살리는 게 얼마나 좋은데요."

K는 부럽다는 뜻으로 말하자 친구가 K의 어깨를 툭 치며 큰소리로 웃었다.

"맞아. 우리가 고향의 음악을 지킨다 이거야. 다들 먹고 살려고 객지로 나가도 우린 고향을 지키며 계속 음악을 했다 이거야."

친구의 말에 선배가 지랄하고 자빠졌네, 하며 술잔을 입으로 가져갔다. 얘기를 들어보니 친구는 작은 술집을 가지고 있고 자신이 직접 노래도 부른다고 했다. 물론 다른 데서 요청이 들어오면 가서 노래를 불러주기도 한다고 했다. 그러나 선배와 후배는 가게가 없고 밤무대 활동만 하는 것 같았다. 그러니 친구에 비해 궁핍한 것 같았다.

"좋다야. 가게도 하면서 기타도 치고 말이야. 완전 라이브 아냐."

K의 말에 친구는 손을 저었다.

"말도 마라. 구멍가게다 구멍가게. 요즘 노래방에 다 가니까 우리 같은 딴따라는 설 자리가 없다야."

K는 친구의 말에 고개를 끄덕였다. 하지만 돈은 별로 못 벌어도 지금껏 계속 음악 활동을 했다는 자체가 행복한 일이었다. 나이가 들수록 더 그럴 것이었다.

"참, 너는 그림 안 그리지?"

친구가 물었다. 친구도 K가 고등학교 중도에 그림을 그만뒀다는 것을 알고 있었다. K는 대답은 않고 미소만 띠었다.

"그때가 좋았는데 그지? 우리 밴드부랑 미술부가 모여 밤새 술 마시고 여고생들 꼬시고."

K는 고개를 끄덕였다. 겁나는 게 없던 시절이었다. 꿈이 있던 시절이었다. 뭐든 하면 다 할 수 있다는 객기가 있던 시절이었다. 특히 미술부랑 밴드부가 잘 어울렸다. 막걸리를 사다 새우깡에다 밴드부실에서 밤새 술을 마신 적도 있었다. 미술부 애들은 드럼을 칠 줄도 모르면서 드럼을 치다 드럼을 망가뜨리기도 했다.

"그래. 그 때가 좋았어."

K도 동의했다. 돌아갈 수만 있다면 그 때로 돌아가고 싶었다.

"그래도 넌 출세했잖아. 다들 딴따라나 미술부들 공부 못하는데 너는 그래도 공부를 잘 했잖아. 서울에 무슨 대학이냐, 거기도 들어가고. 취직도 잘 했다고 소문났고. 돈 많이 벌었겠다, 너?"

친구는 농담조로 얘기를 했지만 K는 씁쓸했다.

"네가 부럽다. 지금껏 노래를 부르는 게 어디 쉬운 일이야?"

K의 말에 선배가 피식, 웃었다.

"그게 어디 하고 싶어서 했냐. 할 수 있는 게 없다 보니 목구멍이 포도청이라고."

선배는 술을 입에 털어 넣으며 말했다.

"참, 또 초치네. 물론 맞는 말이기도 하지. 학교 다닐 때 어디 공부를 했냐. 그냥 좋아서 드럼을 치고 기타를 쳤지. 비록 유명 가수가 못 돼서 시골에 이렇게 밤무대나 나가지만 그래도 난 이게 좋아, 씨발."

친구는 술잔을 입으로 가져가며 말했다.

"어? 너 K 맞지?"

K는 자리가 어색하게 느껴져 창밖을 바라보는데 여주인이 다가오더니 알은 체를 했다.

"나야. 나. 현주. S여고."

아.

K는 자신도 모르게 입을 딱 벌렸다. 고등학교 다닐 때 S시에서 노래면 노래, 춤이면 춤, 미모면 미모로 주름잡던 여학생이었다. 모든 남학생들의 선망의 대상이었다. 야, 반갑다. 현주는 손을 내밀었다. K는 엉거주춤 일어나서 악수를 했다.

"애는 아직도 그대로네. 수줍어하긴."

현주는 앞치마를 두른 채 옆 의자에 앉았다.

"저번에 너 왔었지. 어떤 여자랑. 혹시나 했는데 맞구나."

현주는 환하게 웃었다.

"여자? 누구?"

친구가 호기심을 나타냈다.

"마눌님은 아닌 것 같고."

현주가 K의 눈치를 보며 말했다. K는 그냥 빙긋이 웃는데 여자의 얼굴이 눈앞에 휙 지나갔다.

"애인과 마눌님 차이가 뭔지 아냐? 난 척 보면 알아. 애인끼리는 다정하게 말도 하고 음식도 자꾸 권하는데 마눌님은 어떤지 알아? 둘이서 마치 원수 사이처럼 묵묵히 밥만 먹어. 얘기는 안 하고. 거의 백 프로야."

현주는 말하고 나서는 깔깔 웃었다.

"마누라하고 누가 술 마십니까? 술 맛 떨어지게."

후배의 말에 현주는 머릴 쥐어박는 시늉을 했다.

"그러니까 넌 안 돼. 맨날 마누라하고 사이가 안 좋지. 이제 마누라 챙길 때야. 늙어봐. 맨날 마누라 꽁무니 졸졸 따라 다니지."

"지랄하고 자빠졌네."

선배는 한숨을 푹 내쉬며 말했다.

"야, 이럴 게 아니라 우리 집에 가서 한 잔 더 하자. 현주도 오케이?"

친구의 말에 현주는 어림없는 소리 말라고 했다.

"난 문 닫고 갈게. 열 시쯤이면 될 거야."

선배와 후배는 벌써 일어섰다. 친구도 일어섰다.

"저 인간들 하고 오래 있지 마. 술만 안마시면 다들 좋은데."

현주는 K에게 귓속말로 말하곤 쩝, 하고 입맛을 다셨다.

친구의 가게는 예상보다 작았다. 4인용 테이블이 4개였고 칸막이가 쳐진 곳이 3개였다. 술의 종류도 막걸리부터 소주 맥주를 주로 팔았고 안주 또한 그에 맞게 부침개나 탕 종류였다. 장사는 거의 친구 아내가 혼자 하고 있었다. 한 쪽 공간에 전자오르간과 컴퓨터 반주를 할 수 있는 공간이 있었는데 그 곳에서 친구는 손님들에게 노래를 부른다고 했다.

손님들에게 신청곡도 받는데 주로 40-50대들이라고 했다. 친구 아내는 눈이 커서 순하게 보이는 타입인데 말하는 사이사이 잘 웃었다. 현실에 크게 만족하지는 못 해도 큰 불만은 없는 듯했다. 아직 이른 시간인지 아니면 원래 그런지 손님은 한 테이블에도 없었다.

"자, 마셔."

친구는 아내에게 안주를 준비하라고 하곤 술을 직접 가져와서 따랐다. 아내는 그런 일에 익숙한 지 친구의 말에 가타부타 말없이 주방으로 들어갔다. K는 술을 마시며 자꾸만 노래 부르는 곳에 눈길을 보냈다. 저곳에서 손님들에게 매일 밤 노래를 들려준다면 힘들게 사는 인생은 아닐 거라는 생각이 들었다.

"왜, 노래 한 곡 불러볼까?"

친구는 K를 보며 말했다.

"아냐. 그냥 보기 좋아서."

K의 말에 친구는 벌떡 일어섰다.

"좋지. 여긴 내 왕국이야."

친구는 노래 부르는 곳으로 가더니 컴퓨터를 켰다. 그리곤 의자에 앉아 마이크를 앞으로 잡아당기곤 입으로 후후, 불었다.

"예. 오늘 서울에서 귀한 손님이 왔습니다. 손님을 축하하는 의미에서 노래 한 곡 부르겠습니다."

친구가 컴퓨터를 두드리자 벽 양쪽에 있는 스피커에서 반주가 흘러나왔다.

아. 이 노래.

K는 귀를 기울이다 입을 벌리곤 감탄을 했다. 못 찾겠다 꾀꼬리였다. 고등학교 다닐 때 밴드부실에 몰려가 가장 많이

부르곤 했던 노래였다.

　못 찾겠다 꾀꼬리 꾀꼬리 꾀꼬리
　나는 야 오늘도 수울~래

　친구는 기타를 치며 노래를 불렀고 K는 입으로 흥얼거렸다.

　못 찾겠다 꾀꼬리 꾀꼬리 꾀꼬리
　나는 야 언제나 수울~래

　K는 눈을 감고 노래를 따라 부르니 어느새 고등학교 때로 돌아간 기분이었다.

　저녁노을 지고 달빛 흐를 때 작은 불꽃으로 내 마음을 날려봐

　어느새 반주가 바뀌었다. K는 감았던 눈을 떴다.
　아. 불놀이야. K는 중얼거리다 친구에게 다가갔다. 친구 앞에는 손님들이 부르는 것인지 마이크가 두 개 있었다. 바로 앞에는 모니터가 있었다. 친구가 턱으로 모니터를 가리켰다. 모니터에는 막대그래프와 가사가 나와 있었다. K는 모니터를 보며 노래를 불렀다.

　꼬마불꽃송이 꼬리를 물고 동그라미 그려 너의 꿈을 띄워봐
　저 들판 사이로 날면 내 마음의 창을 열고

K는 한 쪽 팔을 옆으로 벌렸다. 날아 갈 것 같은 기분이 들었다.

두 팔을 벌려서 돌면 야 불이 춤춘다 불놀이야
저 하늘로 떠난 불꽃을 보며 힘껏 소리치며 우리 소원 빌어봐

......

어느새 노래는 '내가'로 바뀌었다. K는 또다시 노래를 불렀다.

이 세상에 기쁜 꿈 있으니 가득한 사랑의 눈을 내리고 우리 사랑에 노래있다면 아름다운 생 찾으리라
이 세상에 슬픈 꿈 있으니 외로운 마음의 비를 적시고 우리 그리움에 날개 있다면 상념의 방랑자 되리다

K는 노래를 부르다 홀에서 누군가 손을 흔드는 것을 보았다. 누구지? 여자인데 잘 모르는 사람 같았다. K는 계속 노래를 불렀다. 테이블에서 선배와 후배도 노래를 따라 불렀다.

이 내 마음 다하도록 사랑한다면 슬픔과 이별뿐이네
이 내 온정 다하도록 사랑한다면 진실과 믿음뿐이네
내가 말없는 방랑자라면 이 세상에 돌이 되겠소

네가 왕이로구나.

마이크를 놓고 테이블로 돌아온 K는 기타를 치며 노래를 부르는 친구를 바라보며 중얼거렸다. 어느새 손님들이 두 테이블로 늘어났다. 어떤 손님은 카운터에 가서 쪽지에 노래 곡명을 적어 친구에게 전하기도 했다. 그때였다.

"너 K 맞구나. 초가집에서 연락이 와서 왔다만. 너 노래 잘 부르는구나."

옆 테이블에 앉았던 여자 한 사람이 일어서서 K에게 다가왔다. 그때 선배가 여자를 보고 알은 체를 했다.

"나야, 나. 현미. S여고 미술부."

아하.

K는 기억에 난다는 듯 여자를 바라보았다. 고등학교 다닐 때 교외 그림 대회에 나가면 꼭 만나는 여학생이었다. 대회가 끝나면 제과점에 가서 빵과 우유를 사먹기도 했다. 여자가 손을 내밀었다. K도 손을 내 밀어 악수를 했다.

"여긴 웬일이니? 서울 산다며?"

"응. 그렇게 됐어. 넌 여기에 사냐?"

K는 얼버무리며 현미에게 물었다.

"그럼. 대학 졸업하고 여기서 계속 학원 했어."

"맞아 미대 갔었지. 그림 계속 그리는구나."

K는 부럽다는 듯 말했다.

"우선 앉자. 누가 오기로 했는데."

현미는 출입구를 흘끔거리며 K에게 앉으라고 했다. K는 자리에 앉는데 옆에 있는 여자가 처음 뵙겠습니다, 하고 인사를 했다. 어머, 내 정신 좀 봐. 현미는 화들짝 놀라며 후배인데 학교 교사이며 그림을 그리고 있다고 했다.

"시골이라 좁아. 다들 미협 소속이라 다 알고 지내."

현미는 자리에 앉으며 은행에 다닌다고 들었던 거 같은데, 했다. K는 그냥 웃기만 했다.

나는 나는 외로운 지푸라기 허수아비

너는 너는 슬픔도 모르는 노란 참새

그때 스피커에서 '참새와 허수아비'의 노래가 흘러나왔다. K도 흥얼거렸다.

"참, 너도 이런 노래 부르는 것을 보니 같이 늙어가는구나."

현미의 말에 후배가 동시대를 살아가는 것을 실감하네요, 하며 깔깔 웃었다. K는 미소를 지으며 노래 소리에 귀를 기울었다.

들판에 곡식이 익을 때면 날 찾아 날아온 널

보내야만 해야 할 슬픈 나의 운명

          ……

석양에 노을이 물들고 들판에 곡식이 익을 때면

노오란 참새는 날 찾아 와주겠지

K는 '노오란 참새는 날 찾아 와 주겠지.'를 부르며 눈을 지그시 감았다. 여자의 얼굴이 눈앞에서 휙, 지나가는 것 같았다.

"참, 너도 낭만적이구나. 하긴 예전에 이런 노래 많이 불렀지. 언니, 여기요, 여기."

현미는 K를 보다 출입구에 눈길을 돌리곤 손을 흔들었다. K는 눈을 뜨고 다가오는 여자를 바라보았다.

"어? 선생님이 여기 웬일이세요? 평일인데."

여자는 K를 보고 놀란 표정을 지었다. K도 어? 하며 여자와 현미를 번갈아 보았다. 누드크로키하는 화실의 원장이었다.

"아는 사이야?"

현미가 어리둥절하며 물었다.

"그럼. 같이 그림 그리는데. 그리고 모…….."

원장은 말을 하려다 멈추었다. K는 누드크로키를 할 때부터 고향이니 자신에 대해 절대로 누구에게도 말하지 말라고 신신당부했기 때문이었다.

"근데 너는 어떻게 아니?"

원장 또한 이상한 일도 다 있다는 표정으로 현미에게 물었다. 우리 동기에요, 초딩 동기. 현미는 대답을 하고 나서는 K를 바라보았다.

"그림을 그린다고?"

현미는 더욱 놀라는 말에 K는 손사래를 쳤다.

"아냐. 그냥 배우는 중이야."

"아닌 거 같은데. 은행은? 그만뒀어? 명퇴야? 하긴 오십 넘으면 다 잘린다더라."

현미는 계속 K를 바라보며 말했다. K는 웃기만 했다.

"근데 여긴 웬일이세요?"

K는 원장을 바라보며 말했다.

"얘가 한 잔하자고 해서요. 가끔 만나요, 우리. 그림 그리는 사람끼리."

K는 고개를 끄덕였다. 여자들도 마찬가지구나 싶었다. 끼리끼리 모이는구나. 그때 뒤에서 남자의 목소리가 들렸다.

"아는 척 좀 하슈."

K는 돌아보니 선배가 이쪽을 바라보며 말했다.

"어? 황선생님."

원장이 아는 척을 했다. 그러자 옆에 앉은 후배가 고개를 숙여 인사를 했다. 선배가 비틀거리며 다가왔다.

"합석합시다."

선배의 말에 원장은 K를 바라보며 난처한 표정을 지었다.

"좋습니다. 저도 아까 이 분들과 술 마셨습니다."

K의 말에 원장은 이 세상 참 좁긴 좁아, 하며 앉으라고 했다. 선배는 후배를 불렀고 친구도 노래를 마치고 자리로 왔다.

"그러니까 이쪽은 그림 그리시는 분들이고 이쪽은 음악하시는 분들이란 말이죠."

K는 기분이 좋은 듯 너털웃음을 지으며 말했다. K로서는 이런 자리는 처음이었다. 주로 만나는 사람들은 사업하는 사람이었는데 예술을 하는 사람이야 누드크로키 모임뿐이었다. 이제 사표를 내고 나니 만나는 사람 자체가 달라지는구나 싶었다. 기분이 좋았다. 격식도 필요 없고 자유분방한 분위기가 좋았다.

"뭐 거창하게 생각하지 마셔요. 지역에 미협 문협 음악협회 등등 예총이 있거든요. 그래서 가끔 만나는 사이에요."

원장의 말에 친구가 말을 받았다.

"그래도 있을 건 다 있다고. 미협 같은 경우 매 년 전시회 열지요. 우리 딴따라도 매 년 정기음악회 열지. 문협도

매 년 책 펴내지."

친구의 말에 선배가 나섰다.

"그럼. 우리가 고향의 예술을 이끌어 간다는 거 아냐."

선배가 말했고 원장은 대답을 않고 현미와 귓속말로 무언가 애기를 나누었다. 좀 있자 막걸리와 부침개가 왔다. 선배는 소주를 시켰고 친구가 술을 따랐다. 선배가 술잔을 들어 건배를 외쳤고 다들 술잔을 들어 앞으로 내밀었다 입으로 가져갔다. K는 적게 술을 마셔야지 하면서도 술잔을 다 비웠다. 술은 달았다. 원장이 술을 따랐다. K는 두 손으로 술잔을 잡았다. K는 술을 받고 탁자에 놓는데 선배가 빈 술잔을 K에게 내밀었다. K는 여기 잔이 있다고 했지만 선배는 막무가내로 술잔을 주고는 술을 따랐다. K는 잔을 받아 마시고는 선배에게 술을 따랐다.

"참, 근데 아까 말하다 만 말이 뭐야?

술잔이 이 사람에서 저 사람으로 돌고 도는데 갑자기 현미가 K를 보고 말했다.

"뭐라고?"

잘 안 들리는 듯 K가 음성을 높였다. 현미가 고개를 돌려 원장의 귀에 대고 소리쳤다.

"아까 K 소개할 때 그림 그리고 또 모, 뭐라고 했잖아요?"

순간 원장은 고개를 돌려 K를 보았고 K는 고개를 숙인 채 가만히 있었다. 술기운이 올랐다. 그만 가야지 싶은데 몸은 자꾸만 더 있자고 하는 것 같았다. 친구와 선배 후배는 셋이서 무언가 진지하게 얘기를 했다. 아마도 무슨 공연 얘기 같은데 K로서는 종잡을 수 없었다.

"아냐. 아무것도."

원장의 말에 K는 고개를 들었다. 그리고 현미를 바라보았다.

"궁금하냐? 다 알고 있는 거 같은데. 예술가의 직감으로."

K의 말에 현미는 눈을 동그랗게 떴다.

"정말? 맞구나. 왜 선배님 화실에서 누드크로키한다고 했잖아요. 그래서 같이 그림 그리고 또 모 뭐라기에 설마 했더니."

현미는 의외라는 듯 K를 바라보았고 현미와 같이 온 후배는 뭔데? 하며 관심을 나타냈다.

"이 양반이 글쎄 모델이라고. 누드모델."

현미의 말에 그림 그리는 후배는 물론 친구와 얘기하던 이들도 돌아보았다.

"뭐라고 누드모델? 누가?"

선배가 물었고 원장과 현미는 술잔을 입으로 가져갔다.

"누가 누드모델 선다며? 누구?"

친구가 재차 물었다. 현미가 턱으로 K를 가리키며 재한테 물어봐라, 했다. 친구는 K를 바라보았고 K는 너털웃음을 웃었다.

"인마. 내가 한다고, 내가."

됐냐? 하는 표정으로 친구를 바라보던 K는 술잔을 들어 한 모금 마셨다.

"네가 누드모델? 누드크로키하는데?"

친구의 말에 원장이 나섰다.

"다 드러난 거 얘기하자. 그래, 그러니까 K선생님이 우리 화실에서 그림을 그리시는데 누드모델도 서신다고. 이 주일에 한번씩."

원장이 얘기했다.

"아니 이런 사람이 무슨 누드모델을 서요? 예쁜 아가씨들도 많을 텐데."

선배가 얘기하자 현미가 말했다.

"어디 모델이 여자만 서나요? 이런 나이 대에 모델 구하는 게 얼마나 어려운데요."

"그래. 모델하니까 주위에 많이 알려서 모델 좀 서게 해 줘라. 현미 네 학원에는 안 필요하냐?"

K는 술기운에 몸을 옆으로 휘청이며 말했다.

"어마, 이 사람 봐. 우리 학원은 유치원 초딩 상대야. 걔들 보고 네 벗은 모습 그리라고?"

현미의 말에 사람들은 와, 하고 웃었다. K도 따라서 웃었다. 그때 친구가 정색을 하고 K를 바라보았다.

"그럼 서울에 안 있는 거야? S에 있어?"

친구는 의외라는 듯 물었다. 원장이 얘기하려는데 K가 먼저 말을 했다.

"사표내고 아예 S로 내려왔다. 직장도 그만두고. 이제 그림만 그릴라고."

K는 친구를 마주보며 말했다. 그러자 사람들의 시선이 일제히 K에게 쏠렸다. 잠시 침묵이 흘렀다.

"정말이요?"

원장이 놀래서 물었다. 친구가 핏, 하고 웃었다.

"농담하지 말고. 그러니까 매주 토요일에 와서 모델도 서고 그림도 그린단 말이지. 서울에서 맨 생활은 하고."

친구는 농담하지 말라는 투로 말했다. K는 빙긋이 웃었다.

"전에는 네 말대로 그랬는데 몇 주 전에 아예 사표 냈어. 이제 좀 하고 싶은 거 하며 살자 싶기도 하고. 그게 다야."

K의 담담한 표정에 비해 다들 놀란 표정으로 K를 바라보았다.

"그럼 네 와이프는 가만있던?"

친구가 다시 물었다.

"미국 가. 애들이 유학 가는데 따라가."

K의 말에 원장이 끼어들었다.

"그럼 돈을 보내줘야 하잖아요. 돈이 한두 푼 드는 게 아닐 텐데."

"재산 다 줬어요. 그리고, 이혼하자고 했어요."

K의 말에 친구는 술잔을 들어 한 모금 마셨다.

"아, 이 사람. 난 도통 무슨 말인지 모르겠네."

친구의 말에 선배가 나섰다.

"잘 했어. 까이꺼, 우리 인생 얼마나 산다고. 하고 싶은 거 하며 살지."

선배는 K에게 건배를 청했다. K는 두 손으로 술잔을 들어 선배의 술잔에 부딪쳤다.

"그럼 돈이라도 보내줘야지. 유학비도 만만찮을 텐데."

현미가 말하자 친구가 손을 저었다.

"야, 남자는 맨날 돈만 벌어 자식들 똥구녕에 처박아야 하나."

친구의 말에 선배와 후배가 맞아, 맞아. 하며 맞장구를 쳤다.

"그래도 어떡하냐. 그게 현실인데."

원장은 한편으론 이해한다고 했다.

"그럼, 그림 그려서 먹고 살려고? 이 판이 어려운데."

현미가 말했다.

"그림 가지고 되겠냐. 이것저것 해야지. 설마 굶어죽기야 하겠냐."

K는 고개를 끄덕이며 말했다.

"괜찮아, 까이꺼. 설마 굶어죽기야 하겠냐."

선배는 또 다시 K에게 건배를 청했고 K가 술잔을 들자 친구와 후배도 술잔을 들었다.

"저래서 남자들은 안 된다니까."

현미는 몸을 뒤로 젖히며 말했다.

"그럼 정말로 그만뒀으면 생활은 어디서 하세요?"

원장이 물었다. K는 시골집에서 생활하며 그림 그린다고 얘기하자 고개를 끄덕였다.

"혹, J는 못 봤어요?"

원장의 말에 K는 고개를 저었다. 오히려 K가 묻고 싶은 말이었다. 언제 기회 되면 물어봐야지 하고 있었는데 오히려 원장이 묻는 걸 보니 아직 아무도 여자에 대해 모르는구나 싶었다. 오늘밤이라도 찾아가 볼까. K는 눈을 감으며 J를 떠올려보았지만 옆 사람들의 말소리에 정신이 집중되지 않았다.

"하긴 남자들도 불쌍하긴 해. 평생 돈 버느라 하고 싶은 거 못 하고 살지. 늙으면 노후 준비 못 해 어렵게 살지."

그림 그리는 후배가 말했다.

"그래도 부인은 어떡해. 애들은? 가장이 돈 벌어와야 사는 게 우리 나라 현실 아냐?"

원장이 말했다.

"재산 다 준다잖아요. 얼만지 모르겠지만 빈털터리로 나온다는데 뭔 말이 필요해요. 그리고,"

친구는 속 탄다는 듯 술잔을 들어 단숨에 마시곤 다시 말을 이었다.

"애들도 부모 마음을 알아야 해. 대학 졸업하면 스스로 독립할 생각 좀 하고. 부모도 좀 자기 인생 살아야 하는 거 아뇨?"

친구는 원장을 보며 도전적으로 말했다. 원장은 이 사람 술 취했네, 하며 풋, 웃었다.

"그래도 잘 했어요. 까이꺼, 자기 인생, 자신을 위해 살아 봅시다. 남을 위해서 살지 말고."

그림 그리는 후배의 말에 선배가 웃음을 터뜨렸다.

"맞아. 진숙 씨가 제대로 봤네. 자, 한 잔 해 봐."

선배가 술잔을 들며 말했다. 좁은 시골이다 보니 서로서로 잘 아는 사이 같았다.

"무슨 그림 그릴 것인가 계획은 짰어요? 하긴 직장 그만 뒀으면 이미 다 세웠겠지만."

원장이 스스로의 말에 고개를 끄덕이며 혼잣말을 했다.

"근데 이 바닥이 자기 돈 내고 전시회하는 덴데요. 이런 시골에서는 그림 사는 사람도 없어요. 다들 공짜로 얻으려고 만 하고."

그림 그리는 후배의 말에 원장이 고개를 끄덕였다. K는 상관없다는 듯 빙긋이 웃었다.

"당분간 누드화 좀 그릴까 합니다. 그리고 전국모델협회에 가입도 해서 그쪽으로도 활동도 하면서 공부도 하려고요."

"좋다, 그래. 용기가 가상하다. 인생 별 거 있나."

현미가 K의 등을 툭, 치며 말했다.

"예, 맞아요. 열심히 해 보세요. 그래도 그림 그리다 굶은 죽은 사람 얘기는 못 들었으니까요."

원장이 말했다. K는 예, 하고는 일어서서 노래 부르는 곳을 바라보았다. 저곳에 가서 노래를 부르면 세상을 다 얻은 기분이 들 것 같다는 생각하며 화장실을 다녀왔다. 그 사이에 친구는 기타를 치며 조용히 노래를 부르고 있었다. '저 바다에 누워'였다. K는 한참동안 서서 친구를 바라보다 술자리를 바라보았다. 어느새 음악 하는 사람은 그들끼리 그림 그리는 사람들은 또 그들끼리 무언가 심각하게 얘기하고 있었다. K는 이제 그만 가야겠다며 몸을 돌렸다. 친구의 아내는 주방에서 의자에 앉아 친구가 노래를 부르는 것을 바라보고 있었다. 고개를 끄덕이는 게 속으로 노래를 따라 부르는 것 같았다. 저런 아내가 있다면 친구는 행복할 것이다. K는 부러운 눈으로 친구의 아내를 바라보다 카운터에 돈 10만원을 슬쩍 놓고는 밖으로 나왔다.

K는 컴퓨터를 열고 예전에 받은 메일함을 보았다. 여자가 보내 온 메일은 모두 세 개였다. 모두 첨부 파일이 있는 메일이었다. K는 먼저 보내온 메일부터 클릭했다. 언젠가 자신의 마당에서 찍은 사진들이 화면에 떴다. 작업실이 아닌 야외에서 찍은 첫 번째 사진이었다. 자연광을 받은 누드를 그리기 위해 찍은 사진이었는데 여자의 표정이 너무나 밝아 오히려 K는 가슴이 저미어 왔다. 두 번째 사진은 무천대 유원지에 갔다가 마땅한 데가 없어 계곡에 가서 찍은 사진이었다. 물속에 잠겨 있는 여자의 몸이 인상적이었다. 조그마한 웅덩이에 불과한 곳이었는데 사진에는 커다란 폭포와 거대한 바위가 배경으로 자리 잡고 있었다. 여자의 몸과 자연이 너무나 잘 어울리는 사진이었다. 자신의 사진도 자연과 일치되어 온갖 세속의 고뇌를 잊은 듯 했다. 특히 여자와 자신이 껴안고 있는 사진이 인상적이었다. 어느 원시인 부족의

부부는 아이들과 목욕하다 아이들을 집에 보내고 나서 부부 관계를 갖는다고 말한 여자의 말이 떠올랐다. 여자도 그런 걸 원했는가. 여자는 카메라를 자동으로 해 놓고 급히 자신에게 와 무릎위에 올라탄 것이 기억에 났다. 물론 자신이 여자의 몸속에 들어갔을 때 카메라는 찰칵, 소리를 냈다. 세 번째는 문경새재에서 찍은 사진이었다. 식당 뒤의 산으로 올라가는 산책길 옆에서 찍은 것이었는데 성기 장승을 부여잡고 웃는 여자의 포즈가 인상적이었다. 사진을 보노라니 방금 여자와 함께 있었던 같은 느낌이 들었다. 어쩌면 자신의 인생에서 그림을 그리면서 여자를 만난 시점이 가장 행복했던 때가 아니었나, 싶었다.

K는 사진을 보며 망설였다. 여자를 그리고 싶은데 뭔가 머뭇거려졌다. 여자를 만나지 못 한 때부터 지금까지 줄곧 여자만 그려왔다. 그러면? K는 스스로에게 반문했다. 계속 여자만 그릴 것인가. K는 사진들을 훑어보며 생각했다. 이제는 내 자신을 그릴 때가 되지 않았는가. 여자의 그림을 그리면서 여자의 몸을 재해석하여 그리는 것보다는 그때의 감정에 사로잡혀 그린 경우가 많았다는 생각이 들었다. 거리를 두어야 한다는 생각이 들었다. 물론 찰나의 느낌을 표현하는 것도 중요하지만 거리를 두고 새로운 관점으로 몸을 보고 그리는 데는 부족한 것 같았다.

그래. 당분간 내 몸을 그리자.

K는 자신의 사진을 훑어보았다. 포즈가 자연스럽고 배경과 잘 어울렸다. 아무래도 사진을 찍은 여자의 미적 감각이 느껴졌다. 처음 보내온 메일을 클릭하여 사진을 보았다. 마당에서 찍은 사진 중 편안하게 서서 팔짱을 끼고 하늘을 바라보는 사진을 확대했다. 역시 자연스럽고 왼쪽에서 들어오

는 자연광이 부드럽게 몸을 감싸는 것 같아 마음에 들었다. K는 프린터를 켜고 인쇄를 클릭했다.

특별히 주문한 세로 2M 가로 1.5M 캔버스를 이젤에 놓고 목탄을 꺼냈다. 출력한 사진을 이젤 위에 압정으로 꽂았다. 잠시, K는 캔버스를 바라보았다. 이때가 좋았다. 그림을 그리기 직전. 약간의 흥분이 되는 시점. 새로운 세계로 들어가는 듯한 느낌. 하얀 천에서 느껴지는 무구한 느낌. K는 이러한 느낌을 조금이라도 더 느끼기 위해 그림 그리기 직전 잠시 조용히 있었다.

목탄으로 우선 제일 위와 아래 부분을 표시했다. 머리끝과 발바닥이 닿는 부분이었다. 단전 아래 부분이 올 중간에 옅게 표시했다. 2등분이 되었다. 다시 윗부분의 중간 부분에 목탄을 옅게 표시했다. 젖꼭지가 그려질 부분이었다.

목탄으로 사진의 머리 부분과 상체, 그리고 다리의 길이를 재어보았다. 밑바탕 그림을 정확하게 해 놔야 실수가 없었다. 대충 8등신으로 생각해 감으로 그렸다가 실패한 적이 몇 번 있었다. 다 그려 놓고 그림을 보는데 뭔가 이상했다. 하나하나 뜯어보면 잘 그려진 것 같은데 전체적으로 보면 뭔가 균형을 잃은 것 같은 느낌이 났다. 그리고 무엇보다 사람이 살아 있다는 느낌이 들지 않고 마치 마네킹 같은 느낌이 들었다.

K는 매일 자신의 몸을 그렸다. 물감을 두껍게 칠해 전체적으로 무거운 느낌이 났다. 배는 실제보다 더 나오게, 그리고 허리는 더 굵게 그렸다. 자기 자신을 그릴수록 자신의 살아 온 삶이 떠오르는 것 같았다. 초등학교 다닐 때 시내에 사는 아이들의 뽀얀 살결. 하얀 운동화. 또한 가난해서 선생님으로부터 차별을 받았던 기억들. 중학교 올라가서는 학교

를 마쳤는데도 일부러 집에 늦게 들어오던 일. 고등학교 때는 시골을 벗어나야 한다는 압박감. 서울로 대학 가서 서울에 기반을 잡아야 한다는 생각. K는 몸을 하나하나 그럴 때마다 마치 살아 온 생을 다시 보는 것 같았다.

그림을 그리면서도 여전히 밤이면 2층집 주위를 어슬렁거렸다. 꼭 만나야한다는 생각보다 하나의 일상이 되어버렸다. 그러다 통장을 만나기도 했다. 통장은 다시 집을 살 생각이 없느냐고 물었고 K는 그럴 생각이 없다고 말했다. 통장은 집이 안 팔리더라도 교수님은 곧 이사 갈 생각을 하고 있는 것 같다는 말을 했고 K는 태연을 가장해 언제쯤일 거냐고 넌지시 묻기도 했다. 아마도 오래지 않아 이사 갈 것이라며 주위에 집 살 사람이 있으면 소개해 달라고 했다. 통장을 만난 날은 작업실에 앉아 소주를 한 병 비우기도 했다.

며칠에 한 번 절에도 갔다. 크게 만난다는 기대는 하지 않았다. 운동이 주목적이었다. 매일 앉아서 그림을 그리니 체력이 많이 저하된 것 같았다.

그러던 어느 날이었다. 점심을 먹고 난 뒤 그림을 그리고 나서 절에 가기 위해 집을 나섰다. 여전히 2층집을 지나며 흘끔거렸다. 여자는 보이지 않았다. K는 잠시 머뭇거리다 산을 오르기 시작했다. 초겨울인지라 제법 쌀쌀한 바람이 불었다. 참나무는 벌써 잎이 지기 시작했다. 그래도 경사가 가파른지라 조금 오르자 이마에서 땀이 났다. 쉬지 않고 계속 갔다. 자주 가니 다리에 힘이 붙었는지 가파른 길에도 잘 올랐다. 중간쯤 갔을까. 커브길에서 쉬는 바위라고 K가 이름 붙인 바위에 걸터앉아 쉴 때였다. 산 밑에서 시원한 바람이 불어와 머리카락이 휘날렸다. 머리카락은 그냥 두고 저 멀리 시내를 보는데 거짓말같이 여자가 불쑥 나타났다. 그렇다.

불쑥, 나타난 것이었다. 굽은 길이라 여자가 올라오는 것을 미처 보지 못 한 탓이었다.

어.

K는 자신도 모르게 작은 소리를 냈고 K를 발견한 여자는 자리에 섰다. 그러나 잠시였다. 여자는 고개를 잠깐 숙여 인사를 하곤 곧장 산을 오르기 시작했다. 얼굴에는 땀이 반들거렸다. 처음 만났을 때처럼 한 번도 쉬지 않고 절에까지 갈 모양이었다. K는 여자의 뒤를 따랐다. 하지만 얼마 가지 못해 여자를 놓치고 말았다.

절에 다 올라왔을 때 여자는 보이지 않았다. K는 대웅전으로 갔다. 옆문 앞에 여자의 신발이 보였다. 문은 닫혀 있었다. K는 옆문을 살며시 열었다. 여자의 모습이 보였다. 여자는 불상을 향해 절을 하고 있었다. 저번처럼 108배를 하는 모양이었다. K는 옆문에서 벗어나 배롱나무가 있는 곳으로 갔다. 여자를 자꾸 보는 게 예의가 아닐 듯싶었다. 배롱나무 옆에 있는 바위에 걸터앉으니 산 밑에서 찬바람이 불어왔다. 땀이 금방 마르면서 한기를 느꼈다. 산 밑과 산위의 온도가 차이가 많이 났다. K는 옷을 여미곤 시내를 바라보았다. 마치 뿌옇게 안개 낀 것처럼 연무가 끼여 있었다. 하지만 시내를 바라보고 있어도 시내를 보는 게 아니었다. 정신은 온통 대웅전 쪽에 집중되어 있었다. 문 여는 소리, 닫는 소리, 발걸음 소리, 여자와 관계된 어떠한 소리도 놓치지 않겠다는 의지가 있었다. 시간이 한창 지났을 것 같은데 여자는 나오지 않았다. 스마트폰을 꺼내 시간을 확인했다. 기다린지 겨우 10분밖에 지나지 않았다. 그런데 마치 10시간은 지난 듯 했다. 일어서서 팔짱을 끼고 배롱나무 주위를 어슬렁거렸다. 108배를 몇 번이나 하길레 이토록 오랫동안 법당에 있는가. 일부러 고행을 자처해서 자신의 몸을 혹사시키는 것 같았다. 가슴이 아려왔다. 한참동안 배롱나무 주위를 어슬렁거리다가 다시 스마트폰을 꺼내 시간을 확인했다. 역시나 8분이 지났다. 시간이 참으로 늦게 간다고 생각하는 순간 삐익, 거리며 대웅전의 옆문이 열렸다. K는 고개를 돌렸다. 여자는 신발을 신고 문을 조용히 닫았다. K는 숨이 멎는 것 같은 느낌을 받으며 계속해서 여자를 바라보았다. 여자는 고개를 숙인 채 마당으로 내려오더니 곧장 산 밑으로 내려갔다. 분명 K를 봤을 텐데도 아무런 동요도 없이 산을 내려가는 것이었다. K는 섭섭한 마음이 들었으나 곧 잊어버리고 여자의 뒤를 따라갔다. 여자의 얼굴은 많이 말라있었다. 또한 무표정한 얼굴이었다. 밑으로 내려갈 때 K는 뒤처지지 않았다. 가파른 길이라 여자는 빨리 내려갈 수 없어서 K 또한 힘들지 않고 여자 뒤를 따라갈 수 있었다. 하지만 K는 여자에게 말을 붙일 수 없었다. 일정한 거리를 유지하며 걸어가는 여자에게서 완강한 거부 같은 게 느껴졌기 때문이었다. K는 묵묵히 뒤를 따랐다. 언젠가는 돌아보겠지. 다 내려가기 전에 아는 척을 하겠지. 그땐 무슨 말을 할까. K는 머릿속에 떠오르는 생각으로 어떻게 밑으로 내려왔는지 몰랐다. 정신을 차리고 보니 벌써 산 밑에 와 있었다. 여자는 뒤를 돌아보지 않고 곧장 걸어가 2층집의 대문을 자물쇠로 열고 안으로 들어갔다. K는 허탈한 마음에 멈춰 서서 정원을 가로질러 현관으로 걸어가는 여자의 모습을 물끄러미 바라보기만 했다.

K는 작업실로 들어와 소파에 앉았다. 온 몸에 힘이 쏙 빠졌다. 차라리 만나지 않은 게 더 좋았을까. K는 고개를 들어 벽에 걸린 여자의 누드화를 바라보았다. 여자가 오지 않을

때 몇 점 그린 누드화였다. 표정이 밝고 주위의 풍경과 잘 어울리는 모습이었다. 하지만 오늘 봤을 때는 저런 모습이 아니었다. 고행을 하는 수도사를 연상시키는 모습이었다. 어쩌면 자학하는 느낌이 더 강하게 다가왔다. K는 이런 현실에서 자신이 여자에게 할 수 있는 게 없다는 게 마음이 아팠다.

K는 저녁을 먹지 않고 계속 소파에 앉아 있었다. 어느새 어둠이 내렸는지 작업실 안이 캄캄했다. 저녁을 먹고 그림을 그려야지 싶은데 꼼짝도 하기 싫었다. 피로가 몰려왔다. 소파에 드러누웠다. 어둠이 안온하게 느껴졌다.

깜빡 잠이 들었을까. 마당에서 인기척이 났다. 옆집의 발바리가 짖는 소리가 나지 않았는데 무슨 소릴까, 하며 K는 그대로 누워 있었다. 꿈을 꾸는 것인가. 잠시 그런 생각을 하며 아래로 추락하는 몸을 다잡았다. 그때였다. 삐익, 소리가 나며 문이 열렸다. 처음에는 밖에 바람이 부는 소리인 줄 알았다. K는 계속 눈을 감고 누워 있었다. 하지만 찬바람이 확 불어왔다. 문이 바람에 열렸구나. 일어나서 문을 닫아야 되는데. K는 그런 생각을 하며 계속 누워 있었다.

사삭.

그때 또다시 뭔가 바닥을 끄는 소리가 났다. K는 눈만 조금 치켜뜨고선 문 쪽을 바라보았다. 커다란 물체가 문 앞에 서 서 있었다. K는 깜짝 놀라 상체를 일으켰다. 문 앞의 물체는 가만히 있었다. K는 상체를 반쯤 일으키곤 물체를 바라보았다.

아.

K는 자신도 모르게 신음소리를 냈다. 여자다. 순간 K는 이런 생각을 하며 이것이 꿈인가 생시인가, 하며 앞을 바라

보았다. 여자는 여전히 가만히 서 있었다. 어둠에 눈이 익숙해지자 확실히 여자의 모습이 드러났다. K는 소파에 앉아 여자를 바라보았다. 여자의 고르지 못 한 숨소리가 들리는 듯 했다. 무슨 말인가 해야겠는데 말이 나오지 않았다. 여자도 말이 없이 K를 바라보기만 했다. 한참동안 서로 바라보는데 여자가 소파 쪽으로 다가왔다. 그러더니 일말의 망설임도 없이 옷을 벗기 시작했다. K는 일어서서 옆으로 비켜섰다. 여자가 옷을 다 벗고 알몸을 드러냈을 때 K는 천천히 전기 스위치 있는 곳으로 다가가 불을 켰다. 순간 여자의 하얀 알몸에 눈이 부셨다. 여자는 아랑곳없이 두 손을 허리에 얹더니 두 다리를 벌리고 섰다. K는 그제야 여자의 뜻을 알아차리고 부리나케 이젤 앞으로 왔다. 이젤에 있던 캔버스를 내리고 스케치북을 올렸다. 목탄을 꺼냈다. 머리의 형체를 그리고 등의 선을 따라 아래로 쭉 그었다. 그동안 허리살과 엉덩이에 살이 많이 오른 느낌이 들었다. 처진 가슴을 그리고 쭈글쭈글한 뱃살을 거쳐 음모로 선이 내려왔다.

여자는 앉더니 두 팔로 다리를 감싸 쥐고 무릎 위에 얼굴을 옆으로 대었다. K는 스케치북을 한 장 넘기고 나서 여자를 보는데 왠지 눈물이 나올 것 같았다. 목탄으로 머리에서 등을 거쳐 엉덩이로 선을 둥글게 그었다. 마치 어미 뱃속에 있는 태아 같은 포즈였다.

여자는 양반다리를 하고 앉더니 두 손으로 뒷머리를 움켜쥐었다. 고개를 약간 숙인 포즈였다.

포즈를 취하는 시간은 짧았다. K가 미처 다 그리기도 전에 포즈를 바꿀 때도 있었다. 이런 일은 드물었다. 그 전에는 희한하게도 K가 다 그릴 때쯤 여자는 알아차리고 포즈를 바꾸었다. 하지만 지금은 K가 미처 다 그리기 전인데도 포즈를 바꾸었다. 여자에게서 뭔가 쫓기는 듯한 느낌이 났다. K는 이마에 흐르는 땀을 손등으로 훔치다 자신도 모르게 화들짝 놀랐다. 난로를 켜지 않은 것이었다. 미처 거기까지 생각 못 했던 것이었다. K는 난로를 켤까 하고 여자를 유심히 바라보았다. 놀랍게도 여자는 겨드랑이 쪽에 땀을 흘리고 있었다. 가슴 부위에도 땀이 맺혀 있었다.

아.

K는 여자를 바라보다 다시 목탄으로 크로키를 하기 시작했다. 이 추운 날씨에 여자는 땀을 흘리고 있다니. K는 부리나케 목탄을 스케치북에 가져갔다.

얼마쯤 흘렀을까. 여자의 몸이 좀 풀리는 것 같았다. 처음엔 굳어 있었는데 생기가 도는 것 같았다. 비슷한 포즈를 취해도 자세가 부드러웠다. 보는 사람이 부담이 덜 느끼는 정도가 되었다.

여자가 누워 한 쪽 다리를 구부렸다. 편안한 자세였다. 가슴에서 말소리가 울렸다.

당신을 기다렸어요.

이젠, 기다리지 마세요.

여자는 한 쪽 팔을 뻗고 다른 팔은 가슴 쪽으로 꾸부리곤 엎드렸다. 다리도 한 쪽을 구부렸다.

왜요? 이제 그림은 그만 하시렵니까?

K는 속에서 울음이 치받쳤다.

가정에 충실하려고 했어요. 그래야 할 것 같아요.

여자는 엎드린 채 상체를 세웠다.

왜요? 모델 서고 누드화 그릴 때 행복했잖아요. 세상을 다 얻은 기분이었다고 했잖아요.

모르겠어요. 자꾸 두려워요. 분명 그런데 자꾸 불안해요.

여자는 무릎을 구부리고 상체를 세워 두 팔을 위로 치켜 들었다.

그래요. 한 번 날아보세요. 하고 싶은 대로 힘껏 날아보세요.

저도 그러고 싶어요. 근데 뭔가 자꾸 뒷덜미를 잡아요.

여자는 소파에 등을 기대어 앉았다. 지금껏 가장 편안한 자세였다.

그래요. 그렇게 해요. 그렇게 하고 싶은 대로 포즈를 취하세요.

하고 싶은 대로 하며 살 수 있을까요. 애들이 보고 남편이 보고 세상 사람들이 보는데.

여자는 두 다리를 쭉 뻗고 팔로 뒤로 짚고 상체를 뒤로 젖혔다.

자식도 잊고 남편도 잊으세요. 세상 사람들도 잊어요. 오직 자신만을 생각해요.

자식이 전부였고 남편이 전부였는데. 가정이 전부였는데.

여자는 일자로 드러누웠다.

이제는 당신 삶을 살아요. 누구의 눈치도 보지 말고.

저도 그러고 싶어요. 근데 불안해요. 모르겠어요.

여자는 다른 포즈로 넘어가지 않고 그대로 있었다. 마치 잠이 든 듯 편안해 보였다.

이제 세상은 당신 마음에 있어요. 그렇게 편안하게 마음이 가는대로 살아요.

날고 싶어요. 훨훨 날고 싶어요.

K는 여자를 한동안 바라보았다. 여자 역시 꼼짝도 하지 않았다.

이사 가신다면서요.

남편이 다른 데로 가재요.

갈 거예요?

‥‥‥‥.

K는 여자를 바라보다 밖으로 나왔다. 따뜻한 차라도 줘야
할 것 같았다. 주방으로 가서 가스레인지에 주전자를 올려놓
고 밖으로 나왔다. 창고로 가서 장작을 한 아름 안고 작업실
로 들어갔다. 여전히 여자는 누워 있었다. K는 난로에 신문
지를 넣고 위에 장작을 넣었다. 신문지에 불을 붙이자 금방
활활 타올랐다. 장작이 마른 소나무라 금방 불이 붙을 것이
었다. 나무 넣은 구멍은 놔둔 채 주방으로 갔다. 그새 난로
주둥이에서 김이 펄펄 나왔다. 둥굴레차와 잔을 쟁반에 놓고
주전자를 들고 작업실로 왔다. 소파에 앉아 잔에 물을 따랐
다. 여전히 여자는 꼼짝도 하지 않은 채 누워 있었다. K는
물끄러미 바라보았다. 편안해 보였다. 배가 일정하게 오르락
내리락 했다. K는 여자를 바라보다 가까이 다가갔다. 옆에
무릎을 꿇고 앉아 여자를 안았다. 여자는 아무런 저항도 없
이 K의 품속에 안겼다. K는 여자를 꼭 안은 채 한참동안 그
대로 있었다. 가슴이 쾅쾅 뛰었다. 여자의 몸은 뜨겁게 느껴
졌다.

K는 여자의 입술에 입을 갖다 대었다. 달콤함 향기 같은
게 느껴졌다. 여자의 입술을 내려와 목덜미로 입술을 가져갔
다. 밑으로 내려와 유두에 입술이 다다랐다.

아.

여자는 짧은 신음 소리를 내며 몸을 비틀었다. K는 부드
럽게 유두를 입안에 넣고 혀로 굴렸다. 여자는 두 팔로 K를
꼭 껴안았다. K의 입술이 밑으로 내려와 배꼽 부위에 닿자
또다시 여자는 아, 하고 짧은 신음 소리를 냈다. K는 옷을

벗었다. 여자는 K가 옷을 벗는 동안 K의 다리를 베고 누워 눈을 감고 있었다.

K는 여자를 눕히고 위로 올라갔다. 여자의 몸속으로 들어갔을 때 여자는 또다시 아, 하고 짧은 신음소리를 냈다. K가 몸을 움직이는 동안 여자는 몸을 비틀었다.

여자는 K를 꼭 안았고, K의 움직임에 따라 몸이 움직였다. 여자는 서툴렀다. 마치 처음 남자와 잠자리를 하는 것 같았다. K가 사정을 하고 났을 때 여자의 얼굴에는 눈물로 번들거렸다. K는 두 손으로 눈물을 닦아주었다. 하지만 눈물은 계속해서 흘러내렸다. K는 여자를 안고 한참동안 있다가 내려왔다. K가 옷을 입고 소파로 가 앉자 여자도 일어나 소파에 앉았다. 추울 텐데. 옷을 입지 않고 앉아 있는 여자를 바라보다 찻잔에 든 물을 버리고 다시 물을 따랐다. 여자 앞에 잔을 갖다 놓았다. 여자는 물끄러미 바라보다 잔을 들고 조금 마시곤 잔을 내려놓았다. K도 잔을 들어 한 모금 마셨다. 난로 위에 있는 주전자의 주둥이에서 김이 세차게 뿜어져 나왔다.

"가지 마세요."

K는 차를 한 모금 마시며 말했다.

"……."

여자는 아무 말 없이 차를 마셨다. K는 여자의 잔에 주전자의 물을 부어주었다.

"저랑 계속 모델 서고 그림 그려요."

"……."

역시 여자는 차를 한 모금 마셨다.

"이제 J씨 길을 가세요. 언제까지 가정에 발 묶여 살렵니까."

K의 말에 잠시 여자의 입술이 떨렸다. 여자는 잠시 고개를 들어 천장을 바라보았다. 잠시 뒤 자리에서 일어나 벽 쪽으로 갔다. 벽에는 여자가 오지 않은 직후 K가 여자를 그린 누드화가 걸려 있었다. 여자는 누드화를 찬찬히 들여다보았다.

"전 직장 그만 두었어요."

"……."

여자는 잠시 멈칫하더니 다시 옆으로 옮겨 다른 그림을 보았다.

"아내에게 이혼하자고 서류를 보냈습니다."

"……."

또다시 여자는 움찔거리곤 다시 자리를 옮겨 옆의 그림을 보았다.

"남은 인생. 모델과 그림 그리며 살 계획입니다. 같이 해요."

"……."

여자는 여전히 말이 없었다. 그림을 다 둘러본 여자는 마치 처음 보는 것처럼 다시 한 번 그림을 일별하고는 소파로 돌아왔다. 옷을 입고는 문 쪽으로 갔다. K는 여자의 행동을 하나라도 놓치지 않겠다는 듯 유심히 바라보았다. 문을 열고 신발을 신은 여자는 곧장 대문께로 나갔다. 잡아야겠다는 생각만 들 뿐 몸이 말을 듣지 않았다. 어서 일어서. 여자를 잡아. 뇌는 명령을 내리는데 몸은 꼼짝도 하지 않았다. 옆집의 발바리도 짖지 않았다. 아직도 여자를 기억하는 모양이었다.

K는 소파에 등을 깊숙이 묻었다. 또다시 허탈감이 몰려왔다. 눈을 감았다. 헛것을 보았는가. 꿈을 꾸었는가. 여자가 왔다가긴 했는가. K는 중얼거리며 두 손으로 얼굴을 감쌌다.

이틀 뒤 화실에 갔을 때 역시 여자는 오지 않았다. K는 원장에게 자신이 포즈를 취할 때마다 사진을 찍어 달라고 했다.

"그림 그리시게요?"

원장은 웃으며 말했다. 친구의 가게에서 술을 마시며 K의 생활을 들은 이후 그림은 잘 되느냐, 주로 어떤 그림을 그리느냐, 하고 관심을 나타냈다. 그때마다 K는 얼버무렸다.

누드크로키 모델을 할 때도 역동적으로 포즈를 취했다. 정적인 것보다는 동적인 자세에 더 염두를 두었다. 이렇게 하면 모델을 서는 게 힘들지만 사진도 찍을 겸 그렇게 하고 싶었다. 상체를 비틀며 서거나 상체를 숙이고 두 팔을 뒤로 번쩍 치켜들거나 했다. 앉아서 한 쪽 무릎을 세우고 무릎 사이로 머리를 집어넣기도 했다.

"자세 좋은데요."

쉬는 시간에 원장이 말했다. K는 웃기만 했다.

"그림도 좋을 거예요."

원장은 기꺼이 K를 응원한다는 투로 말했다.

"오늘은 포즈가 어려워요."

"전체적으로 포즈가 어두운 거 같아요."

회원들은 저마다 한 마디씩 했다. 하지만 불만스럽다거나 그런 것은 아니었다. 오히려 포즈에 대단히 만족하고 있었다.

집에 와서 카메라를 컴퓨터로 연결해 사진을 몇 장 출력했다. 누드화를 그릴 사진이었다. 여자가 왔다가고 다음 날 여자 그림을 그릴까 생각했지만 여자는 다음 날 밤 오지 않았다. 언젠가 여자가 다시 오면 여자 누드화를 그려야겠다고 생각했다.

K는 계속 자신의 그림을 그렸다. 오후엔 산에 가서 자연을 배경으로 자신의 누드를 찍어왔다. 혼자서 자동으로 사진을 찍어서 만족스러운 사진은 잘 나오지 않았다. 하지만 계속해서 만족할 때까지 사진을 찍었다. 마당에서도 사진을 찍었다. 역시 자연광이 좋았다. 오후 3-4시쯤, 해가 2시나 3시 방향쯤으로 기울었을 때가 좋았다.

아내에게는 여전히 연락이 없었다. 미국으로 갔는지 아직 안 갔는지. 법원에서도 아무런 연락이 없었다. 아내에게는 이제 자신이 필요 없을 것이었다. 직장을 그만두었으니 돈을 벌어오지 못 하는 가장이 무슨 소용이겠는가. 하지만 아직까지 이혼 수속을 밟지 않은 것은 기이한 일이었다.

여전히 밤에는 자신도 모르게 2층집 주위를 배회했다. 그림을 그리고 있다고 생각했는데 정신을 차리고 보면 2층집 옆길에 서 있었다. 역시나 여자를 만나지 못 했다.

절에는 거의 매일 갔다. 운동삼아 갔지만 여전히 산을 오르며 위를 살폈고 아래를 수시로 내려다보았다. 대웅전을 기웃거리고 배롱나무 아래 바위에 걸터앉아 산 아래를 하염없이 바라보기만 했다.

하지만 언젠가는 여자가 모델을 다시 선다는 이상한 예감을 가지고 있었다. 그런 느낌이 들었다. 딱히 꼬집어 말할 수 없지만 그런 예감이 들었다. 여자는 언젠가는 모델도 서고 누드화도 그릴 것이다. 어찌 보면 무모한 예감일지 몰라도 K는 확신하고 있었다. 그럴 때면 남편이 반대를 한다면 여자를 데리고 먼 곳으로 떠날 계획이었다. 여자와 함께 아무도 모르고 곳으로 가 모델을 서고 누드화를 그린다면 천국이 따로 없을 것 같았다.

통장을 길에서 우연히 만났을 때 이제 곧 이사 갈 예정이라고 했다. 싸게라도 팔겠다고 교수님이 자신에게 신신당부했다고 통장은 말했다. 하지만 K가 보기엔 2층집을 팔고 수수료를 챙기려는 통장의 속셈이 엿보였다. 하지만 그런 통장의 속셈이 역겹다고 해도 여자가 이사를 가지 않는 것은 아니었다. 어쨌든 남편은 서두르는 것 같았다. 여자는 도대체 어떤 생각을 갖고 있는 걸까. 훨훨 날고 싶다고 했는데. 자신의 꿈을 죽이고 가정을 유지하겠다는 것인가. K는 2층집 주위를 배회할 때마다 안으로 뛰쳐들어가고픈 충동을 가까스로 눌렀다.

자신의 누드화는 의외로 잘 그려졌다. 이상하게도 자신의 누드화를 그릴 때는 자신과 무수한 대화를 나누었다. 그리고 그동안 살아온 생활이 마치 한 편의 영화처럼 머릿속에 그려졌다. 그렇게 그리다 보면 어느새 3-4시간은 금방 지나갔다. 하지만 붓을 놓고 소파에 앉아 쉴 때면 어김없이 여자가 그 자릴 차지했다. 어디에 숨어 있었던지 붓을 놓기가 무섭게 나타나는 것이었다. 그러면 K는 이번엔 여자와 대화를 나누었다.

*

여자가 왔다가고 며칠이 지났을 때였다. 늦은 밤이었고 K는 자신의 누드화를 그리고 있었다. 그때 옆집의 발바리가 맹렬하게 짖었다. K는 깜짝 놀라 붓을 놓칠 뻔하였다. 여자인가. 하지만 이상했다. 여자라면 그동안 안면을 익혀서 발바리가 짖지 않았다. 이 밤에 누군가. K는 붓질을 멈추고 조용히 있었다. 작업실 옆의 골목길에서 발걸음 소리가 났다.

옆집으로 가지 않고 자신의 집으로 발소리가 이어졌다. K는 긴장하며 문을 바라보았다. 잠시 발걸음이 멈추었고 조용했다. 나가볼까, 하다가 K는 그대로 있었다. 한동안 아무 소리가 없어 다시 붓을 잡고 캔버스로 옮길 때 문이 벌컥 열렸다. K는 손을 멈춘 채 문 쪽을 바라보았다. 여자의 남편이었다. 순간 K는 여자에게 무슨 일이 일어났구나, 싶었다. 직감이었다. K는 아무 말 없이 남편을 주시했다. 남편은 들어 올 생각은 않고 작업실 안을 둘러보았다. 눈이 휑하니 들어갔다. 얼굴이 몹시 수척해 보였다. K와 눈이 마주쳤는데도 남편은 아무 말도 없이 이번엔 벽에 걸린 그림들을 둘러보았다. 초점이 없는 눈이었다. 그냥 멍하니 바라보는 눈이었다. K는 무슨 일인가. 가슴이 방망이질 쳤지만 남편을 계속 바라보는 수밖에 없었다. 한참동안 그림을 바라보던 남편이 들어오지도 않은 채 입을 열었다.

"내…… 아내, 여기 안 왔소?"

마치 중얼거리는 듯한 말소리였다.

"……."

K는 가만히 있었다. 작업실을 보면 알 일이었다. 구태여 대답할 필요성을 못 느꼈다.

"정말 안 왔소?"

남편의 말은 떨렸다.

"……."

역시 K는 가만히 있었다. 여자가 집을 나갔구나. 언제 나갔는가. 어디로 갔는가. K는 천장을 바라보았다. 왜 나에게 오지 않고 떠났을까.

"술…… 한 잔 하겠소?"

남편은 애원하듯 K를 바라보았다. K는 고개를 끄덕였다.

남편은 머뭇거리다 문을 열어둔 채 집 밖으로 나갔다. 곧이어 발바리가 짖는 소리가 들렸다. K는 멍하니 있었다. 따라오라는 의미인지, 남편의 의도를 몰라 의자에 그대로 앉아 있었다. 어디로 갔을까. 언제 갔을까. 또다시 의문이 떠올랐다. 정말 집을 나갔을까. 그런 생각을 하고 있을 때 머리에서 찬바람이 서늘하게 불었다. 떠났구나. 영영 떠났구나. 이제 영영 여자를 못 보겠구나 하는 생각이 들었다.

아.

K는 자신도 모르게 입에서 신음소리가 나왔다. 잠시 후 또다시 발바리가 맹렬하게 짖었다. K는 의자에 그대로 앉아 있었다. 마당에서 검은 물체가 나타났다. 남편이었다. 남편은 손에 양주 두 병을 들고 작업실 안으로 들어왔다.

"따라오시는 줄 알았습니다. 우리 집에서 마실 생각이었는데."

"……."

K는 말없이 밖으로 나와 주방으로 갔다. 맥주 컵을 두 개 꺼내 들었다. 안주는 마땅한 게 없었다. 주방을 나오는데 자신도 다리에 힘이 빠지며 휘청거렸다. 발목이 아려왔다. 아마도 발목이 접질러진 것 같았다. 절뚝거리며 작업실로 들어왔다.

"최근에 그리셨군요."

남편은 K의 스케치북을 보고 있었다. K가 잔을 탁자에 놓으며 스케치북을 보니 며칠 전 여자가 갑자기 찾아왔을 때 크로키 한 것이었다. 남편은 스케치북을 보다 K의 잔과 자신의 잔에 양주를 가득 따랐다. 남편은 K에게 권하지도 않고 단숨에 잔을 비웠다. K도 잔을 들어 단숨에 비웠다. 다시 남편이 술을 두 잔에 따랐다.

하.

남편은 숨을 길게 내쉬었다. 그러더니 또다시 잔을 들어 단숨에 비웠다. K도 잔을 들어 단숨에 비웠다.

"내일 이사 가려고 했는데."

남편은 다시 잔을 채우며 말했다.

"……."

K는 가만히 있었다. 한동안 가만히 있던 남편은 다른 술병을 따서 잔에 따랐다. 그리곤 단숨에 비웠다. K도 따라 잔을 비웠다. 남편은 또다시 술을 따랐다. 손이 떨렸다. 술에 약한 모양이었다. 벌써 남편의 몸이 흔들리고 있었다. K는 난로 위의 주전자가 내뿜는 김을 바라보았다.

아. 이제 영영 여자를 못 보는구나. 영영 떠났구나.

가슴에서 찬바람이 일었다. 한동안 가만히 있던 남편은 일어섰다. 다시 한 번 벽에 걸린 여자의 누드화를 보더니 문을 열었다. K는 잔을 비우고 고개를 숙였다. 금방 취기가 올랐다. 사물이 빙글빙글 돌았다. 남편은 신발을 신지도 않고 마당으로 내려갔다. 잠시 후 발바리가 맹렬히 짖었다. K는 옆으로 픽, 쓰러졌다.

*

5년 뒤 K는 여자의 누드화로만 개인전을 열었다. 물론 여자에게 말할 기회가 없었다. 그리고 남편에게도 말하지 않았다. 어디로 이사간 지도 몰랐다. 혹시라도 초상권 침해로 고소를 한다면 고스란히 받아들일 작정이었다. 2년 전 K는 자신의 누드화로 개인전을 열었을 때 반응이 좋았다. 그러자 개인전을 열었던 그 E화랑에서 여자의 누드화를 보고 초대를 했던 것이었다.

초대전은 언론에서 호평이었다. '중년의 몸의 아름다움' '이제는 돌아와 거울 앞에 선 누님 같은' 누드라는 큰 제목 아래 여러 평론가의 글이 실렸다.

-시각적인 호기심을 유도하는 그런 의도가 없고 아름다움에 대한 솔직한 작가의 마음이 담겨 있을 뿐이다.

-성적인 불순함을 숨기고 있지는 않지만 중년의 순수한 아름다움에 찬미일 뿐이다.

-기교적인 화려한 것이 없는 반면 수줍은 듯이 진솔하게 속마음을 잘 드러냈다.

-중년의 몸에 대한 예의

아마도 어디선가 여자는 이 글을 읽을지 모른다. K는 확신했다. 여자는 어디선가 누드모델 활동을 하고 또한 누드화도 열심히 그리고 있을 거라고. 언론에서는 그림의 주인공이 누구냐고, 어떤 관계냐고 집요하게 물었다. 그럴 때마다 K는 머뭇거리지 않고 곧장 얘기했다. 회생(回生)한 여자라고. 기자들은 예? 하고 어리둥절했다. K는 다시 말했다. 부활한 여자라고. ***

『누드모델』인문학적 성찰
- '참 나'를 찾아가는 여정
고석근(작가. 인문학 강사)

I. 상한 영혼을 위하여(고정희)

무엇이 무거운가? 인내심이 강한 정신은 이런 질문을 던지면서 낙타처럼 무릎 을 꿇고는 짐을 가득 짊어지고자 한다.(니체)

K는 한 마리 낙타였다. 그는 경상도 시골의 한 가난한 농부의 장남으로 태어났다. 그에겐 운명이 미리 정해져 있었다. 강한 낙타가 되는 것. 그는 선천적으로 좋은 머리를 타고났기에 부모님의 기대를 한 몸에 받으며 자라났다. '많이 먹어라! 어서 커서 크고 강한 낙타가 되어야지!'

그는 부모님의 기대대로 남들이 부러워하는 대학의 경영학과를 나와 모 은행 본점에 첫 발령을 받았다. 그리곤 강한 수컷 낙타에 걸 맞는 예쁜 암컷 낙타를 만나 결혼을 하고 두 아들을 두었다. 아내는 강한 낙타의 아내답게 돈을 잘 굴렸다. 돈을 눈덩이처럼 굴리며 강남에 입성했다.

아내는 말했다. "아이들은 제가 책임질 테니 당신은 돈만 많이 벌어오세요. 아이들 성공하는 게 엄마의 정보력 아빠의 무관심이라잖아요." 그는 아내의 말이 당연하다고 생각하며 무거운 짐을 짊어지고 뜨거운 햇살이 내리비치는 사막을 수십 년 동안 묵묵히 오갔다.

그러나 가장 외로운 이 사막에서 두 번째 변화가 일어난다. 여기서 정신은 사자　가 되고, 사자는 자유를 획득하려 하며, 자신의 사막에서 주인이 되려고 한다.　　나의 형제들이여, 무엇을 위해 정신 속에 사자가 필요한 것인가? 왜 체념과 경외　심으로 가득 찬 짐 싣는 짐승에 만족하지 않는 것인가? 자유를 창조하고 의무 앞　에서'아니다'라고 신성한 부정을 말하는 것, 그것을 위해 형제들이여, 사자가　필요한 것이다.(니체)

　　어느 날 낙타는 물끄러미 하늘을 본다. '나는 누구인가? 어디서 왔는가?' 그는 언젠가부터 허공에서 언뜻언뜻 한 인간의 환영을 보게 된다. 그러던 어느 날 그는 자신의 듬성듬성 빠진 머리카락을 만지다 '아, 저게 바로 나야! 나는 원래 인간이었어!' 화들짝 깨어난다.

　　그에게 운명처럼 옛 친구가 나타난다. 고교 동창생, 미술부를 함께 했던 나성진, 그는 그에게 그가 인간임을 확인시켜 주는 전령사이다.

　　그는 친구를 만나던 날 중얼거린다. '나는 이렇게 사는 게 당연한 걸로 생각했다. 직장 동료들도 대부분 그렇게 살고 있었으니 말이다. 그러다 든 생각. 이게 아닌데. 뭔가 자신의 삶을 통째로 잃어버리고 있다는 느낌이 언뜻언뜻 들었다.'

　　그는 친구와 그의 동료들을 만나 새로운 세상을 본 것이다. 지금까지와는 전혀 다른 세상. 인간은 '재물과 하느님은 동시에 섬길 수 없는 법(성경)'이다.

　　"야, 너 모델 할 의향 있냐?" 친구의 말에 그는 그의 지금까지의 삶이 송두리째 균열을 일으키는 것을 느낀다.

사즉생(死卽生), 한 알의 밀알은 썩어야 새 생명을 얻을 수 있는 것이다. 그는 이제 죽어야 한다.

인간은 타인이 자신을 인정할 때에만 자신을 인정할 수 있게 된다.(호네트)

그는 모델을 서기 전날 밤 꿈을 꾼다. '무슨 체육관 같은 곳이었다. 사람들이 꽉 들어찼는데 그는 체육관 중앙에서 옷을 몽땅 벗고 서 있고 사람들은 그런 자신을 보며 그림을 그리는 꿈이었다. 그런데 이상한 것은 전혀 부끄럽지가 않았다. 오히려 꿈속에서 자랑스러워했다. 사람들은 자신을 부러워했다. 어떤 이유에선지 몰라도 모델을 서는 게 아무나 서는 게 아니었다. 어떻게 선택되었는지 몰라도 어쨌든 자신은 선택되었고 사람들의 시선을 받으며 모델을 섰다는 것이었다. 깨어나서도 꿈이 너무나 생생해 마치 실제로 겪은 듯했다.'

그는 옷을 몽땅 벗고 거울 앞에 서서 생각한다. '예전 같으면 똥배 나온 몸을 멸시라도 했을 텐데 모델이 되고 또 되어달라고 청탁이 들어오자 몸에 대한 자신감이 생겼다. 그러니까 날씬하고 근육질의 몸만이 좋은 게 아니고 몸 자체가 소중하다는 말이지.'

오! 육체는 슬퍼라.(말라르메)

우리 몸은 오랫동안 타인의 것이었다. 누군가의 식민지였다. 고대, 중세에는 신이나 왕의 영토였다. 그러다 근대에 이르러 민주주의 사회가 되면서 비로소 인간은 자신의 영토를 회복했다.

하지만 그것도 잠깐, 다시 자본이 우리 몸을 가져가려고 한다. '쭉쭉 빵빵' 'S라인' 'V라인' '식스 펜스'…… 온갖 이름을 붙여 우리 몸의 주권을 빼앗아가려한다. 자본신(資本神)께서는 TV를 통해 몸의 이데아를 보여준다.

우리는 실패한 이데아의 복사본인 자신의 몸을 본다. 축 쳐진 몸, 똥배 나온 몸, 우글쭈글한 몸, 우리는 혐오감을 느낀다. 다이어트를 하고 헬스클럽에 가고 몸의 이데아를 향해 용맹 정진한다.

하지만 인간은 영혼이 있는 존재다. 어느 날, 내면 깊은 곳에서 영혼의 목소리를 듣게 된다. '그는 거울속의 자신 몸을 보며 미소를 지었다. "몸 자체가 소중하다." 이종수가 한 말을 그대로 굴러보았다. 뭔가 몸에서 힘이 솟는 것 같았다.'

영혼은 그 짝을 찾지 않고는 평화를 얻을 수 없다.(융)

그는 한 여자를 만난다. 이것은 필연이다. '나는 누구인가?' 자신을 찾아가는 여정에서 최초로 맞닥뜨리는 여자. 그녀는 그의 '아니마'다. '남성속의 여성'이다. 인간은 태초에 남성과 여성이 한 몸인 양성이었다고 한다. 그러다 신이 '온전한 인간'을 질투하여 인간을 남성과 여성으로 갈라놓았다고 한다.

그래서 인간은 한평생 자신의 반쪽을 찾아 헤매게 된다고 한다. 그래야 온전한 인간이 되니까. 반쪽으로 사는 인간은 얼마나 삶이 고된가? 그래서 그가 J를 만나는 것은 운명이다.

'K는 술잔을 들어 한 모금 마시는데 새로 온 여자가 눈에 들어왔다. J라고 했던가. K는 안주를 집는 척하며 여자를 곁

눈으로 보았다. 속이 텅 빈 여자. 원장이 처음 소개시켰을 때의 첫 인상이 그랬다.'

그녀도 반쪽이었기에 낙타의 삶을 살아왔다. 남편은 대학교수, 아들 둘은 다 명문대에 다니는 '온전한 낙타'였다. 하지만 낙타는 항상 목마르다. '사는 게 다 그런 거지 뭐!'하고 자신에게 늘 최면을 걸며 하루하루를 견디지만 내면의 깊은 갈증은 어떻게 할 수가 없다.

상처는 정신을 키우는 처소.(니체)

그는 우연히 산에 갔다가 그녀를 만난다. 'J는 숨을 헐떡이며 산을 올라왔다. 얼굴이며 목에 굵은 땀방울이 흘러내렸다. 그 정도면 잠시 쉴 만도 한데 J는 마치 내기라도 하는 듯 걸어 올라왔다. 가까이 오니 거센 숨소리가 K가 있는 곳까지 들려왔다.'

강박증 환자 같은 그녀의 행동을 보며 그는 그녀 내면에 깊은 고통이 있음을 직감한다. 그녀를 만나고부터는 그는 항상 그녀를 잊지 못한다. 남자의 내면에 '그리움, 안타까움'이 자리 잡을 때 남성의 깊은 내면에서는 '아니마'가 깨어나는 것이다.

융은 4단계의 아니마를 이브, 헬레네, 마리아, 소피아로 의인화한다.

첫 번째 단계의 아니마, 이브는 어머니다. 남성에게 양분과 안전과 사랑을 제공해주는 어머니의 상이다.

두 번째 단계의 아니마는 헬레네라는 역사적 인물로 의인화된다. 이러한 아니마는 남성이 쉽게 매료당하는 섹시한 여성의 이미지를 갖고 있다.

세 번째 단계의 아니마는 마리아다. 이러한 아니마는 남성에게 성욕과 사랑을 구별하여 이성들과 순수한 우정을 나눌 수 있는 능력으로 나타난다.

네 번째 단계의 아니마는 소피아다. 소피아는 지혜의 이미지이다. 이러한 아니마는 남성이 자기내면의 삶을 이해하게 만든다. 그의 성은 영적인 요소를 가지고 있다.

남성의 가슴 속에는 이렇게 여러 아니마가 있기에 남성이 정신적으로 성숙하려면 여러 단계의 아니마가 깨어나는 체험을 해야 한다.

노력하는 자는 구원을 받는다.(괴테)

파우스트는 탄식한다. '나는 철학과 법학, 의학에 신학까지 연구했다. 무엇이 가장 깊은 곳에서 세상을 다스리고 있는지 인식하고 그 근원을 관조하고 싶었다. 하지만 아무것도 알 수 없다는 것만 알게 되었다.'

어느 날 귀가하는 그의 앞에 메피스토펠레스가 나타난다. 파우스트가 묻는다. '도대체 너는 누구냐?' 메피스토펠레스가 대답한다. '늘 악을 원하기는 하지만 도리어 언제나 선을 행하는 그 힘의 일부이다!'

파우스트는 메피스토펠레스에 이끌려 환상적인 세계를 경험한다. 에로스의 세계로 들어가는 것이다. 그가 악마에 의해 경험한 세계의 여정은 파멸이 아니고 오히려 그를 통해 '자기실현(自己實現)'을 완성한다.

따라서 인간이 영적으로 성숙하기 위해서는 반드시 사랑의 체험이 있어야 한다. 사랑은 한 인간의 '작은 나'를 깨뜨리고 '큰 나'로 나아가게 한다. 그의 속에 '아니마, 아니무스'를 깨움으로써 반쪽의 인간에서 '온전한 인간'으로 거듭나는 것이다.

J는 K에게 세 번째 단계의 아니마일 것이다. 그에게는 이성과의 우정이 필요했던 것이다. 거대한 공장의 톱니바퀴 하나가 되어 신음하는 그에게 J는 구원의 여신이다. 그가 누드 모델을 통해 자신의 몸을 긍정하게 되자 그의 몸속에서 세 번째 아니마가 깨어났던 것이다.

따라서 그가 J를 만나는 것은 필연이었다. 인연이란 우연이면서 필연인 것이다. 우리가 밖에서 보는 풍경은 우리 내면의 풍경이 밖에 비친 것이다. 삼라만상이란 결국 '내 마음'인 것이다. 이것을 원효대사는 일심(一心)이라고 했다.

隨處作主 수처작주 立處皆眞 입처개진
자신의 삶의 주인이 되면 우리가 어디에 있건 그 곳에서 진리가 피어난다.(임제)

J는 그동안 낙타의 삶을 살아왔다. 남편과 자식들의 뒷바라지에 자신의 모든 것을 바쳤다. 그렇게 '단란한 가정'을 꾸려갔다. '스위트 홈' 얼마나 날아가기 쉬운 허깨비인가?

그녀는 담담하게 말했다.

"……그게 용서가 안 되는 거예요. 아마도 남편을 너무 믿었을까요. 아니 용서라기보다 도저히 믿을 수가 없었어요. 남편은 윤리적으로 되게 편집적인 면이 있었거든요. 그리고 무엇보다 가정을 소중히 아는 사람이었어요. 그런데 그런 사람이 다른 사람과 사랑에 빠지다니요. 도저히 믿을 수 없었지요. 꿈인가 생시인가. 상대는 저도 잘 아는 사람이었는데 레스토랑을 운영하는 사람이었어요…… 결혼 전부터 알아왔으니 꽤 오랫동안 알아서 그런지 허물없는 사이였어요. 그런데 그런 여자와 사랑에 빠지다니요. 제가 잘 알고 있는 여자와."

　그 오징어 부부는
　사랑한다고 말하면서
　부둥켜안고 서로 목을 조르는 버릇이 있다.(유하)

　이제 그녀는 '현모양처'라는 허상을 벗어나야 한다. 낙타의 삶, 그런 삶에는 진리가 없다. 거짓투성이일 뿐이다. 단지 그녀가 그것을 깨닫지 못하고 있었을 뿐이었다.
　남편의 불륜, 그것은 그녀에게 닥친 엄청난 불행 같지만 오히려 그녀의 '정체성'을 일깨워준다. '나는 원래 낙타가 아니라 인간이었어!' 낙타로 살아온 거짓의 삶이 깨어지는 순간, 그녀의 정체가 생생하게 드러나는 것이다.
　"아. 도저히 용서가 되지 않았습니다. 여자를 만나 머리채를 휘어잡을 힘도 없었어요. 저는 짐을 싸들고 애들과 함께 집을 나왔어요. 친정에는 도저히 갈 자신이 없었어요. 사위가 바람난 줄 알면 부모님이 더 펄쩍 뛸 것 같았어요. 아니. 그게 아니에요. 제 자존심 때문이었을 거예요. 무엇보다 남편이 바람나 친정에 온 여자가 되기 싫었습니다. 원룸을 급히 하나 구해 집을 나갔고 남편은 용서를 빌었어요. 다 정리했다고. 실수였다고. 다시는 그런 일이 없을 거라고, 한 번만 용서해달라고 매일 원룸에 와서 빌었어요. 하지만 전 용서를 해주지 않았어요. 시간을 갖고 싶었어요. 어차피 이혼을 해야겠는데 당분간은 아무것도 하기 싫었어요. 아이들 밥 해주는 것조차 싫었으니까요. 그렇게 한 달여가 지났을 거예

- 273 -

요."

그녀의 고통은 '낙타의 삶'에서 온다. 결코 남편의 불륜에서 온 것이 아니다. 그녀가 남편의 불륜 때문에 자신이 고통스럽다고 생각하는 한 그녀는 고통에서 헤어날 수 없을 것이다.

고통은 그것이 언어를 발견하고 나면 이슬방울처럼 사라져 버린다.(장 그르니에)

그녀는 언어가 필요했다. 그녀의 언어. 그녀의 고통에 대한 언어. 그녀의 고통을 표현할 수 있는 그녀의 언어.

그런데 그 언어는 의외의 순간에 왔다. 그녀는 가출을 했다가 자식들을 생각해 다시 집으로 들어왔다. 그러던 어느 날이었다. '저도 완전히는 용서 못 해도 다시 일상으로 돌아왔다고 생각한 그 즈음이었어요. 눈앞에 믿을 수 없는 일이 벌어지더군요. 어떻게 그런 일이."

여자의 남편이 찾아왔다고 한다. '사내가 남편에게 말하더군요. 당신이 내게 이런 고통을 줬으니 당신도 같은 고통을 당해야 한다고. 그러니 당신 아내와 하룻밤 자겠다고요. 참 어이없는 제안이었습니다.'

고민하던 그녀와 남편은 그 남자의 제의를 받아들였다고 한다. 가정의 평화를 위해. '저는 결심했습니다. 제가 희생해서 가정을 살린다면 그렇게 하겠다고. 남편에게 말했습니다.'

'결국은 그 날이 왔습니다. 그 날 저녁에 남편과 아이들이 좋아하는 쇠고기 갈비찜을 해 먹으라고 하곤 샤워를 하고 화장을, 그 사내가 원했듯 좀 진하게 했지요. 그 사내의 말대로 해서 다시는 또 요구하는 일이 없도록 하기 위한 것이었지요. 흰색 원피스를 입고 남편과 아이들이 저녁을 먹는 동안 저는 집을 나섰습니다.'

그런데 호텔에서 만난 그 남자는 '오늘 제가 사모님을 부른 것은 남편 때문입니다. 사모님을 욕보이겠다고 부른 것은 아닙니다.'라고 말했단다. 그 남자가 떠나고 그녀는 잠시 후 화장실로 갔다고 한다.

'글쎄…… 전 깜짝 놀랐습니다. 속옷이 축축하게 젖어있었습니다. 맙소사. 그러니까 제 마음과 달리 몸은 사내를 받을 준비를 하고 있었지 뭐예요. 전 경악했습니다. 이럴 수가. 어떻게 몸이… .'

마음은 자신을 속여도 몸은 자신을 속일 줄을 모른다. 그녀의 몸은 그녀의 고통의 원인을 정확히 말하고 있었던 것이다.

그녀는 몸의 주권을 회복해야 했다. 가부장사회가 가져간 몸, 자신의 몸이지만 가부장사회가 행사하고 있는 주권, 식민지화된 몸.

하지만 그녀는 자신의 몸이 말하는 것을 알아듣지 못했다. '화장실을 나와서 한참동안 울었습니다. 이번에는 몸에 대한 참담한 때문이었지요. 아마도 그때부터 제 몸에 대해 저주를 했는지 모릅니다.'

그렇게 몸의 언어를 거부한 후 그녀는 방황하게 된다. 그러던 어느 날, 그녀는 운명의 손에 이끌려 누드크로키를 하게 되고 K를 만나게 된다.

그녀는 그의 작업실로 찾아가 스스로 누드모델이 된다. '여자는 옷을 소파에 놓더니 팔을 뒤로 돌려 브래지어 호크를 풀었다. 브래지어가 가슴 아래로 내려오자 여자는 또한 익숙

하게 브래지어를 소파에 놓았다. 수국 같은 뽀얀 유방이 불빛에 하얗게 빛났다.'

그녀는 몸을 밖으로 드러낸 것이다. 가부장 사회 속에 꼭꼭 숨겨 놓은 몸을 세상 밖으로 드러낸 것이다.

그녀의 몸은 처음엔 불안했지만 차츰 안정을 찾아갔다. '전, 제 몸에 대해 몰랐어요. 전혀요.' 그녀는 그가 그린 자신의 몸을 지긋이 바라보았다.

인간은 고차원의 욕구를 지니고 있으며, 이것이 바로 인간의 본성이다.(레비스트　로스)

그날 이후 그와 그녀는 서로 모델이 되어주며 그림 그리기에 몰두했다. 그들의 몸은 차츰 깨어나기 시작했다. 그들 몸 안의 아니마, 아니무스가 깨어나기 시작한 것이다. 자연스레 몸이 하나가 되고 마음이 하나가 되어갔다.

'한 번 두 번 누드크로키를 하면서 몸의 아름다움을 새롭게 깨달았습니다. 아름다움이란 날씬하고 근육질이 있는 게 아니라 사랑받는 몸이라는 것을요. 그러니까 자신에게 사랑받는 몸이 가장 아름답다는 것이지요. 저는 집에 가서 옷을 다 벗고 거울 앞에 섰습니다.'

'여자가 옆으로 누워서 몸을 웅크렸다. 마치 태아 같다는 생각이 들었다. K는 콘테로 여자의 모습을 그리다 뭔가 뇌리에 번쩍 떠올랐다.

아.

'K는 그제야 여자가 어떤 제의를 지내고 있는지 모른다는 생각을 했다. 몸에 대한 제의. 일종의 씻김굿이 아닌가 하는 생각이 들었다. 그러니까 30여 년 동안 대접받지 못하고 저

주 받아온 몸에 대한 원한을 풀어주는 게 아닌가 하는 생각
이 들었다. 이제는 해방이다, 몸이여. 어느 누구의 저주도
받지 마라. 몸 자체로서 소중한 것이다.'

'모르겠어요. 한번 자유를 맛본 토끼는 계속 토끼집을 탈
출한다면서요.'

밖에선
그토록 빛나고 아름다운 것
집에만 가져가면
꽃들이
화분이
다 죽었다.(진은영)

우리 사회의 기본 단위이자 가장 중요한 가치는 '개인'이
아니라 '가족'이다. 가족은 '나의 확장'이다. 나이기에 끝없이
희생하기도 하고 함부로 대하게 된다. 우리는 가족 속에서
'어린 아이'가 된다. 영원히 '유치한 아이'에 머문다. '성숙한
어른'이 되지 못한다.

'어디선가 봤는데요. 옛날 원시인들은 공동 육아했대요. 그
러니까 남녀가 함께 생활하니까 아기를 낳으면 아빠가 누군
지 모른데요. 또 구태여 내 자식 네 자식 알려고 하지 않고
요. 그래서 아이들은 남자 어른은 모두 아버지라 부르고 여
자 어른은 모두 엄마라 부른대요. 그러니까 모두가 한 가족
이 되어 공동 육아하니까 아이들에게 경쟁을 가르칠 필요가
없고 엄마도 아이로부터 자유롭다고 해요.'

무소의 뿔처럼 혼자서 가라.(숫타니파아타)

'이제 우리는 우리의 삶을 살아갑시다. 누구의 눈치도 보지 말고.'

'여자는 신음소리를 내며 몸을 비틀었다. 고대 원시인의 시대로 돌아간 듯했다. K는 더 깊숙이 여자의 몸속으로 들어가자 몸이 하늘로 붕 떠오르는 듯 했다. 여자는 K를 안고 있던 팔을 풀고 하늘을 향해 쭉 뻗으며 아, 하며 신음소리를 크게 냈다. 오랫동안 K와 여자는 그렇게 있었다. 어느새 계곡은 어둠이 몰려와 두 사람을 감싸 안았다.'

밖을 향해 공부하지 말라.(임제)

세상에는 보편적 가치가 있고 모든 사람이 지켜야 할 규범이 있다. 정말 이런 것들은 인간 세상에 반드시 필요한 걸까? 우리는 이런 것들이 없으면 인간 세상은 아수라장이 되고 말 것이라고 생각한다.

어느 종교 단체에서 MT를 갔단다. MT장소에 도착해서는 명상만 하고는 아무런 규칙도 정해주지 않고 회원들을 자유롭게 놔두었단다. 그런데 회원들은 각자 알아서 밥도 하고, 설거지도 하고, 청소도 하더란다.

어느 과학자가 흰개미를 오랫동안 연구했단다. 통치자, 법도 없이 어떻게 저렇게 멋진 건축물을 지을 수 있는가? 10년 동안이나 연구한 결과 놀라운 결론을 내렸단다. '알아서 하기' 아무런 규정이 없어도, 누가 명령하지 않아도, 각자 알아서 거대한 건축물을 만들어 내더란다.

그렇다면 인간 세상은 왜 규범이나 명령하는 사람이 있어야 한다고 생각한단 말인가?

우리는 우리 안에는 '무한한 힘'이 있음을 알아야 한다. 그 힘을 깨우면 우리는 신도 되고, 성인도 되고, 부처도 될 수 있다. 노자 도덕경의 한 구절, '무위이무불위(無爲而無不爲)' 무위(無爲)는 할 수 없는 것이 없다.

그렇다. 우리는 자연(自然), '스스로 그러함'의 힘을 믿어야 한다.

영혼은 그 짝을 찾지 않고는 평화를 얻을 수 없다. 그런데 그 짝은 바로 우리   안에 있다.(융)

K와 J는 서로의 거울이다. 두 사람은 서로의 내면을 비춘다. 그들은 두 사람이면서 동시에 한 사람인 것이다.

'K는 여자의 다리를 들고 여자의 몸속으로 들어갔다. 아, 여자는 K의 목덜미를 잡은 두 팔에 힘을 주며 신음소리를 냈다. K는 더 깊이 여자의 몸속으로 들어갔다. 여자의 신음소리가 메아리 되어 울렸다.'

전래동화에서는 항상 끝부분에 왕자와 공주는 결혼을 하여 행복하게 살았다고 결말을 맺는다. 이것은 현실에서 정말 그들이 그렇게 행복하게 잘 살았다는 게 아니라 상징이다. 최고의 남성성과 여성성의 결합을 상징한다. 그들은 '온전한 인간'이 된 것이다. 그래서 예수는 남자도 여자도 아닌 것이다.

K와 J는 '온전한 합일'을 이룬다. 그들이 현실에서 정말 행복하게 살았느냐는 중요하지 않다. 인생의 목적은 행복이 아니라 '온전한 인간'이 되는 것이기 때문이다. 그들은 사랑을 하며 내면에서 각자의 아니마, 아니무스가 깨어난 것이다.

이제 그들은 새로운 인간으로 재탄생한 것이다. 그들은 한 사람이면서 동시에 두 사람이다. 불교에서 말하는 일즉다 다즉일(一卽多 多卽一), 하나는 전체요 전체는 하나인 것이다.

K와 J는 겸허히 자신들의 운명을 받아들인다. 인간은 누구나 자신의 길을 가야하기 때문이다. 그들은 그것을 예감하며 자신들의 운명을 사랑한다.

그러나 말해보라, 형제들이여! 어째서 사자는 다시 어린아이가 되어야 하는가?   어린 아이는 순수이며 망각이다. 새로운 시작이며 유희이다. 스스로 굴러가는   바퀴이며 최초의 운동이자 하나의 신성한 긍정이다. 그렇다 나의 형제들이여,   창조의 유희를 위해서는 성스러운 긍정이 필요하다..... 나는 그대들에게 세 가   지 변화에 대해서 설명하였다. 정신이 어떻게 낙타가 되고 낙타가 어떻게 사자가 되며 마지막으로 사자가 어떻게 어린 아이가 되는가를. (니체)

옛날의 연금술사들은 '어두운 흙덩이'를 변형시켜 '현자의 돌'을 만들어내려 했다.   이것은 상징이다. 인간 정신의 영적 성숙 과정을 상징화한 것이다. 자아(自我)에서 진정한 나, 자기(自己)로 나아가는 영적 여정을 말한 것이다.

이무기가 용으로 변신하려면 여의주가 있어야 한다. 여의주는 '자기(自己)'를 상징한다. 자아에서 자기로 변화하는 과정에서 깨어나는 것이 아니마, 아니무스이다. 아니마, 아니무스는 우리 안의 심혼(心魂)이다.

K와 J는 서로의 만남을 통해 서로의 심혼을 깨운 것이다. 서로의 육체를 깨우고 육체 안의 영혼을 깨우는 것, 이것이

인간의 진정한 부활이다.

J가 떠나고 K는 홀로 남는다. 하지만 이제 그는 홀로가 아니다. 홀로이면서 둘이다. 그러기에 그는 외롭지 않고 외로움을 견딘다. 아니 누린다. K는 자신의 누드화 전시회를 열고 3년 뒤 J의 누드화 전시회를 연다.

'언론에서는 그림의 주인공이 누구냐고, 어떤 관계냐고 집요하게 물었다. 그럴 때마다 K는 머뭇거리지 않고 곧장 애기했다. 회생(回生)한 여자라고. 기자들은 예? 하고 어리둥절했다. K는 다시 말했다. 부활한 여자라고.'

이제 K에게 마지막 관문이 남았다. 사자에서 아이가 되는 것. 세상의 주인이 된 그의 정신 속에서 아이가 잉태되어야 한다. 인간은 자신을 낳는 존재다. '새 신발을 신고 뛰어가면 머리가 하늘에 닿는' 신비로운 아이의 능력이 깨어나야 한다.

K의 가슴 속에 있는 J가 그를 아이로 재탄생하게 할 것이다. J는 그의 가슴 속에서 소피아로 다시 태어날 것이다. 그의 영감의 샘, 그의 마르지 않는 영혼의 샘, 그는 그 샘물을 마시며 최고의 인간, 아이가 되어 갈 것이다.

II. 세상을 다 얻더라도 영혼을 잃어버리면 무슨 소용인가?(예수)

욕망이여 입을 열어라 그 속에서
사랑을 발견하겠다.(김수영)

요즘 젊은이들은 10억이 생기면 교도소에라도 가겠다고 한다. 우리 사회의 물신화(物神化)가 이렇게 깊다. 하지만 그건 그들이 인생을 제대로 알지 못해서 그렇다. 인간이란 결코 천박하게 살 수 없는 존재다.

한평생 쾌락을 끈질기게 추구했던 철학자 에피쿠로스는 중병으로 고통 속에 죽어가면서도 '영혼의 만족을 통해 이 모든 고통을 잊을 수 있다'라고 말했다고 한다. 그렇다. 인간은 '말초적 쾌락'에서 '정신적 쾌락'으로 나아가는 영적인 존재인 것이다.

우리는 어릴 적부터 오감을 깨워야 한다. 오감이 느끼는 생생한 감각을 느껴보아야 한다. 그러면 우리 마음 깊숙이 숨어 있는 영혼이 깨어난다.

우리 교육이 감각을 깨우지 않고 단편적인 지식만 흡수하게 하니 우리는 감수성이 둔해진다. 영혼이 깨어나지 않는다.

그러니 좀비가 된 사람들은 말초적 쾌락에만 탐닉한다. 삶의 즐거움이 그런 것밖에 없는 줄 안다. 도박, 게임, 성매매...... 이런 산업이 판친다.

아들아 사랑을 알 때까지 자라라.(김수영)

그러니 젊은이들은 돈만 있으면 된다는 착각을 할 것이다. 하지만 사회에 나와 살다보면 돈만으로는 해결할 수 없는 정신적 갈증을 결국은 겪게 된다. 이게 우리가 겪는 '중년의 위기'이고 '사추기'이다. 인간은 영혼이 만족하지 않고서는 행복할 수 없는 존재이기 때문이다.

그대는 자신의 타고난 본성을 생각하라
그대들은 짐승처럼 살기 위해서가 아니라
덕과 지혜를 구하기 위하여 태어났도다.(단테)

K와 J는 우리 사회의 소위 '이상적인 중산층'일 것이다. 이들의 불행은 우리 사회가 이제 새로운 길로 나아가야한다는 경고일 것이다. 그리고 그 길은 인간의 재탄생, 부활이 되어야 할 것이다. 육적 존재에서 영적 존재로.

마슬로우는 5단계 욕구 이론을 주장했다. 그는 인간의 욕구가 '생리→안전→애정→자존감→자기실현'으로 나아간다고 설명하고 있다. K와 J는 '생리→안전'의 욕구만으로는 살 수 없어 '애정'의 단계로 나아갔다. 거기서 그들은 자신이 얼마나 존귀한 존재인지를 깨닫게 된다.

天上天下唯我獨尊 천상천하유아독존(석가)

자신이 존귀한 존재임을 알아야 인간은 자기실현을 향한 노력을 하게 되고 남에 대한 사랑, 인(仁), 자비심이 생겨난다. 인간의 본성(本性)이 깨어나는 것이다.

우리가 삶에서 찾고 있는 것은 '삶의 의미'가 아니라 살아 있음의 환희'(조   셉 캠벨)

우리는 우리 마음 깊은 곳에서 잠자고 있는 'K와 J'를 깨어나게 해야 한다. 그들은 우리 안의 영혼이다. 그들이 깨어났을 때 우리는 전혀 다른 사람이 되어 있을 것이다. 이 세상에서 가장 존귀한 존재가 되어 있을 것이다.

이때 비로소 우리는 자신과 남을 진정으로 사랑할 수 있게 된다. 남편, 아내, 자식들, 직장 동료들, 이웃들, 길 가는 사람들, 위층에서 쿵쾅거리는 사람들, 나무, 꽃, 별, 눈, 비, 구름, 돌멩이, 건물들, 차 경적 소리들, 재잘거리는 아이들...... 모두 '사랑의 변주곡(김수영)'으로 보일 것이다.

이 세상은 화엄(華嚴)이 될 것이다.

작가 후기

처음 이 소설을 구상하고 쓰면서 제목을 <회생(回生)>이라 정했다. 하지만 다 쓰고 나서 1차 수정을 하고 난 뒤에는 제목을 <부활(復活)>로 바꾸었다. 여러 번 수정을 거친 몇 개월 뒤 (웹진 문학마실)에 연재할 때는 제목을 다시 <누드모델>로 바꾸었다.

그러니까 처음에 정한 회생이나 부활이 어쩌면 내가 소설을 통해 말하고자 한 것이지도 모른다.

사람들은 태어나서 아들 혹은 딸로 살아간다. 그러다 남편 혹은 아내가 되고 아버지 어머니가 된다. 이미 중년이 되었다.

사람들은 이때쯤 되면 어? 벌써 이렇게 되었나, 하며 난감한 표정을 짓는다. 열심히, 참으로 열심히 앞만 보며 살아왔는데 이루어놓은 것은 보이지 않으니 더 참담한 마음이 드는 것이다.

중년.

우리가 흔히 만나는 그런 중년의 남자 여자를 그려보고 싶었다. 이제는 누구의 남편도 아내도 아닌, 누구의 아버지 어머니도 아닌, 당당히 한 인간으로서의 주체적인 삶을 살아가는 중년의 아저씨 아줌마를 그리고 싶었다. 회생이요 부활한 중년.

길을 가다가, 혹은 영화관에서, 재래시장에서 이제는 당당하게 자신의 삶을 살아가는 중년의 아저씨 아줌마를 많이 만나고 싶다.

졸작을 인문학적으로 분석해준 고석근 장형께 감사드린다.

이 책을 사랑하는 아내 육정자에게 바친다.

2014년 2 월
주막듬에서
고 창 근